Der Waldläufer - Durch Sumpf und Wald

Roman

Bibliographische Informationen der Deutschen Nationalbibliothek: Die Deutsche Nationalbibliothek verzeichnet diese Publikation in der Deutschen Nationalbibliothek; detaillierte bibliographische Daten sind im Internet über http://dnb.d-nb.de abrufbar.

Impressum

1. Auflage
Arne Rosenow "Der Waldläufer – Durch Sumpf und Wald"

Habichtshorst 38
23812 Wahlstedt
www.arne-rosenow.de

Lektorat: Ulla Hofmann
Titelbild: © ksurrr - fotolia.com
© Jenny Sturm – fotolia.com

ISBN: 978-1503007314

Arne Rosenow

Der Waldläufer

-

Durch Sumpf und Wald

Für Paul, Luise und Julius

Norddeutschland im 13. Jahrhundert

Glossar am Ende des Buches.

Erzählt wird uns aus alten Tagen
Durch viele Mär uralter Sagen

Von Lindwurm, Hexen, Fabelwesen
Dingen, die wir nur gelesen.

Von Kobold, Trollen, list‘gen Zwergen,
Von Ungetier und dunklen Bergen,

Von Ländereien fern unserm Denken
Die unsere Sinne dennoch lenken

Und Dingen, die wir heißen Sage,
Uns doch umgeben alle Tage...

Teufelsmoor

Nicht weit im Landesinnern, aber dennoch weit genug entfernt, vor dem blanken Hans geschützt, inmitten des Teufelsmoors lag Karlshöfen, ein kleines Dorf mit Kirche, Dorfplatz und wenigen Hütten und Häusern, umgeben von Feldern, Auen, feuchten Wiesen und eben dem Hochmoor, dem Teufelsmoor.

Zwar war Karlshöfen klein, aber dennoch gab es einen recht großen und ansehnlichen Hof mit Stallungen, Gesindehaus und einer großen Loodiele. Es war das Gehöft des wohlhabenden Bauern Fiete. Er war außerdem Händler, hatte eine große Anzahl Schafe, Schweine und Pferde, und zu seinem Gut gehörten ebenso mehrere Morgen Ackerland und Morgen des Teufelsmoors, wo er Torf stechen ließ.

Durch regen Handel mit Torf, Wolle und Getreide hatte er es zu einem sehr wohlhabenden Bauern und angesehenen Herrn gebracht. Bis weit ins Landesinnere und im Osten sogar bis Bouchstadhude hatte sein Wort großes Gewicht. Auch in der freien Reichsstadt Bremen oder sogar der Hammaburg war er ein angesehener Händler. Selten belieferte er sogar die Koggen der Kaufleute in Hammaburg, die die Waren wiederum weiter bis ins ferne russische Land verschifften. Der alte Fiete war so angesehen und wohlhabend, dass er sicher bald auch in die Handelsgilde von Bremen aufgenommen werden würde. An Reichtum hatte er es jedenfalls schon sehr weit gebracht. Viele der anderen Händler rieten ihm, doch standesgemäß das kleine Dorf Karlshöfen zu verlassen und sich in einem der größeren Orte, wenn nicht sogar in der Stadt niederzulassen. Doch davon wollte der „alte Fiete“, wie er genannt wurde, nichts wissen. „Wie soll ich so weit ab noch den Hof und die Torfstecher kontrollieren?“, sagte er dann. Die Kontrolle hielt er stets für das Wichtigste. Er traute weder seinen leibeigenen Knechten noch sonst jemandem über den Weg. „Ohne Kontrolle betrügt einen die Welt.“ So war sein Leitspruch.

Niemand wusste mehr genau, warum er denn „der alte Fiete“ hieß. Alt war er beileibe noch nicht. Er war im besten Alter. Aber es war sein Ansehen und sein Wort, die zählten. Und das Wort von Jungen zählte bekanntlich nicht so viel wie von Alten.

Den Grundstein seines Wohlstands bildeten die Ackersleute und Mittellosen, die für eine Mahlzeit und auch ein paar Pfennige in den Torfgruben und in der Erntezeit auf dem Feld arbeiteten. Die Arbeit war hart und gerade in den Torfgruben nicht ungefährlich. Auch auf dem Feld erlaubte der alte Fiete keine Faulenzerei und langsame Arbeit. Aber solange sie bei ihm arbeiteten, hatten viele wenigstens einen Kanten Brot und ab und zu auch ein Stück Speck. Man konnte kein Fett auf die Rippen bekommen, aber es reichte aus, um den größten Hunger zu stillen. Auch gegen eine sehr kleine Bezahlung hatte niemand in dieser Gegend etwas einzuwenden.

Spendabel war er dennoch nicht. Kein Pfennig geschweige denn Taler wurde wahllos „verprasst“, wie er immer zu sagen pflegte. Wenn es allerdings seinem Ansehen nutzen konnte, spendete er auch gerne mal der Kirche. Den Bettlern und Landstreichern aber gab er keine Almosen. Sie konnten ihm nicht nutzen. Und wenn hinten im Garten das Obst an den Bäumen hing, so lugte er des Öfteren um das Haus oder aus der Pforte, dass auch ja kein Spitzbube sich über die Mauer und in den Garten stahl, um sich einen Apfel zu pflücken. Kein Knabe jedoch wagte sich über die Mauer.

Fehltritte oder gar ein freches Wort bestrafte er schnell und hart. Seine Knute war immer bereit.

Er hatte auch Gesinde, das schon viele Jahre für ihn arbeitete. Sie lebten in dem Gesindehaus bei den Stallungen.

Da war die Magd Ute. Sie hatte seiner Frau Isolde im Haushalt geholfen, bis diese an der Schwindsucht verstarb. Seitdem hielt sie Haus und Küche in Ordnung und war die gute Seele unter dem Dach. Sie holte auf dem Markt die Waren für den täglichen Gebrauch ein, wenn der alte Fiete sie nicht selbst produzierte. Sie war überaus fleißig, stets freundlich und eine fromme Kirchgängerin.

Und dann waren da drei Knechte. Peer und Sven waren schon über zwanzig, halfen bei der Ernte, im Hof und begleiteten den alten Fiete, wenn dieser wieder auf Handelsfahrt ging. Armin, der jüngste Knecht, musste alle Arbeit tun, die im Hof anfiel. Auch er half bei der Ernte, musste aber auch die Arbeiten verrichten, die die anderen Knechte nicht tun wollten.

Im Gegensatz zu den Ackersleuten arbeitete das Gesinde nicht in den Torfgruben. Der alte Fiete wollte es nicht zu Tode schinden, denn er brauchte Knechte, die länger auf dem Hof dienten als nur eine Saison.

Armin half, so viel er konnte. Manchmal begleitete er Ute auf den Markt in Beversate und half beim Tragen der Waren. Die Bewohner des Dorfes konnten ihn nicht recht leiden, denn er war nicht aus der Gegend, das wussten sie.

Martin war der Sohn des alten Fiete, etwas jünger als Armin und trieb auch gerne seine Streiche mit ihm. Eigentlich hatte Armin ihm nichts zu Leide getan, aber da der alte Fiete Armin auf dem Kieker hatte, tat er es seinem Vater nach.

Einmal hatte Armin ihm nach einer Boshaftigkeit eine Ohrfeige verpasst. Daraufhin hatte der alte Fiete ihn mit der Knute traktiert und ihn für drei Nächte zu den Schweinen in den Stall verbannt.

Woher er selbst stammte, das wusste Armin nicht. Er konnte sich nur an den Hof des alten Fiete erinnern. Dass er nicht aus Karlshöfen stammte, das wusste er. Seine Eltern hatte er nie kennen gelernt. Man hatte ihm gesagt, sie wären tot.

Wenn er sich von den schweren Gedanken erleichtern wollte, dann ging er hinaus in Feld und Flur, meist mit den Schafen auf den Weiden. Dann schnitzte er an seiner Hirtenflöte und versuchte, die Welt um sich zu vergessen.

Wieder einmal war Armin auf den Feldern und der alte Fiete konnte ihn nicht finden und rief nach ihm. Er konnte es nicht leiden, wenn er sah, dass Armin seinen eigenen Gedanken nachhing und nicht arbeitete.

„Wo ist nur wieder dieser Armin? Immer, wenn man ihn braucht, ist er nicht zur Hand. Zum Kuckuck, wo steckt der Bengel nur? Er sollte längst da sein! Armin!“, rief der alte Fiete mit seiner lauten Stimme.

Er ging vom Schweinestall ins Haus und in die Küche.

„Steckt hier dieser Bengel?“, fragte er Ute, die sich am Gemüse zu schaffen machte. Doch ehe sie antworten konnte, öffnete sich die Hintertür und Armin kam mit zerzausten blonden Haaren in die Küche. Er hatte gerade die Schafe zurück auf den Hof getrieben.

„Da ist er ja.“

Fiete packte Armin am Schlafittchen. „Ein Tunichtgut bist du. Wenn man dich braucht, dann treibst du dich in der Gegend herum. Wozu gebe ich dir Obdach und eine Mahlzeit am Tag? Das musst du dir verdienen!“ Abschätzig sah er auf ihn herab. „Ich hätte damals auf den alten Radegast hören sollen.“

Armin wollte etwas entgegnen, doch der alte Fiete unterbrach ihn.

„Schweig still. Und jetzt geh Ute zur Hand und fege die Küche. Und wenn du fertig bist, dann kommst du in den Stall und putzt den Ferch.“

Damit ließ er ihn los, trat aus der Hintertür und warf sie hinter sich zu. Armin stand ein wenig unschlüssig in der Küche, griff schließlich den Besen in der Ecke und begann zu fegen.

„Was meint er damit, er hätte auf Radegast hören sollen, Ute?“

Ute saß auf einem Schemel unweit der Herdstelle.

„Als du damals zu uns kamst, warst du noch sehr klein. Keinen halben Lenz alt. Der Bruder Jakobus, der dich damals bei sich hatte, pochte eines Morgens an der Tür. Er bat den alten Fiete, sich um dich zu kümmern und dir ein Obdach zu geben.“

„Wieso war ich denn bei einem Mönch?“

„Er hatte dich aufgelesen weit im Osten bei den Slawen."

„Komisch", Armin hielt im Fegen inne, „daran kann ich mich gar nicht mehr erinnern. Hatte er gesagt, wie er mich fand?"

„Ich weiß es nicht mehr genau, aber er sagte etwas davon, dass du in der Nähe einer brennenden Hütte lagst und bitterlich weintest."

„Und meine Eltern?"

„Das weiß ich nicht mehr. Vielleicht weiß der alte Fiete mehr? Jedenfalls war da der Radegast. Du weißt schon, der alte Knauserer, der vor vielen Jahren von den Reitern zu Tode getrampelt wurde. Und dieser Radegast sagte zum Fiete, er solle sich nicht unglücklich machen und dich weggeben."

Armin hielt in seiner Arbeit inne und dachte eine Weile nach.

„Jetzt feg' schon weiter. Die Küche sieht grauslich aus. Los, mach weiter. Sonst gibt's was hinter die Ohren", sagte Ute zwar streng, aber mit einem Zwinkern in den Augen.

Als Armin ausgekehrt hatte, trat er mit dem Unrat aus der Tür in den matschigen Hof. Es regnete.

Im Schweinestall war bereits ein Wanderknecht zugange. Fiete stand daneben.

„Das hat aber gedauert. Hast du etwa wieder mit Ute geschwatzt? Du sollst arbeiten und nicht schwatzen wie ein altes Weib. So", er packte Armin am Arm. „Dort, der Schweineferch. Den machst du jetzt sauber. Und wage gar nicht auch nur einen Krumen Dreck zurückzulassen."

Er stiefelte mit dem Knecht hinaus und ließ Armin mit den Schweinen und dem Ferch alleine zurück.

Am Abend saß Armin mit Ute und den Knechten Peer und Sven im Gesindehaus beim Abendbrot.

„Morgen sollen die Schafe wieder auf die Weide", sagte Sven. „Du wirst mit ihnen hinausgehen, Armin. Nimm dir deinen Umhang mit und einen Stecken. Du bleibst über Nacht draußen. Ich bringe dir am Abend einen Kanten Brot und etwas zu trinken. Übermorgen Abend kommst du wieder."

„Wo soll ich denn die Schafe hüten?“

„Auf der Wiese am Moor. Nicht weit von den Torfgruben. Du weißt schon. Und pass gut auf. Lass sie nicht zu weit ins Moor, sonst holt sie die Moorhexe. Und lass dich nicht wieder von Bellyn umrennen.“

Peer und Sven grinsten.

Es war keine besondere Arbeit. Armin hatte schon oft die Nacht auf der Weide verbracht. Hoffentlich regnete es nicht. Der April schien diesmal wärmer und trockener zu sein. Eine Moorhexe hatte er noch nicht gesehen. Vielleicht war es nur eine Mär, aber genau wissen konnte es niemand. Schon häufig waren Knechte, Bürger, Frauen und Kinder im Teufelsmoor verschwunden. Und niemand hatte sie je wiedergesehen.

„Ihr sollt nicht über die Moorhexe spotten.“ Ute hatte das Wort ergriffen. Sie stand mit ernster Miene vor dem Ofen und hatte sich zu den Knechten umgedreht.

„Ach Ute, verschone uns mit dieser Mär“, entgegnete Sven.

„Es ist keine Mär. In diesem Moor geschehen Dinge, die niemand erklären kann.“

„Wovon sprichst du?“, fragte Peer.

„Kennt ihr die alte Magdalena nicht?“

„Die alte Magd, die manchmal sonntags um Almosen bettelt? Aber was hat die mit der Moorhexe zu tun?“

Ute setzte sich an den Tisch. „Sie ist noch lange nicht so alt, wie sie scheint. Aber es ist der Gram, der ihr keine Ruhe lässt. Sie hatte einst eine Tochter, die Gretel. Es war ein hübsches Mädchen. Alle mochten es. Sie war stets zu allen gut und höflich. Zu Hause ging sie der Mutter zur Hand.

Eines Tages sollte sie wieder die Gänse hüten. Unten an der Wiese beim Moor…Man hat sie nie wieder gesehen. Als es dunkel ward, zogen die Knechte und Bauern aus um sie zu suchen. Sie fanden nur die Gänse. Sie hockten dicht beisammen unter einer Birke. Von Gretel fehlte jede Spur. Auch ihre Lieblingsgans Adelheid fehlte. Am nächsten Tag suchte man erneut und fand ihre Fußspuren im Morast. Sie führten direkt ins Moor."

„Und wer sagt dir, dass es die Moorhexe war?"

„Es heißt, dass Magdalena immer und immer wieder zum Moor ging, um Gretel zu suchen. Und eines Nachts erschien ihr Gretel am Rande des Moores als Geist. Es war die arme Seele des lieben Mädchens. Der Geist erzählte, dass die Moorhexe sie geholt habe."

„So kommt die Moorhexe aus dem Moor und holt sich die Menschen?", wollte Sven wissen.

„Nein. Sie schickt ihre Irrlichter aus. Sie führen die verlorenen Seelen und Verirrten tiefer und tiefer ins Moor. Ein jeder glaubt, den richtigen Weg zu finden und wird ins Verderben geführt. Und wenn die Lichter sie in den Morast geführt haben, dann zieht die Moorhexe ihre Opfer in die Tiefe. Niemand kann ihr entkommen."

„Genug mit deiner Mär, Ute. Lasst uns schlafen gehen. Morgen wird wieder ein schwerer Tag", sagte Peer bestimmt.

Am nächsten Tag zog Armin mit den Schafen ins Moor. Er dachte eine Weile an die Moorhexe und das Mädchen. Ob es nur eine Mär war, wie Peer sagte, oder ob wirklich eine Hexe im Moor wohnte, war ihm nicht klar. Doch die alte Magdalena, die kannte er, auch wenn er noch nie mit ihr gesprochen hatte.

Die Sonne wärmte das Land, der letzte Nebel verzog sich und die Tiere trotteten brav dahin. Sie kannten den Weg so gut wie Armin und so dauerte es nicht lange, bis sie das wiete Feld mit dem Heidekraut erreichten. Armin ließ die Tiere gewähren. Dann und wann zählte er sie und trieb das eine oder andere Schaf wieder zum Rest, wenn es sich zu weit dem sumpfigen Morast näherte. Das Wetter war schön und er biss in den Apfel, den Ute ihm vor seinem Aufbruch aus der Apfelmiete zugesteckt hatte. Er schnitzte an seiner Schäferflöte weiter, was viel Sorgfalt und Mühe erforderte. Schon zweimal war ihm das Stück Holz zerbrochen. Aber diesmal schien es ein besseres Holz zu sein.

Gegen Abend zogen ein paar Wolken auf und es frischte auf.

„Wo bloß Sven blieb“, dachte Armin. Er hatte Hunger. Hoffentlich hatte er ihn nicht vergessen.

Doch da sah er auch schon eine Gestalt die Wiese daher schlendern. „Endlich“, dachte Armin und ging ihr ein paar Schritte entgegen. Aber er erkannte schnell, dass es nicht Sven, sondern Martin war. Armin stutzte. Was mochte der Bursche nur wollen?

„Oh, hallo Armin. Da bist du ja endlich. Hast Dich ja weit hinaus getraut“, sagte Martin mit spitzfindigen Unterton.

„Hier am Moor ist das Gras satter. Was willst du denn hier?“

„Ich wollte nur nach dem Rechten gucken.“

Armin schaute an Martin vorbei in die Richtung, aus der Sven kommen musste.

„Nach wem schaust du denn?“

„Ich schaue nach Sven, er wollte mir das Essen bringen.“

„Sven wird nicht kommen“, sagte Martin herablassend.

„Wieso?“

„Er musste meinem Vater und Peer beim Karren helfen.“

„Aber er wollte mir doch zu essen bringen.“

„Bist du etwa hungrig? Siehst gar nicht so mager aus.“

Armin beachtete ihn nicht. Er wollte keinen Streit. Als Leibeigener würde er gegenüber Martin sowieso das Nachsehen haben.

„Ich habe Sven gesagt, er könne mir die Zehrung geben und ich würde zu dir hinauskommen.“

Armin war überrascht. So viel Freundlichkeit kannte er von Martin nicht.

„Leider war der Weg so lang. Ich glaube, es ist fast nichts übriggeblieben.“ Er zog einen angebissenen kleinen Kanten hervor und steckte den Rest auch noch in den Mund.

„Ich konnte ja nicht wissen, dass du so weit im Morast bist“, sagte er mit vollem Mund. „War sowieso nicht so viel. Und du hast ja noch den Wasserschlauch.“ Er warf ihn Armin vor die Füße.

Armin schäumte vor Wut und ballte beide Fäuste. Was sollte er nun essen?

„Willst du mich schon wieder schlagen, Armin", fragte er mit Blick auf die Fäuste. „Hat dir die Tracht Prügel neulich nicht gereicht?"

Er sah Armin herausfordernd an. Der zwang sich aber zur Ruhe.

„Verschwinde, Martin. Lass mich in Ruhe."

„Mach ich doch. Oder nicht?"

Er ging auf ihn zu und sah Armin tief in seine blauen Augen. Plötzlich machte er eine ruckartige Bewegung und schubste Armin in eine Pfütze.

Armin konnte sich nun nicht mehr im Zaum halten. Er sprang auf und schlug Martin mit dem Stock in die Seite. Doch Martin entging dem Hieb und schlug Armin den Stock aus der Hand, und schon rollten sich beide über den Boden.

Irgendwann riss sich Martin los. Er griff nach dem Wasserschlauch und brachte vollkommen außer Atem etwas Abstand zwischen sich und Armin.

„Ich glaube nicht, dass du dir das Wasser jetzt auch noch verdient hast."

Er trank einen Schluck während Armin auf ihn zukam.

„Gib mir das Wasser und verschwinde."

„Du musst dir das Wasser schon holen."

Und je näher Armin kam, desto weiter wich Martin zurück.

„Pass auf, hinter dir!", rief Armin. Martin war gefährlich nah an einen Pfuhl geraten, der nicht nur nach einer Pfütze aussah.

„Pah, was soll das denn werden? Glaubst du, du könntest mich täuschen?"

Doch da stolperte Martin und fiel in den Pfuhl.

Wütend sprang er auf und stand bis zu den Knien im Morast. Er fluchte und wollte wieder auf die Grassode zurück, bekam aber seine Füße nicht aus dem sumpfigen Untergrund. Das Moor hatte ihn gefangen und hielt ihn fest. Langsam begann er einzusinken.

Panisch ruderte er mit den Armen. „Armin, schnell! Hilf mir!“

Einen kurzen Augenblick zögerte Armin, doch dann versuchte er, Martins Arm zu erlangen. Vergebens. Der Junge sank tiefer. Schon war seine Lende verschwunden.

Armin griff nach seinem Stock und hielt ihn Martin entgegen. Er packte ihn, und langsam schaffte er es auf trockenen Boden.

Verdreckt, verschlammt und außer Atem hockte Martin auf dem Gras und versuchte sich aufzurichten.

„Du Schuft, wolltest mich wohl verrecken lassen, was?“

„Ich hab dir doch geholfen. Du wärst sonst versunken.“

„Und wie ich aussehe. Vollkommen verdreckt. Du Tunichtgut wirst dir was anhören dürfen, wenn du nach Hause kommst.“

„Und wenn ich nicht komme?“

Martin kam wieder gefährlich nah an Armin heran und funkelte ihn an.

„Das wagst du nicht. Du bist Leibeigener, schon vergessen? Wenn du dich von dannen machst, wird mein Vater dich suchen. Und dann gnade dir Gott. Sie werden dich mit Hunden jagen, wie einen angeflickten Keiler. Und keiner hier wird es wagen, dir zu helfen.“

Er warf Armin den halbleeren Wasserschlauch vor die Füße und ging davon.

Armin hob den Schlauch auf, trank einen Schluck und sah ihm nach. Er hatte Recht. Die Chancen, von hier fortzukommen, standen schlecht. Zu groß war der Einfluss des alten Fiete in dieser Gegend. Und wo sollte er auch hin? Wahrscheinlich würde überall dasselbe auf ihn warten.

Er verschwendete keinen weiteren Gedanken mehr an eine Flucht und wandte sich wieder den Schafen zu.

Pflückebeutel aber hatte alles gesehen und flog von der nahestehenden Birke davon. Die Jungen hatten ihn nicht bemerkt.

Am nächsten Nachmittag trieb Armin die Herde wieder nach Hause. Sein Magen knurrte. Doch dass Martin ihm sein Essen vorenthalten hatte, wollte er sich nicht anmerken lassen. So klein wollte er sich nicht machen.

Im Hof angelangt, sperrte er die Herde in den Stall. Es dunkelte bereits und im Gesindehaus stand der alte Fiete im Raum.

„Da bist du ja endlich“, sagte er mit drohender Stimme und ging langsam auf ihn zu. „Wie kannst du es wagen, Martin in den Sumpf zu stoßen? Was fällt dir ein? Du bist Leibeigener und kannst froh sein, dass ich dir Obdach gebe.“

Noch ehe Armin etwas entgegnen konnte holte der alte Fiete seine Knute hervor und ließ sie auf ihn niedergehen. Armin wich langsam zurück.

„Martin hatte mein Essen gegessen und mein Wasser getrunken.“

„Schweig! Immer wieder diese Ausreden und Lügen.“

Er hob die Knute erneut. Armin duckte sich und der Schlag traf ihn auf dem Rücken. Er biss die Zähne zusammen und wollte keine Schwäche zeigen.

Doch schon ließ der Alte ab und zog ihn am Ohr empor.

„Los, heute Nacht wirst du draußen schlafen.“

Und während er Armin nach draußen zerrte, wandte er sich an Ute.

„Wage es nicht, ihm auch nur einen Kanten zu bringen. Das Essen hat er sich nicht verdient.“

Im Hof standen Peer, Sven und Martin.

„Damit du ein bisschen über deine Taten nachdenken kannst, wirst du heute Canis Gesellschaft leisten. Los, bindet ihn an der Hütte fest. Nehmt ruhig die Kette.“

Sie banden ihn an die Hütte und ließen ihn allein zurück. Der Hofhund Canis schnupperte an ihm und wedelte erfreut mit dem Schwanz. Er war ein guter Wachhund und überaus scharf. Kein Fremder durfte es wagen, auch nur in seine Reichweite zu kommen. Aber Armin kannte er. Wie auch alle anderen auf dem Hof. Und so freute er sich über die nächtliche Gesellschaft.

„Sei bloß artig heute Nacht“, sagte er zu dem Tier.

Die Nacht wurde kalt und feucht. Armin fror und kroch mit Canis zusammen in die Hütte. Es stank nach Hund, aber es war immerhin besser als im Freien. Er versuchte, sich so gut es ging an Canis zu schmiegen. Der ließ ihn gewähren. Viel schlief Armin nicht. Hunger und Kälte plagten ihn.

Er würde fortlaufen. Eines Tages würde er fortlaufen. Überall würde es besser sein als hier. Lange konnte er das nicht mehr aushalten. Lieber auf der Flucht, als wie ein Hund angekettet. Sollten sie ihn doch suchen. Was konnte schon passieren?

Als der Hahn auf dem Misthaufen krähte, zitterte Armin am ganzen Leib. Er stank nach Hund und es juckte ihn. Wahrscheinlich hatte er sich auch noch Flöhe geholt. Hoffentlich wurde es ein schöner Tag, dann konnte er sich ein bisschen wärmen.

„Los, komm raus“, raunte es auch schon vor der Hütte.

Er kroch hinaus und sah die aufgehende Sonne. Martin stand auf dem Hof.

„Na, gut geschlafen?“, frotzelte er.

Armin war steif und schwieg. Seine Faust aber ballte sich an seiner Hosennaht.

Martin trat ganz dicht an ihn heran.

„Ja, Armin. Nur zu. Hebst du auch nur einmal die Hand, dann schlägt dich mein Vater tot, das schwör‘ ich Dir.“

Der alte Fiete kam dazu.

„So, ist der Tunichtgut endlich erwacht. Bindet ihn los“, sagte er zu Sven und Peer, die ebenfalls auf den Hof getreten waren.

„Du wirst heute mit den Wanderknechten hinaus ins Moor gehen und Torf stechen. Da kannst du dich wenigstens nützlich machen.“

Armin hatte noch nicht im Moor gearbeitet. Er hatte den alten Fiete bisher nur begleitet, wenn er den getrockneten Torf gen Bremen oder Bouchstadhude gebracht hatte.

Er wusste, dass das Torfstechen keine leichte Arbeit war. Sein Magen knurrte. Doch bevor er etwas sagen konnte, schnitt ihm Fiete das Wort ab als habe er geahnt, was er wollte.

„Wozu willst du was zu essen haben? Das musst du dir erst verdienen. Ansgar…!“, rief er.

Ansgar war der Vorarbeiter der Moorknechte. Er kam auf den Hof.

„Ansgar, nimm Armin mit. Er wird heute im Moor arbeiten. Du wirst schon eine Verwendung finden. Und achte ja darauf, dass er nicht zu lahm ist.“

„Jawohl, Herr.“

Eigentlich war Ansgar ein tüchtiger und gerechter Bursche. Aber Fiete ließ sich allzu gerne selbst auf dem Moor blicken. Und wenn etwas nicht nach seinem Sinne war, so ließ er es als erstes den Vorarbeiter spüren. Das wusste Ansgar, denn schon einmal hatte er von Fiete die Knute bekommen. Und nur weil es keinen besseren Ersatz für Ansgar gab, konnte er als Vorarbeiter weiter dienen.

Ansgar packte Armin an der Schulter und zog ihn mit sich.

„Nun los, Armin. So arg ist es auch nicht. Andere würden sich freuen, wenn sie diese Arbeit hätten und nicht betteln müssten.“

Es war eine unsagbare Plackerei. Zunächst arbeitete Armin in den Torfgruben. Tief unten hob er den dunklen Torf nach oben. Und weil er schon lange keinen Bissen mehr gegessen hatte, schwanden ihm schnell die Kräfte. Seine Kleider waren durchnässt und die Kälte des Torfschlamms kroch ihm in alle Glieder. Mit klammen Fingern schaffte er Torfsode um Torfsode aus der Grube.

Am späten Vormittag wollte er eine kleine Rast einlegen, als er in der Grube die Stimme des alten Fiete hörte. „Jetzt würde er keine Blöße zeigen“, dachte er wütend. Dem alten Fiete wollte er keinen Vorwand geben.

Und tatsächlich trat dieser an die Grube.

„So, da unten schuftet er also. Naja, das geht ja gerade noch so.“

Neben ihm stand Martin und grinste herab. Armin sah ihn mit verdreckten Kleidern und verdrecktem Gesicht an. So sollte ihn Martin nicht noch einmal sehen.

Gegen Mittag wurde es zwar wärmer und es regnete auch nicht, aber Armin war durch den Morast durchnässt und zitterte am ganzen Leib. Auch die körperliche Arbeit konnte ihn nur wenig wärmen. Er hatte Hunger. Seit drei Tagen hatte er nichts gegessen.

Die kurze Mittagsrast gab ihm die Gelegenheit, sich auszuruhen. Begierig schaute er auf die Mahlzeiten der anderen Torfknechte, fragte aber nicht nach einem Bissen. Noch konnte er durchhalten.

Der Tag schien endlos zu sein. Armin stach immer weiter in den Morast, um die Soden zu lösen. Am Anfang hing er seinen Gedanken nach, doch mit der Eintönigkeit der harten Arbeit schwieg er nicht nur äußerlich. Mechanisch arbeitete er vor sich hin. Irgendwann musste der Tag zu Ende gehen.

Und dann spürte er beim Stechen in den Torf einen Widerstand. „Wahrscheinlich wieder ein Stück Holz oder eine alte Wurzel“, dachte er.

Vorsichtig versuchte er mit den Händen in den Spalt zu fassen und mit der Hand das Stück Holz freizulegen und herauszuziehen. Doch er fühlte noch etwas anderes. Etwas Weiches, Kaltes und dann spürte er mit den Fingern eine Art Band um das Weiche. Schnell grub er mit den Händen weiter und plötzlich löste sich aus dem Morast eine Hand. Erschrocken trat er einen Schritt zurück. Ansgar kam gerade vorbei und sah Armin an.

„Hier, hier ist eine Hand“, stammelte Armin.

Ansgar schwang sich in die Grube und schaute genauer hin.

„Beim Allmächtigen“, flüsterte er. „Los, pack mit an!“

Sie gruben mit ihren Händen weiter. Schon kam ein Arm zu Tage.

„Herrgott im Himmel“, sagte ein Knecht, der ihnen über die Schulter zusah. „Kommt alle her, hier ist ein Leichnam im Moor!“

Die Torfstecher ließen ihre Arbeit liegen und eilten herbei.

Armin und Ansgar zogen einen leblosen Körper in einem linnenen Kleid aus dem Morast. Die Füße waren nackt und der Körper samt den langen Haaren schien unversehrt.

„Was gibt es hier zu Glotzen? Ihr sollt arbeiten und nicht nutzlos herumstehen“, polterte von ferne die Stimme des alten Fiete. Er war erneut aufgetaucht.

„Sie haben einen Toten gefunden“, rief jemand. Der Alte bahnte sich den Weg durch die Knechte, bis er an der Grube stand.

„Los, gebt mir mal einen Eimer Wasser!“, forderte Ansgar.

Er wurde ihm gereicht und Ansgar spülte den verschmierten Kopf und das Gesicht des leblosen Körpers frei. Zum Vorschein kam ein mädchenhaftes Gesicht, vielleicht zwölf Jahre alt.

Ein Murmeln und Raunen ging durch die Menge. Die Mützen wurden vom Kopf genommen.

„Herrgott erbarme Dich. Das ist doch die Gretel“, sagte einer.

„Erzähl nicht, du Dummerjan. Gretel ist seit vielen Jahren tot. Diese hier ist aber bestimmt erst seit kurzem tot, so wie sie aussieht.“

Der alte Fiete trat etwas näher. „Es stimmt. Es ist tatsächlich Gretel“, murmelte er vor sich hin.

„Aber mein Herr, sie ist ja kaum entstellt. Kaum ein Haar fehlt. Wie kann die Gretel nach all den Jahren so aussehen, als sei sie erst gestern gestorben?“

„Das ist das Werk der Moorhexe“, ein alter Knecht mit Bart war hervorgetreten. „Die Moorhexe treibt ihr Unwesen und zieht Unschuldige in ihren Bann. Und als Untote Geister schickt sie sie dann über das Moor.“

Unruhe kam auf. Auch der alte Fiete bemerkte das Unbehagen der Arbeiter. Er wollte schnell etwas dagegen tun, um nicht Aberglauben und eventuell Arbeitsverweigerung aufkommen zu lassen.

„Schwatzt nicht. Los, hebt sie heraus aus der Grube und ladet sie auf den Karren! Wir bringen sie ins Dorf. Soll die alte Magdalena sagen, ob das die Gretel ist. Und der Rest von euch, marsch, wieder an die Arbeit!"

Das tote Mädchen wurde auf einen Karren geladen und ins Dorf gebracht.

Es stellte sich heraus, dass es tatsächlich die Gretel war. Auch wenn die alte Magdalena sich weigerte, es anzuerkennen. Da das Mädchen seit fast zwanzig Jahren tot war, aber immer noch wie die junge Gretel aussah, meinte die Alte, die Moorhexe hätte ihre Gretel verflucht. Trotzdem wurde die Leiche des Mädchens am nächsten Tag im Gottesacker bestattet.

Magdalena zog sich noch mehr in sich zurück. Nur wenige Wochen nach der Bestattung fand man sie schließlich tot in ihrer Kammer. Die Gewissheit über den Verbleib ihrer Tochter und die Angst vor der Moorhexe hatten ihr den letzten Lebenswillen geraubt. So wurde auch wenig später die alte Magdalena neben ihrer Tochter beigesetzt.

Trotz des Totenfundes kehrte Armin erleichtert aus dem Moor zurück. Er grübelte noch lange über die Tote nach und wusste nicht recht, ob er an die Moorhexe glauben sollte oder nicht. Er kam ausgezehrt und ermattet auf den Hof. Seine Kleidung war vom Torf und Schweiß verkrustet. Er wusch sich am Brunnen beim Gesindehaus und als er endlich eintreten durfte, dunkelte es bereits. Seine Ration schlang er am Gesindetisch hastig hinunter. Zorn und Grimm sprachen aus seinen Augen. Seine Glieder schrien nach Ruhe und er konnte sich nur noch mit Mühe am Tisch halten.

„Ich habe es euch gesagt, die Moorhexe hat die arme Gretel geholt“, sagte Ute zu den Knechten am Tisch.

Alle blieben stumm. Der Totenfund war doch sehr erschreckend gewesen.

„Vielleicht war es auch gar nicht die Gretel“, entgegnete Peer.

„Schwatz nicht“, erwiderte Ute. „Ich habe Gretel gekannt. Und dieses tote Mädchen ist die Gretel.“

Draußen waren Sturm und Gewitter aufgezogen, ungewöhnlich für die Jahreszeit. Der Wind zerrte an den Pforten und Reetdächern.

„Was für ein Unwetter. Heute Mittag sah es noch gar nicht danach aus.“

Das Donnergrollen erscholl unheimlich.

Peer schimpfte: „Jetzt friert es nochmal. Die Bäume sind noch nicht richtig ergrünt.“

„Fast so wie damals“, warf Ute ein.

„Was meinst du jetzt wieder mit damals?“, fragte Sven. „Meinst du, als die Gretel verschwand?“

„Nein. Dereinst kam in einer solchen Nacht der Blanke Hans und spülte die Dörfer davon.“

Armin horchte müde auf. Wenn Geschichten erzählt wurden, war er immer stets hellwach, auch wenn ihm beinahe die Augen zufielen. Auch Sven und Peer sahen sie stumm an. Wer wusste schon, ob an den Geschichten nicht etwas Wahres dran war?

„Unzählige ertranken damals oder wurden vom Blanken Hans davon gerissen.“

„Erzähl‘ keine Lügenmärchen, Ute!“, erwiderte Peer.

Doch Ute fuhr fort. Die Kerze flackerte leicht.

„Nur ein Knabe konnte sich vor den tosenden Gewalten in Sicherheit bringen.“

Ute beugte sich verschwörerisch vor. „Man sagt, er sei zwei Tage vorher zum Schafehüten auf den Wiesen gewesen. Und während er sich bei den Schafen die Zeit vertrieb, kam Merkenau dahergeflogen. Merkenau warnte ihn, dass der Blanke Hans kommen würde. Da lief der Knabe zurück ins Dorf und warnte auch die Bewohner. Er hatte es dabei so eilig, dass er die Schafe vergaß."

„Und dann?"

„Als er ins Dorf kam und den Leuten vom Blanken Hans berichtete, da verhöhnten sie ihn. Sie lachten über ihn, denn am Himmel waren keine Wolken zu sehen und die Sonne schien kräftig und warm. Sein Herr schlug mit der Gerte auf ihn ein, denn er hatte die Schafe vergessen. Er hieb so fest, dass sein Nacken blutig und geschunden wurde.

So eilte der Knabe zurück, um die Schafe zu holen. Zwei aber hatten sich im Moor verlaufen und er fand sie nicht mehr. Er kehrte nur noch mit vier Tieren zurück. Und sein Herr verdrosch ihn erneut."

„Und kam dann die Flut am nächsten Tag?"

„Nein."

„So hatte er Unrecht. Merkenau hatte ihn getäuscht. Was für ein fade Geschichte!"

„Der Knabe wurde den ganzen Tag verhöhnt. Die Kinder trieben Schabernack mit ihm. Da wurde er sehr zornig und wollte sich rächen. Er lief in den nahen Wald. Dort sprach er erneut mit Merkenau und den anderen Tieren. Er warnte sie, so dass sie fortliefen. Wenn die Menschen ihn so verhöhnten, so sollten sich wenigstens die Tiere retten."

Sie hielt kurz inne und sah Armin tief in die Augen: „Und dann rief er den Blanken Hans."

Armin sah sie gebannt an. „Erzähl weiter, Ute, was dann?"

„In der nächsten Nacht kam der Blanke Hans. Es war furchtbar. Er riss das ganze Dorf mit sich. Alles raffte er dahin. Das Vieh, die Häuser, die Menschen…Und als er sich wieder zurückzog, kamen die Bewohner der anderen Dörfer, die verschont blieben, um zu sehen, was geworden war. Sie fanden alle tot. Die Menschen waren im Schlaf ertrunken. Das Vieh war dahingerafft, die Ernte vernichtet. Eine Mutter, so heißt es, habe versucht, ihr Kind zu retten, und hielt es in die Höhe. Doch auch sie wurde mitgerissen und ertränkt. Viele Leiber hatte der Blanke Hans mit sich genommen. Einige fand man Tage später im Watt. Alles war vernichtet. Unzählige Menschen starben. Gott sei ihrer Seelen gnädig. Der Knabe hatte sich furchtbar gerächt."

Ute bekreuzigte sich.

„Was ist aus ihm geworden?", fragte Armin.

„Man fand ihn in einem Baum unweit des Dorfes. Er hatte sich gerettet. Merkenau saß neben ihm auf einem Ast und krächzte höhnisch. Man holte den Knaben herunter. Doch er war starr vor Kälte und Entsetzen."

„Nur er hatte überlebt?"

„Ja. Komisch, nicht wahr? Man fragte ihn, wie er sich retten konnte, und warum er den anderen nicht geholfen habe. Aber er schwieg. Er sprach keinen Ton. Merkenau saß derweil immer noch im Baum und krächzte...Da kam aber ein Mädchen. Es war am Tag zuvor dem Knaben nachgeschlichen, weil es wissen wollte, was er im Wald trieb. Sie hatte ihn mit Merkenau im Wald sprechen hören. Er hatte sie nicht bemerkt und den Blanken Hans aus Wut über seinen Fehler heraufbeschworen und das ganze Dorf vernichtet."

„Er hat den Blanken Hans gerufen?"

„Ja."

„Was geschah mit ihm?"

„Man wollte ihn bestrafen. Er sollte wegen des Teufelswerks auf dem Scheiterhaufen brennen. Offensichtlich hatte er teuflische Kräfte, denn er konnte mit den Tieren sprechen und den Blanken Hans heraufbeschwören. Aber bevor man ihn mitnehmen konnte, riss er sich los und rannte davon."

Stille trat ein. Nur die Wachskerze auf dem Tisch flackerte geheimnisvoll.

„Sie rannten hinter ihm her. Man hetzte ihn mit Hunden. Zwei Tage und eine Nacht. Am Ende des zweiten Tages hatte man ihn beinahe gefasst. Und dann rannte er ins Teufelsmoor."

„Ins Teufelsmoor?"

„Ja."

„Dann fand er seine Bestrafung?", fragte Peer.

„Die Moorhexe holte ihn...Niemand hat ihn je wieder gesehen.“

„Schon wieder die Moorhexe.“

Peer schaute wieder ungläubig.

„Ja. Verlacht sie nicht. Ihr habt die Gretel gesehen. Nun wisst ihr, die Moorhexe wohnt tief im Teufelsmoor und treibt dort ihr Unwesen. Wer sich des Nachts zu tief ins Moor wagt, den verführt sie. Denkt an ihre Irrlichter, die den Verirrten immer tiefer in die Sümpfe führen. Sie zieht die armen Seelen in ihr dunkles Reich. Niemand ist lebend wieder zurückgekehrt.“

Armin war ein wenig unbehaglich geworden. Es war nun schon die zweite Geschichte von der sagenhaften Moorhexe.

„Viele Unbescholtene zog sie schon in ihren Bann. Niemand hat sie je wieder gesehen.“

Am nächsten Tag war Sonntag. Auch wenn es viel zu tun gab, so gestattete der alte Fiete, dass sein Gesinde in die Kirche ging. Denn auch wenn er insgeheim von der Kirche nichts hielt und besonders die Almosen für ihn Verschwendung waren, so würde er es niemals wagen, gegen die Kirche zu sprechen. Zu groß war ihr Einfluss auf die Leute. Er hätte an Ansehen verloren.

Noch bevor die Glocken läuteten, hatten die Knechte das Vieh versorgt. Nach der Kirche würde Armin die Schafe wieder auf die Wiesen treiben. Er ging gerne in die Kirche, denn hier fand er von all der Plackerei ein wenig Ruhe, wenn auch nur für kurze Zeit.

Die kleine Glocke, der alte Fiete hatte sie gespendet, läutete die Bauern, Knechte und Gesinde zum Gottesdienst. Und während die Leute in das kleine Gotteshaus zogen, bemerkte Armin wieder die Bettler und Armen. Manche hatten durch Unfälle Gliedmaßen oder gar ein Auge verloren, manche humpelten und zogen ein Bein nach. Vielleicht war auch der eine oder andere darunter, der sein Gebrechen besonders zur Schau stellte, um die Möglichkeit ein Almosen zu erlangen, zu erhöhen. Der alte Fiete gab nie etwas. Er spendete lieber direkt für die Kirchen.

Ute allerdings hatte ein weiches Herz. Sie hatte, versteckt vor den Augen ihres Herrn, immer ein paar kleine Brotkanten bei sich, die sie den Bettlern als Almosen gab. Geld hatte sie nur wenig. Aber als Küchenmagd hatte sie einen genauen Überblick über die Speisen und konnte geschickt und unbemerkt das eine oder andere unter ihren Umhang stecken, wenn es zur Kirche ging.

Die Ruhe und Erholung in der Kirche taten Armin gut. Er musste achtgeben, nicht einzuschlafen. Auch wenn er den Geistlichen und auch die Kirche achtete, die Müdigkeit kam häufig wie eine schwere Bürde, die auf seine Augenlider drückte.

„Schlaf nicht ein“, zischte Ute und knuffte Armin in die Seite.

„Entschuldigung“, flüsterte Armin und versuchte, wieder den Worten des Geistlichen zu folgen. Der alte Fiete hatte von all dem nichts bemerkt. Er saß stets vorne, wo er seinem Ansehen noch mehr Ausdruck verleihen konnte.

Als der Gottesdienst beendet war, strömten die Kirchgänger aus der kleinen Kapelle. Der Priester gab jedem die Hand und die Bewohner zerstreuten sich. Es wurden Almosen für die Armen und die Bettler verteilt, die sich rege bedankten. Wie immer ließ Ute den alten Fiete vorausgehen, damit sie ihre mitgebrachten Gaben unbemerkt geben konnte. Armin half ihr dabei. Sie steckte ihm dazu unbemerkt im Gottesdienst das eine oder andere zu.

„Bitte, hast du eine milde Gabe? Gott wird es dir vergelten.“

Vorsichtig gab Armin der alten Frau ein Stück Brot.

Ein anderer Bettler, eingehüllt in einen Lumpenumhang, mit wilden Haaren, einem schmutzigen Tuch um den Kopf und ein Auge gebunden, humpelte auf einen Stock gestützt näher. Armin hatte ihn schon öfter beim Gottesdienst bemerkt. Er war wahrlich nicht zu beneiden, denn offensichtlich hatte er eine schwere Beinverletzung und wahrscheinlich sogar ein Auge verloren. Arbeiten konnte er so nicht mehr und Angehörige, die sich um ihn kümmern konnten, hatte er offenbar auch nicht.

„Hast du etwas Brot oder einen Pfennig, damit ich mir zu essen kaufen kann?“, stammelte er mit tiefer Stimme. Armin schaute schnell um sich. Der alte Fiete sprach mit jemandem, und so gab Armin dem Bettler sein letztes Stück Brot.

„Die Habenichtse vor der Kirche können einem wirklich Leid tun“, sagte Armin am Abend vor der Nachtruhe.

„Ja, es ist bedauerlich“, raunte Ute, denn Sven und auch Peer wussten nichts von den Almosen und sollten auch nichts erfahren. „Auch wenn es nur wenig ist, aber der Wille zählt, Armin. Mehr können wir ihnen nicht geben, denn mehr haben wir nicht. Wem hast du heute gegeben?“ Sie fragte leise, damit sie nicht gehört wurden.

„Einer alten Frau und dem humpelnden Alten mit dem Kopfverband.“

„Ja stimmt, der ist auch immer da. Gut, dass du ihm gibst, ich komme immer nur zu dem Mädchen mit den Krücken und zu dem verstümmelten Alten.“

Der Frühling war kurz in diesem Jahr. Nach der stürmischen Nacht mit Gewitter hatte es tatsächlich noch einmal Frost gegeben. Es hatte sogar noch einmal geschneit, wenn auch der Schnee nicht liegen blieb. Armin hatte Glück, denn er musste nicht in die Torfgruben. Dafür musste er sich um die Schafe kümmern und bei der Aussaat helfen.

Auch diese kühle Zeit ging vorüber und der Sommer kam mit aller Pracht.

Nach der Schafskälte wurden die Schafe endlich geschoren. Und obwohl Armin Übung hatte, war es immer wieder schwer. Besonders beim Scheren der Böcke mussten die Knechte zu zweit anpacken. Einige Tiere wurden geschlachtet, weil sie alt waren und den folgenden Winter nicht überstanden hätten.

Die Wolle wurde zu Ballen geschnürt und in der Loodiele trocken gelagert. Die Felle wurden gegerbt und ebenfalls auf der Loodiele zum Trocknen gespannt.

Eines Morgens ließ der alte Fiete die Knechte zusammenkommen. Auch Ansgar und ein paar andere Arbeiter aus den Torfgruben waren gekommen.

„So, morgen ist es so weit", sagte er alte Fiete, als er sicher war, dass alle ihm zuhörten. „Wir werden morgen nach Bouchstadhude ziehen und die Wolle und den Torf verkaufen. Martin, du ziehst die Wagen zusammen. Peer, Sven und Armin, ihr spannt die Ochsen an. Ansgar, du nimmst die Karren mit ins Moor und sorgst dafür, dass der Torf auf die Wagen geladen wird. Peer, Sven und Armin, wenn die Wagen angespannt sind, dann macht ihr euch in der Loodiele zu schaffen und verladet die Wollballen auf die restlichen zwei Wagen in der Scheune. Haltet euch ran. Wenn Martin mit den anderen Wagen kommt, fahrt ihr die Wagen ebenfalls ins Moor und verladet den Torf. Vor Sonnenuntergang will ich die Wagen wieder hier haben. Und wenn ihr nicht bis Sonnenuntergang zurück seid, zieht ihr die Wagen morgen alleine nach Bouchstadhude. Ich hoffe ihr habt das verstanden. Und jetzt haltet nicht Maulaffen feil und packt an!"

Während Armin, Peer und Sven die Ochsen vor den Karren spannten, sattelte Martin das Pferd und ritt los, um aus umliegenden Dörfern Wagen und Pferde von Bauern zu holen, die dem alten Fiete Geld schuldeten.

Ansgar fuhr mit den zwei Ochsenkarren ins Moor und Armin, Peer und Sven begannen, die Wolle und Felle von der Loodiele auf die übrigen zwei Wagen zu laden.

Kurz vor Mittag kam Martin mit zwei Karren zurück. „Peer, wie lange braucht ihr noch?"

„Wir sind fast fertig."

„Beeilt euch ein bisschen. Tränkt dann die Pferde noch einmal und fahrt dann raus ins Moor. Wo ist mein Vater?"

„Er ist oben in der Schreibstube."

Martin nickte und verschwand im Haus.

„Sven, wie viel ist es noch?"

„Noch zehn Ballen.“

„Gut. Macht hin. Wir müssen noch die Pferde tränken und dann ins Moor.“

Nach einer Weile kam Martin in die Loodiele geschlendert. In der linken Hand spielte er mit einem kleinen Säckchen. Armin postierte gerade einen Ballen an der Luke und stieß ihn nach draußen.

„So, seid ihr bald fertig?“, wollte Martin wissen und trat näher an Armin heran. Der beachtete ihn nicht und wischte sich den Schweiß von der Stirn.

„Hast du das schon mal gesehen?“, fragte Martin leicht hämisch und öffnete den Beutel.

„MARTIN!!“ Der alte Fiete stand fluchend in der Tür zur Kammer. „Komm sofort hierher!“

Martin zuckte zusammen und gehorchte. Fiete blitzte seinen Sohn voller Zorn und Strenge an, riss ihm den Beutel aus der Hand, warf einen kurzen Blick hinein und schloss ihn wieder. Dann packte er Martin am Schlafittchen und sprach mit leiser aber sehr eindringlicher Stimme.

„Wage es nicht noch einmal, diesen Beutel zu nehmen. Ist das klar?“

Martin nickte schuldbewusst.

„Was war in dem Beutel?“, fragte Sven leise.

„Weiß nicht, ich konnte nichts sehen“, log Armin. Er hatte sehr kurz einen Blick in den Beutel werfen können. Vier kleine goldfarbene Steine waren darin gewesen, aber er hielt es für besser, nicht davon zu sprechen.

Am frühen Morgen zog der kleine Tross gen Bouchstadhude. Sie waren mehrere Tage unterwegs, denn die Karren waren schwer und die Ochsen nicht die schnellsten. Abends quartierte sich der alte Fiete in dem einen oder anderen Bauernhof ein. Martin konnte meist auch ein festes Dach über dem Kopf haben. Sven und Peer wechselten sich mit dem Schlafen im Stall ab, während Armin jede Nacht an den Karren verbrachte. Er zog seinen Umhang stets zu einem kleinen Schrägdach, dass er im Falle eines Regens nicht gänzlich nass würde. Ansonsten bettete er sich auf den Wollballen, was ihm von unten wohlige Wärme gab.

Tagsüber musste er häufig neben den Karren gehen oder die Ochsen ziehen, damit sie nicht stehen blieben. Er versuchte, nicht an die schmerzenden Füße zu denken und besah sich mit Neugier die Ortschaften, die sie passierten.

Auf der Rückreise war der alte Fiete schlecht gelaunt. „Diese Halsabschneider", hatte er immer wieder gemurmelt und selbst Martin durfte ihn kaum ansprechen. Er war der Meinung, einen schlechten Preis für seine Ware bekommen zu haben. Aber da er die Ware nicht wieder mit nach Karlshöfen hatte mitnehmen wollen, war er auf den Handel eingegangen.

Auf dem Hof zurück gab er noch ein paar kurze Befehle. „Los! Spannt aus!", befahl er den Knechten und verschwand in seiner Schreibstube, um die Bücher zu führen.

„Los Martin!", rief er aus der kleinen Luke der Schreibstube auf den Hof. „Schaff‘ die beiden Geldsäcke herauf."

Das erhandelte Geld war trotz des angeblich schlechten Preises ein guter Batzen und die beiden ledernden Geldbeutel waren gut gefüllt und schwer. Martin wollte nicht alleine die Geldbeutel schleppen.

„He Armin, pack mit an und folge mir! Und wehe du machst Unfug mit der Tasche!"

Jeder der beiden trug eine schwere Geldtasche hinauf in die Schreibstube. Armin betrat nun zum ersten Mal die Stube, die der alte Fiete ansonsten streng verschlossen hielt, wenn er nicht gerade seine Bücher führte.

„Hast du es nicht alleine geschafft? Wieso bringst du den Taugenichts mit?", schnaubte Fiete, beließ es aber bei der Schelte.

„Kommt her und packt die Geldtaschen hier hinein!" Er nahm einen Schlüssel, den er an einem Lederband um seinen Hals trug, schloss den schweren und großen Geldschrank in der Ecke auf und wies die Jungen an, die Beutel hineinzulegen. Neben kleinen anderen Beuteln lagen noch eine Menge Schriftstücke im Schrank. Alles war ordentlich sortiert. Selbst unter den Schriftstücken herrschte Ordnung, obwohl Armin nicht lesen konnte und somit auch nicht wusste, ob sie wirklich sortiert waren. Auf den Schriftstücken lagen drei kleine Geldbeutel, aus denen der alte Fiete stets Geld nahm, um es Ute für die Einkäufe zu geben.

Armin legte die lederne Geldtasche in die Ecke des Schrankbodens. Als er sich aufrichtete, sah er wieder den kleinen ledernen Beutel, den Martin ihm in der Loodiele unter die Nase gehalten hatte. Er hielt einen Augenblick inne und betrachtete ihn genau.

„Was gibt es da zu gaffen", packte Fiete ihn an der Schulter und schubste ihn kräftig zur Stubentür. „Hast du sonst keine Arbeit? Soll ich dir Beine machen?" Zornig und mit rotem Kopf stierte er Armin an, der sich schnell aus der Schreibstube in den Hof machte.

Die Erntezeit kam. Die Ackersleute und die Knechte wurden jetzt sämtlich zum Mähen und Einbringen des Korns und der Garben gebraucht. Es war nicht die beste Ernte, aber dennoch war der alte Fiete zufrieden. Früh morgens ging es hinaus aufs Feld. Gefrühstückt wurde nicht, dafür wurde das Essen aufs Feld gebracht. Wenn die Garben auf die Karren verladen waren, ging es am späten Nachmittag zurück auf den Hof, um das Korn in die Loodiele zu bringen. Dort sollte es gebunkert werden, um es nach der Ernte ausdreschen zu können. Es war ein heißer Sommer. Die Knechte und Ackersleute schwitzten um die Wette und Ute und ein paar weitere angeheuerte Mägde hatten alle Hände voll zu tun, um die Wasserkrüge auf die trockenen Felder zu bringen.

Die Karren mit den Garben fuhren in den Hof direkt unter die Luke der Loodiele.

„Wer geht hinauf und öffnet die Luke?"

„Ich geh schon", sagte Peer erschöpft und trottete müde ins Haus.

„Schnell Armin, wir wollen vor ihm oben sein!", tuschelte Sven ihm mit einem Grinsen zu.

„Kletter auf das Reetdach. Beeil dich, der Alte ist gerade nicht da!“

Armin wusste, was Sven meinte und grinste. Er schnappte sich die dünne Gerte vom Karren, steckte sie sich zwischen die Zähne und schwang sich aufs Reetdach. Geschickt und barfuß hangelte er sich am Reet hinauf bis er am Ulenluch angelangt war. Er war schon immer ein geschickter Kletterer gewesen.

„Mach schon, Peer ist gleich oben.“

Schnell nahm Armin die Gerte aus dem Mund und langte nach der Luke. Endlich passte sie zwischen den Spalt und er konnte entriegeln. Die Luke schwang leicht auf. Jetzt hielt er sich am Ulenluch fest und hangelte sich geschickt auf den Dreschboden.

Als Peer die Tür zur Loodiele öffnete, verzog er das Gesicht.

„Na toll. Hättet ihr das nicht früher sagen können?“

Armin grinste.

Sie verbrachten die Garben über die Luke in die Loodiele. Erst als die Sonne den Horizont erreichte, waren sie fertig.

In den Nächten der Erntezeit schliefen alle gut. Die Arbeit war schwer und für Streit oder Ärger reichten die Kräfte nicht. Sogar der alte Fiete schien mit der Arbeit zufrieden zu sein.

Nach dem Einbringen der gesamten Ernte, war es wieder Zeit für eine Fahrt zum Markt nach Beversate, auf dem Ute immer verschiedene Dinge für die Hauswirtschaft kaufte, die nicht selber hergestellt werden konnten.

Armin spannte früh morgens den Karren an. Er sollte wie immer Ute begleiten und die Waren tragen.

„Hier hast du Geld“, Fiete zog ein kleines Geldsäckchen aus der Tasche und schüttete ein paar Münzen in Utes Hände. „Und sei ja sparsam.“

Ute und Armin fuhren los. Die Lerchen zwitscherten noch auf den Feldern am Wegesrand, und auch wenn es nicht so heiß war, wie noch vor ein paar Wochen, so war es trotzdem trocken und warm. Sie passierten die Gnarrenburg, fuhren gen Norden und hatten bald Beversate erreicht. Das Markttreiben war schon im vollen Gange.

„So, Armin. Wir brauchen ein paar neue Krüge, Schüsseln und Löffel. Die selbstgeschnitzten sind gut, machen es aber nicht mehr lange."

Die Dinge, die Ute kaufen musste, hatte sie im Kopf.

„Bleib beim Karren, ich hole dich, wenn ich etwas habe."

Der Markt war nicht groß, aber dennoch konnte man hier all das Handwerk erstehen, was man selbst nicht anfertigen konnte. Hier wurden Körbe angeboten, dort rief ein Händler seine Waren aus, und ein Töpfer bot an anderer Stelle seine Krüge an.

Ute kaufte zwei Körbe, ein paar Krüge und anderes Küchengerät und Armin lud die Sachen auf den Karren.

„So, und nun geh noch ein bisschen über den Markt. Schau dich ruhig um! Halt dich aber auch nicht allzu lange auf." Sie steckte ihm noch eine Münze zu. „Die habe ich heute dem Korbflechter abgehandelt. Erzählst du aber auch nur ein Wort an irgendwen oder gar an den alten Fiete, gibt es was hinter die Ohren."

Armin verlor keine Zeit. Schnell stürzte er sich ins Getümmel aus Händlern, Marktschreiern, Mägden und vielleicht auch Dieben. Er kaufte sich einen süßen Fladen und genoss es, einmal eine solche Süßigkeit zu probieren. Sonst hatte er höchstens einmal im Sommer süße, wilde Erdbeeren beim Schafehüten gegessen.

Während er noch interessiert das Treiben der Menschen beobachtet, wurde er plötzlich am Ärmel gezogen.

„Hast du eine milde Gabe für mich?", brummte die tiefe Stimme. Es war der Bettler, der sonst in Karlshöfen sonntags vor der Kirche um etwas zu essen oder Geld bat.

Armin erkannte ihn sofort und war etwas verwundert, ihn in Beversate zu sehen, denn die Strecke war für jemanden, der so stark am Bein versehrt schien, nur schwer zu bewältigen. Der Bettler erkannte aber offensichtlich nicht, dass es Armin war, der da vor ihm stand.

„Was machst du hier?“, verwunderte sich Armin. „Der Weg muss wahrlich beschwerlich gewesen sein, oder?“

Der Alte sah ihn mit dem einen Auge etwas wirr an, als verstünde er nicht. Speichel lief ihm aus dem Mundwinkel und er brummte erneut.

„Hast du eine milde Gabe für mich?“

„Wie geht es deinem Bein?“, fragte Armin.

Der Bettler grunzte etwas unverständlich, zuckte mit dem Kopf und fragte erneut: „Hast du eine milde Gabe für mich?“

Armin gab ihm vom Fladen. Durch einen Rempler war er kurz abgelenkt und als er sich wieder dem Bettler zuwenden wollte, war dieser verschwunden.

Auf der Heimfahrt erzählte er Ute von der Begegnung.

„Bist du sicher, dass es der Bettler von Karlshöfen war?“

„Ja. Er sagte zwar nicht viel und schien mich auch nicht zu erkennen, aber er war es gewiss.“

„Sonderbar. Bis Beversate ist es ein beachtliches Stück für einen Bettler mit einem Hinkefuß. Er muss den ganzen Tag unterwegs sein. Merkwürdig, dass er die Gnarrenburg problemlos passierte. Durch den Sumpf wird er wohl nicht gekommen sein.“

Am Sonntag zog es wieder jeden zum Gottesdienst. Da der Ernte-Dank später gefeiert werden sollte, sprach der Priester von guter Ernte, den Früchten, die der Herrgott über die Erde streute, und dass die schwere Feldarbeit belohnt wurde. Armin hörte aufmerksam zu. Er tat es immer, wenn die Ernte eingebracht war, denn dann fühlte er sich durch die harte Arbeit besonders angesprochen.

Als der Gottesdienst zu Ende war und alle wieder gen Ausgang strömten, ließen sich Armin und Ute wieder etwas zurückfallen. Ute steckte Armin wieder etwas Brot für die Bedürftigen zu, die wieder vor der Kirche warteten. Er glaubte sich unbeobachtet und verteilte sein Brot, als er plötzlich am Arm gepackt wurde und eine Stimme hörte, die er lieber nicht gehört hätte.

„Hast du etwa diesem Aussätzigen Brot gegeben?“

Leugnen war zwecklos, denn Fiete hatte ihn auf frischer Tat ertappt.

„Ich habe dem armen Mittellosen etwas von meinem Brot gegeben, das ich von meinem Frühstück aufsparte.“

Der Alte wollte schon vor Wut aus seiner Haut fahren, sah aber den Priester in Hörweite.

Er zog Armin mit sich und zischte nach einer Weile durch die Zähne: „Heute Abend kommst du nach dem Abendbrot in die Schreibstube. Und wage es nicht, zu spät zu kommen. Außerdem wirst du deine Brotration für morgen mitbringen.“

Was hatte der Alte vor? Armin grübelte den ganzen Tag darüber nach, ohne es zu erraten.

Wie befohlen, begab sich er nach dem Abendbrot mit der Brotration des nächsten Tages in das Gutshaus. Er stieg die Stiege zur Loodiele hoch und wandte sich nach links. Es war schummrig in der Schreibstube und auf dem Pult stand ein Leuchter, der etwas Licht spendete.

Martin sah sich am offenen Geldschrank das Inventar an, während der alte Fiete am Pult stand.

Als Armin eintrat, blickten beide auf, und auf Martins Gesicht zeichnete sich ein leichtes Grinsen ab. Offensichtlich wusste er schon, was Armin nun blühte.

„Du hast offensichtlich zu viel zu Essen. Dir geht es wohl so gut, dass du dein Brot mit einem Bettler teilen kannst und brauchst wohl nicht so viel Brot?“

„Ich hatte mir heute beim Frühstück etwas aufgespart, um ein klein wenig den Bedürftigen zu geben, denen es nicht so gut geht.“

Was auch immer der alte Fiete nun schon wieder im Schilde führte, Armin war es egal. Ein paar Hiebe mehr oder weniger machten ihm nichts aus. Insgeheim keimte in ihm schon lange der Plan, den Hof zu verlassen. Das Wann und Wie wusste er noch nicht, doch sicher würde er es nicht vor dem Winter wagen. Im Frühjahr könnte er gut und gerne ein paar Tage, wenn nötig auch Wochen, in den Wäldern verbringen, ohne zu erfrieren. Aber es war bereits Spätsommer und der baldige Herbst konnte schon Nachtfrost mit sich bringen. Bis zum Frühjahr würde er es auf dem Hof wohl schon noch schaffen.

„Nun gut“, Armin wurde aus seinen Gedanken gerissen. „Da du ja scheinbar zu viel zu Essen bekommst, wirst du ab morgen weniger Brot bekommen. Ich werde Ute anweisen, dir weniger Brot zu geben. Ich werde es dir schon austreiben, meine kostenlose Gabe zu verschwenden.“

Fiete sagte es mit bissiger und zorniger Stimme, und um seinen Worten Nachdruck zu verleihen, schlug er mit der Faust auf den Tisch. „Und damit du mich nicht hintergehen kannst, bringst du mir deine Brotration jeden Abend hierher, auf dass ich dir deinen Anteil für den Folgetag zuteilen kann.“

Damit hatte Armin nicht gerechnet. Er hatte ohnehin schon immer großen Hunger und arbeitete auch viel. Mit noch weniger Brot würde eine harte Zeit für ihn anbrechen.

„Und bilde dir nicht ein, Ute könne dir hinter meinem Rücken etwas zustecken. Den Schlüssel zur Vorratskammer verwahre ich in Zukunft.“

Damit nahm er Armin das Brot aus der Hand, brach gut ein Drittel ab und reichte Armin das größere Stück. „Und jetzt pack dich von dannen. Ich will dich nicht mehr sehen.“

Er sah auf das kärgliche Stück Brot hinab und zog schweigend davon.

Zurück im Gesindehaus war Ute dabei, die Küche zu putzen und die letzten Erledigungen vor der Nachtruhe zu besorgen.

„Morgen wird der alte Fiete kommen und den Schlüssel für die Vorratskammer verlangen, Ute. Die Vorratskammer wir nun nur noch geöffnet, wenn er dabei ist.“

Ute schwieg, als Armin die Nachricht überbrachte und starrte in die Glut des Ofens, die fast erloschen war.

„Was ist mit deinem Brot?“, fragte sie.

„Der alte Fiete teilt mir jeden Abend die Brotration für den folgenden Tag zu.“

„Du hättest die Ration nicht an die Bettler vergeben sollen. Weißt ja, wie der Alte dazu steht“, mischte sich nun Sven ein.

„Halt den Mund, Sven“, blaffte Peer. „Dem Herrgott gefallen milde Gaben. Du hast ja noch nie etwas von deinem Essen abgegeben.“

Sven schwieg.

„Am besten wir gehen nun zu Bett. Morgen werden wir mit dem Dreschen anfangen. Das wird anstrengend genug.“

Im Sumpf

Das fehlende Brot schmerzte. Armin versuchte sparsam mit dem wenigen umzugehen, das er hatte. Aber letztendlich ging er stets hungrig schlafen.

Das Dreschen auf der Loodiele war anstrengend und staubig. Gegen die herumstiebende Spreu und den Staub band er sich Lumpen um Mund und Nase. Aber gegen den Hunger hatte er kein Mittel. Manchmal steckte er sich ein paar Getreidekörner in den Mund, wenn er sich unbeobachtet fühlte und der Hunger zu groß wurde. Doch auch das half nur wenig.

Jeden Abend ging Armin in die Schreibstube hinauf und der alte Fiete brach ihm das Stück Brot ab, das er ihm für den nächsten Tag zugestand. Manchmal war es tatsächlich ein bisschen mehr. Aber Armin schob es vielmehr auf die Ungenauigkeit des Alten denn auf Gnade. Martin konnte sich, aus seiner Kammer lugend, nur selten ein gehässiges Grinsen verkneifen. Am Anfang stand er noch in der Schreibstube, um mit Wohlwollen die Zuteilung der Ration zu beobachten. Aber mit der Zeit wurde es langweilig und er schien das Interesse daran verloren zu haben.

Eines Abends aber kam Armin etwas früher in die Schreibstube hinauf. Die Sonne stand schon tief am Horizont. Müde von der Arbeit ging er die Stufen zur Loodiele hinauf und den schmalen Flur zur Schreibstube entlang. Drinnen brannte die Öllampe. Doch als er eintrat, war Fiete nicht wie gewöhnlich da. Martin stand am offenen Geldschrank und erschrak, als er Armin hinter sich bemerkte.

„Was machst du da?“, fragte Armin.

Martin grinste teils verlegen, teils gehässig.

„Was geht es dich an?“

Armin gelang ein Blick in den Schrank. Dort lagen die Geldtaschen von der Handelsfahrt nach Bouchstadhude. Auch die Papiere lagen wie gewohnt an ihrem Platz. Der kleine Beutel mit den merkwürdigen Steinen, die Martin Armin verbotener Weise gezeigt hatte, lag auch an seinem Platz.

Schwere Schritte kamen von der Treppe. Der alte Fiete kam. Armin drehte sich zur Tür, um den Alten zu erwarten.

„Bist du schon da? Naja, anscheinend lernst du langsam Gehorsam."

Doch dann blieb er in der Mitte des Raumes wie angewurzelt stehen und starrte auf den Geldschrank.

„Wieso ist der Schrank offen?" Er blitzte beide Jungen an.

„Als ich hereinkam, war er schon offen", antwortete Martin.

Der Alte ging hastig zum Schrank. Ein kurzer Blick reichte ihm.

„Wo ist der Geldbeutel?"

Jetzt sah auch Armin, dass von den drei Geldbeuteln, die auf den Schriftrollen gelegen hatten, der beinahe leere Beutel fehlte. Der Alte fauchte und seine Augen funkelten bedrohlich.

„Wo ist der Geldbeutel?", fragte er noch energischer.

„Ich weiß es nicht", stammelte Martin und auch Armin zuckte mit den Achseln.

„Lügt mich nicht an!"

„Ich habe ihn wirklich nicht genommen", erwiderte Martin erneut. Doch dann deutete er auf Armins Hemdtasche an der Hüfte. „Was ist das denn da, Armin?"

Armin blickte auf seine Tasche, die ausgebeult war. Er griff hinein und zog den fehlenden Geldbeutel heraus. Fassungslos starrte er auf den Beutel in seiner Hand. Wie war er in seine Tasche gekommen? Er sah blitzschnell Martin an. Doch ehe er auch nur etwas sagen konnte, hatte Fiete ihn gepackt und den Geldbeutel aus der Hand gerissen.

„Du wagst es, mich zu bestehlen?"

„Ich war es nicht. Ich habe den Beutel nicht genommen."

„Dann ist er vielleicht in dein Wams hineingeflogen wie ein Vogel?"

„Ich weiß es nicht. Martin muss ihn mir hineingetan haben. Er war vor mir da und…“

Die Ohrfeige traf Armin mit aller Wucht.

„Das Maß ist nun voll. Jetzt fängst du auch noch an zu stehlen. Der alte Radegast hatte wahrhaftig Recht. Ich hätte dich ertränken sollen, als ich dich aufnahm. Ich hätte nicht auf Isolde hören sollen. Aber jetzt wirst du deiner gerechten Strafe nicht entgehen.“

Er packte Armin mit all seiner Kraft und zog ihn bäuchlings über den Tisch. Geschickt umschlang er Armins Hände mit einem Seil.

„Halte seine Hände“, befahl er Martin schroff. Dieser war schnell zur Stelle. Während Armin auf dem Tisch gestreckt war, hielt Martin mit aller Kraft das Seil fest, an das die Hände gebunden waren. Der alte Fiete zog Armin das Hemd hoch, damit der Rücken frei lag.

„Jetzt werde ich dir zeigen, was du schon längst verdient hast.“

Er holte mit einer Weidenrute aus und ließ sie auf Armins Rücken schnellen.

Armin schrie auf. Es war nicht nur der Schmerz, sondern auch die grenzenlose Ungerechtigkeit, die ihm widerfuhr. Martin grinste und feixte. Er schien die Schelte für Armin zu genießen. Schon fuhr der nächste Hieb nieder.

Armin biss die Zähne zusammen. Sein Innerstes bäumte sich gegen diese Pein auf. Und als er durch die tränenden Augen Martin feixen sah, packte ihn die Wut. Noch bevor Fiete den nächsten Hieb setzen konnte, zog er sich, am Seil festhaltend, mit einem Ruck über den Tisch. Durch die Wucht seines Schwungs stieß er mit seinem Kopf gegen Martin und sie stürzten zu Boden. Der fauchende Hieb ging ins Leere. Beim Sturz hatte sich die Schlaufe um Armins Hände gelockert und er konnte sie herausziehen. Schnell sprang er auf die Beine. Martin lag nach Luft japsend auf dem Boden. Der Alte schäumte vor Wut. Er eilte um den Tisch, doch Armin sprang mit einem Satz über den Tisch.

„Bleib stehen, du Teufelsbraten!“, fluchte Fiete.

Armin rannte aus der Schreibstube, die Treppe hinab und aus dem Haus. Hinter sich hörte er die Flüche des Alten.

Wo sollte er nur hin. Auf dem Hof konnte er nicht bleiben. Er stürzte davon und vom Hof. So schnell ihn seine Beine tragen konnten rannte er aus Karlshöfen heraus. Weiter, immer weiter in Richtung der Wiesen. wo er die Schafe immer weidete.

Als er sich etwas in Sicherheit wähnte, verschnaufte er an einer kleinen Baumgruppe am Weiher. Die Sonne stand tief und die Dunkelheit kam vom Osten herauf.

Wo sollte er nur hin? Er hatte ja noch nicht einmal einen Umhang. Immerhin hatte er noch seinen Brotkanten. Die Tagesration hatte der Alte ihm nicht abnehmen können.

Dann hörte er Hundegebell. Er schaute um den Baum. In der Ferne konnte er eine kleine Horde Männer mit Hunden sehen. Und etwas dahinter kam ein Reiter herangeprescht.

Wohin nun? Wenn er den Weg weiter rannte, würden sie ihn bald haben. Die Hunde würden ihn riechen und finden. Im Moor würde er sich bestimmt verirren und ertrinken. Vielleicht wartete die Moorhexe nur auf ihn?

Die Meute kam näher. Schon hörte er die Männer rufen. Und in all seiner Verzweiflung nahm er seinen Mut zusammen und rannte ins Moor hinein. Dann würde er lieber im Morast versinken. Aber der alte Fiete sollte ihn nicht bekommen.

Zunächst eilte er über Heidekraut, Gräser und Moos. Noch war der Boden fest. Doch schon bald wurde der Boden feuchter und tiefer. Die Schritte wurden schwerer, das Sumpfgras üppiger. Armin rannte immer tiefer ins Moor. Hinter sich hörte er das Gebell der Hunde und das Rufen der Männer. Der Fiete war doch schneller auf seine Spur gekommen, als er gedacht hatte.

Er versuchte auf trockenem Boden voranzukommen.

Die Torfgruben ließ er hinter sich. Teilweise sprang er jetzt nur noch von Pflanzenbüschel zu Pflanzenbüschel. Er stolperte und fiel in Pfützen. Halb durchnässt und mit Morast vollgesogen hetzte er tiefer und tiefer ins Teufelsmoor.

Der Septemberhimmel verdunkelte sich zu einem unheimlichen Düstern. Nebel stiegen aus dem Moor empor. Die Sonne sandte ein letztes Abendrot über das Land, als sie im Westen verschwand.

Die Verfolger waren kaum noch zu hören. Vielleicht verloren sie seine Spur? Zumindest aber kamen sie genauso langsam voran wie er. Er verschnaufte einen Augenblick auf einer kleinen Grasinsel unter einer toten Birke. Durchnässt von Wasser und Schweiß rang er nach Luft. Den Brotkanten zog er aus einer Hemdtasche und biss ein Stück ab. Langsam fand er wieder zu Atem. Er begann zu frösteln.

Dunkler und dunkler wurde nun das Moor. Längst konnte er die Bäume in der Ferne nicht mehr ausmachen. Der Mond stieg langsam groß am Horizont empor. Zunächst war er warm und gelb. Doch je höher er stieg, desto weißer und heller wurde das Licht und tauchte das Moor in eine schwarz-graue Einöde aus fahlem Licht und Schatten.

Armin zitterte. Er schlang die Arme um seinen kalten Oberkörper.

Er musste weiter, raus aus den Sümpfen, wenn er nicht zitternd dem Sensemann gegenübertreten wollte. Vielleicht war ihm auch schon die Moorhexe auf der Spur? Von den Hunden und seinen Verfolgern war nichts mehr zu hören.

Langsam stolperte er weiter. Irgendwo dort hinten musste das Waldstück bei Zeven liegen. Vielleicht konnte er dort das Moor wieder verlassen? Ein bisschen Glück täte ihm nun gut.

Die Zeit verstrich. Längst war eine Stunde vergangen. Oder waren es schon zwei? Dann würde er das Moor sicher bald hinter sich haben. Wieder fand er eine Grasinsel, auf der er verschnaufen wollte. Er lehnte sich an eine tote Birke. Das Gras, auf dem er sich niederließ, war merkwürdig plattgedrückt, so als wenn schon jemand vor ihm dort gesessen hätte. Irrte vielleicht noch jemand durch die Sümpfe? Vielleicht hatte dieser ja eine Laterne? Er fühlte mit seinen Händen im Gras und fand plötzlich etwas Weiches. Es war ein Stück Brot. Wie kam das nur hierher? Es musste jemand vor ihm hier gewesen sein. Armin stopfte es zu seinem Kanten in die Hosentasche. Aber sein Kanten war nicht mehr in seiner Tasche. Hatte er ihn verloren? Hektisch durchsuchte er die andere Tasche. Nichts. Dann musste das sein Kanten sein. Armin wurde es nun klar. Er war schon einmal hier gewesen. Der Kanten musste ihm herausgefallen sein, als er hier gesessen hatte. Dann hatte er sich also verirrt und war im Kreis gelaufen.

Erschöpft und müde sank er zurück an die Birke. Das nasse Hemd an seinem Leib klebte auf der Haut. Vielleicht sollte er bis zum Morgen warten und dann nach einem Ausweg aus dem Moor suchen?

Ein leichter Wind strich über das Moor und ließ die Gräser schaurig rascheln. Er nahm den Kanten und aß ihn.

Da hörte Armin ein Plätschern, als wenn jemand durchs Wasser watete. Hatte er sich getäuscht oder wandelten Unbekannte durch die Sümpfe? Waren es die Häscher?

Er horchte, hörte aber nichts. Nur in der Ferne rief ein Käuzchen eine sterbende Seele zu sich. Wenn es nur ihn nicht rief. Und wieder trieb der leichte Wind mit dem Gras sein Spiel.

Die Augenlider wurden schwer. Die Flucht war kraftraubend. „Ich werde mich ein wenig ausruhen“, dachte Armin und lehnte sich an die Birke. Doch die Mücken ließen ihn nicht recht zur Ruhe kommen. Garstig zirpten sie um seinen Kopf und plagten ihn. Oder säuselten sie ihn in den Schlaf?

Armin schreckte hoch. Sein Herz klopfte ihm bis zum Hals. War da nicht wieder ein Plätschern gewesen? Oder hatte er es nur geträumt?

Er sah gen Himmel. Der Mond hatte seine Bahn weiter beschritten, versteckte sich nun hinter einer Wolke und lugte nur hin und wieder hervor. Finsternis überzog das Moor. Der Wind strich weiterhin durch das Gras wie eine Hand durchs Haar.

Wieder war da das Plätschern. Oder war es ein Frosch, der in einen Tümpel hüpfte? Er erinnerte sich an die Geschichte von der Moorhexe, die Ute erzählt hatte. Sie trieb in den

Sümpfen ihr Unwesen und zog Unbescholtene in ihren Bann. War sie es, die ihn holte?

Er musste fort, weg von diesem Fleck. Wenn es nur ein wenig heller wäre. Mit einer Laterne hätte er wenigstens gesehen, wohin er trat.

Wieder plätscherte es, als wären es Schritte im Morast. Ganz gewiss sogar. Hastig blickte er um sich, konnte aber nichts sehen.

Ein bisschen Licht wäre gut, wenn auch nur ein kleines Licht, das ihm den Weg wies.

Und plötzlich sah er in der Ferne kleine aber deutliche Lichter. Dort hinten waren sie. Wie Laternen tanzten sie mal auf mal ab, mal hin und mal her. Waren es vielleicht Fiete und seine Männer, die ihn immer noch suchten? Nein, die waren bestimmt schon an ihren Herden und wärmten sich ihre kalten Hände. Es mussten andere unterwegs sein, die des Nachts durchs Moor streiften. Waren es Diebe oder Landstreicher? Vielleicht Schmuggler, die ihre Waren durch das Moor an der Gnarrenburg vorbeischmuggeln wollten? Vielleicht waren es auch nur Kundige, die durch das Moor gingen? Sie kannten wohl den Weg und könnten ihm helfen.

Er stand auf und wagte sich auf die Lichter zu. Ja, sie waren deutlich zu sehen. Das war bestimmt der Waldrand. Armin stapfte durch die Sümpfe und Tümpel. Wenn er es erahnte, versuchte er über trockene Grassoden zu gehen, aber diese konnte er kaum noch finden. Und er kam näher an die Laternen heran. Bald musste er die Sumpfwanderer erreicht haben. Er blieb stehen und horchte. Nichts war zu hören. Gespenstische Stille lag über dem Moor. Armin schlich weiter.

Das schwache Mondlicht schien nun wieder durch die Wolkenschleier und war sein Gehilfe. Mal fand er eine Grasinsel, mal standen ihm der Schlamm und das Wasser bis zur Lende. Sein Gesicht war von Schweiß und Morast verkrustet. Seine Augen brannten vor Müdigkeit und Erschöpfung.

Die Lichter waren nun nicht mehr weit. Und sie bewegten sich weiter.

Da stolperte Armin und fiel in einen Tümpel. Mühsam zog er sich aus dem Morast. Die Lichter waren verschwunden.

Armin stutzte. Sie waren doch eben noch da gewesen. Er schaute in alle Richtungen und schließlich erblickte er die kleinen, leuchtenden Punkte rechts von ihm in der Ferne.

Beim Sturz musste er von der Richtung abgekommen sein. Aber zum Glück waren da ja die Lichter, die ihm den Weg wiesen.

Er folgte ihnen weiter. Wieso kam er nicht näher heran. Offensichtlich gingen die Sumpfwanderer von ihm weg.

Der Untergrund wurde noch schwerer. An seinem ganzen Leib hing Schlamm und Dreck.

Wieder wies ihm das Mondlicht eine unheimliche Landschaft mit leichtem Nebel. Kahles Gehölz erhob sich im fahlen Licht aus der Tiefe des Moores wie dünne Hände, die nach einem Wanderer griffen.

Die Lichter der Laternen tanzten hin und her.

Armin blieb stehen um zu lauschen. Stille. Nur ein leichtes Plätschern drang an seine Ohren.

„Weiter“, dachte Armin. „Ich muss weiter.“

Doch die Lichter waren wieder erloschen.

„Was treibt ihr für ein schäbiges Spiel mit mir?“, murmelte Armin vor sich hin.

Wieder zog eine Wolke ihren Schleier vom Mond und gab das silbrige Licht frei. Nebel umgab ihn. Weit und breit kein tanzendes Licht. Ein Glucksen aus dem Tümpel und in der Ferne bellte Reineke unheimlich in die Tiefe der Nacht. Doch die Laternen, denen er so lange nachgeeilt war, hielten sich verborgen. Und da, war da nicht ein dunkler Schatten bei den Büschen? Huschte er nicht von Busch zu Busch, von einem kahlen Baumstumpf zum nächsten?

„Wer seid Ihr, was wollt Ihr?“, rief Armin dem Schatten zu. Doch da war kein Schatten mehr. „Du siehst schon Geister. Du brauchst dringend einen trockenen Platz zum Ausruhen", sagte er zu sich selbst.

Die dünnen Nebelschwaden waberten wieder über das Moor. Einsam und verlassen kniete Armin auf dem feuchten Boden. Er war wohl einem Hirngespinst nachgeeilt.

Ehe er an sich zu zweifeln begann, leuchtete wieder ein kleines Licht. Auch da, zu seiner Linken tanzten wieder die Lichter. Doch diesmal zögerte Armin. Er nahm all seine Sinne zusammen und versuchte, das Licht besser zu sehen. Der Mond hatte sich wieder hinter dicken Wolken versteckt, und so sah Armin die Lichter deutlicher.

Vorsichtig ging er weiter. Beim Streifen durch den Morast sank er tief bis zu den Knien ein. Zweifelsfrei kamen die Lichter nun näher. Und wieder waren sie verschwunden. Wütend schrie er in die Nacht:

„Ihr falschen Lichter, was seid ihr für eine Teufelsbrut!"

Er wollte nach links zum trockenen Fleck, doch seine Beine standen tief im Morast und waren wie fest gemauert im Schlamm. Je mehr er sich mühte, desto tiefer sank er. Ein Sumpf, der ihn zu verschlingen drohte, hatte ihn gepackt. Um ihn herum war Stille. Nur das leise Plätschern war wieder da. Der Schatten huschte wieder vorbei und blieb nun stehen, als wenn er Armin genau beobachtete. War es die Moorhexe?

Ein Flüstern drang an sein Ohr. Leise und kaum zu hören. Doch es war da. Eine fremde Stimme hauchte ihn in einer fremden Sprache an.

Panik. Nur langsam kam er der toten Birke am rettenden Ufer näher, weg von dem Schatten. Um ihn herum tanzten die Lichter, als wenn sie einen Freudentanz vollführten.

Wie wild schlug Armin um sich, um sie zu vertreiben. Immer eifriger und schneller tanzten sie, als wären sie von Sinnen. Und je mehr er nach ihnen schlug, desto mehr tanzten sie.

Das Mondlicht beschien wieder das Land und nun sah Armin, wie weit die Birke wirklich noch war. Tiefer und tiefer zog es ihn. Längst war seine Hüfte im Morast.

Wäre er doch nur dem wirren Spiel dieser Lichter nicht gefolgt!

„Ihr verdammten Lichter! Verflucht sollt ihr sein! Verführt einen Verirrten..." Er sah zum Schatten, der unbeweglich stand. „Und du alte Hexe sollst verflucht sein! Der Herrgott soll über dich kommen und deinem Treiben ein Ende bereiten!"

Seine Panik schwand der Resignation. Er dachte an Fietes Hof. Dieser würde sich wahrscheinlich freuen, ihn hier zu sehen, bis zur Brust im Morast, Gevatter Tod so nah.

Und immer wilder tanzten die Lichter.

„Was seid ihr nur für ein schreckliches Gelichter?!"

Das Moor reichte längst an seine Achseln. Tränen rannen ihm über die Wangen. Seine Flucht war schon hier beendet. Auch wenn er entkommen war. Hier würde er sein Ende finden. Der alte Fiete hatte nun doch seinen Willen bekommen. Die Müdigkeit war verflogen, doch seine Kräfte ließen nach. Das Moor hielt ihn tief und fest. Er konnte sich kaum noch wehren. Die Tränen trübten seinen Blick. Mochte die Moorhexe ihn holen. Er konnte nicht mehr weiter.

„Nun komm endlich, du falsche Gestalt! Hol‘ mich endlich! Mach‘ der Qual ein Ende!"

Und die Lichter tanzten. Mal auf, mal nieder, mal hin, mal her.

Die Kälte hatte längst seine Glieder erfasst. Verzweifelt sehnte er sich zur Birke hin, die auf festem Grund stand. Doch er gab auf. Hier konnte er nicht entrinnen.

Um ihn tanzten die Lichter auf und ab.

Er weinte. Er hatte doch nichts getan. Und dennoch hatten sie ihn gejagt. Tief hinein ins Moor. Seine Sinne gab er auch auf. Längst waren seine Schultern bedeckt und seine Hände streckte er schwach zur Oberfläche.

Seine Sinne schwanden langsam dahin, bereit, Gevatter Tod gegenüberzutreten. Nur noch schwach sah er ein Licht, das wärmer als die anderen ihm entgegentanzte. Hin und her und hin und her.

Schon schloss der Sumpf seine Augen. Das war nun das Ende. Die Erschöpfung tat das Übrige und es wurde Nacht um ihn...

Da wurde Armin von starken Händen gepackt und emporgezogen.

Als er wieder zu sich fand, saß Armin dick in Decken gehüllt am prasselnden Kaminfeuer. Er war in einer kleinen Hütte. Seine Füße waren warm eingewickelt und an das wärmende Feuer gerückt. Er blinzelte noch etwas. War das nun das Ende? War dies nun der Himmel oder gar der Vorhof zur Moorhexe?

An den Wänden des Raumes hingen Kräuterbündel, Felle, Pilze und eine Menge Dinge, die er nicht kannte. Und noch ehe er sich weiter umsehen konnte, wurde hinter ihm die Tür einer Kammer aufgestoßen und eine große Gestalt trat ein.

Im Feuerschein erkannte Armin das wettergegerbte Gesicht eines Mannes. Ein dichter Bart umhüllte einen kecken Mund. Und seine kleinen Augen sahen ihn verschmitzt an. Er trug ein dickes Leinenhemd über einer ledernen Hose.

„Ah, bist du wieder bei Sinnen?"

Armin wagte kaum zu sprechen.

„Warte, ich gebe dir ein wenig Brühe."

Der große, kräftige Mann nahm eine Schale vom nahen Tisch, rührte mit einer Kelle im Topf über dem Feuer und schöpfte dann die Schale voll, die er Armin reichte. Noch etwas unsicher setzte sich Armin auf und griff vorsichtig nach der Schale. Der riesige Mann lächelte.

„Nun nimm schon. Ich werde dich schon nicht vergiften."

Wo war er?

„Seid Ihr Gevatter Tod?", fragte Armin schließlich.

Der Mann lachte.

„Sehe ich etwa wie Gevatter Tod aus? Ich habe ja nicht mal eine Sense. Zumindest nicht hier in der Hütte. Und ein Knochengesicht habe ich auch nicht."

„Aber wer seid Ihr dann?"

Der Hüne lächelte. „Ich habe viele Namen. Die einen nennen mich Herr der Sümpfe, andere nennen mich Landstreicher, Waldläufer, Bettler oder gar Krüppel, wieder andere nennen mich Zauberer und Hexer...Nenn mich einfach Rangold."

Dabei richtete er sich zu seiner ganzen Größe auf. Armin rutschte auf seinem Lehnstuhl hin und her und schaute sich unsicher in der Hütte um.

„Wie bin ich hierhergekommen?"

„Ich habe dich aus dem Sumpf gezogen."

„Dann bin ich nicht tot?"

Rangold lachte. Er nahm sich einen Schemel und setzte sich mit ans Feuer.

„Nein, das sicher nicht. Aber wenn ich nicht gekommen wäre, hätte dich die Moorhexe geschasst, Armin."

„Woher kennt Ihr meinen Namen?"

„Ich weiß so manches über dich. Du kommst aus Karlshöfen, nicht wahr?"

„Woher wisst Ihr das? Ich habe Euch noch nie gesehen." Armin schaute Rangold erstaunt an.

Rangold lachte.

„Du musst mich nicht gesehen haben, damit ich weiß, wer du bist."

„Aber wer hat Euch von mir erzählt?"

Rangold zögerte.

„Ich habe meine Boten", sagte Rangold ernst und geheimnisvoll. „Nun ja, eigentlich sind es nicht meine Boten, aber sie erzählen auch mir das eine oder andere."

Armin sah ihn ungläubig an.

„Und wie hast du mich gefunden?"

„Das war nicht schwer. Ich wusste, dass du kommst. Aber ich wusste nicht, dass du dich tatsächlich ins Moor wagst. Nur wenige kennen die Wege im Moor. Und dann hörte ich dich in den Sümpfen umherirren."

„Da waren Lichter. Ich dachte es waren Wandersleute, die durch die Sümpfe gingen."

Rangold wurde noch geheimnisvoller. „Du bist den Irrlichtern verfallen, die die Moorhexe aussendet. Sie entsteigen nachts den Sümpfen und Tümpeln und ziehen Ahnungslose in ihren Bann. Du bist ihnen gefolgt. Und wenn ich nicht rechtzeitig da gewesen wäre, dann wärst du jetzt bei der Moorhexe. Das wäre nicht das erste Mal."

„Die Moorhexe..."

„Ja, die Moorhexe. Hast du sie nicht durch die Tümpel waten gehört?"

Armin erinnerte sich an das Plätschern und schwieg.

„Was hat dich denn in das Moor getrieben? Weißt du nicht, dass es gefährlich ist, in der Dunkelheit im Moor zu wandern?"

Armin schluckte. Sollte er ihm die Wahrheit sagen? Vielleicht würde er ihn Fiete ausliefern. Er schwieg.

„Bist du ausgerissen?", fragte Rangold.

„Der alte Fiete und die anderen waren hinter mir her. Sie glauben, ich habe gestohlen. Aber ich war es nicht. Es war Martin…"

Es war ihm einfach herausgerutscht. Als wenn ihm ein unsagbares Vertrauen seine Zunge gelöst hätte.

Rangold sah ihn schweigend an. Dann klopfte er ihm freundlich auf die Schulter.

„Trink erst mal, damit du wieder zu Kräften kommst."

Er erhob sich und verschwand in der Nebenstube. Während Armin die Suppe schlürfte, schaute er sich weiter um. Sein Hemd und seine Hose hingen am Feuer zum Trocknen. An den Wänden hingen ausgestopfte Tiere und im Schein des Feuers warfen sie unheimliche Schatten.

Rangold kam mit noch einer Decke zurück.

„Du bleibst heute Nacht hier in der Hütte", sagte er und warf die Decke auf ein Lager nicht weit der Feuerstelle. „Und wenn du was brauchst, ich schlafe nebenan", und damit zeigte er auf den Verschlag hinter der Tür.

Armin nickte und trank weiter aus der Schale. Die Suppe schmeckte gut und würzig und langsam schwand sein Hunger.

„Schmeckt dir die Suppe?“

Armin zögerte. Er wusste immer noch nicht, was er von der Sache halten sollte.

„Oh ja, die Suppe ist sehr gut, danke.“

Als er die Schale schließlich geleert hatte, übermannte ihn die Müdigkeit, als wenn er mit einem Zauber belegt worden wäre. Er legte sich auf die Schlafstätte, und ehe er es sich versah, war er auch schon eingeschlafen.

Als Armin wieder erwachte, drang Tageslicht von der Tür herein. Er wusste nicht, wie lange er geschlafen hatte. Er hatte sein Nachtlager nahe der Feuerstelle gehabt und war mit einer Filzdecke zugedeckt. Über dem Feuer hing ein kleiner Kessel, in dem Wasser kochte.

Er zog sich an und trat aus der Hütte. Die Sonne stand schon hoch am Himmel und versprach einen herrlichen Spätsommertag. Um die Hütte herum war ein kleiner Garten angelegt. Gemüsepflanzen, allerhand Unkraut und Blumen standen verstreut. In einem abgetrennten Gatter meckerte eine Ziege und auf einem Haufen aus Erde, Gestrüpp und Unrat stand ein Hahn und beschaute sich sein scharrendes Völkchen.

Armin hatte Hunger und Durst, fühlte sich ansonsten aber herrlich.

„Na, Junge, bist du endlich aufgewacht?“

Rangold kam um die Ecke und blieb vor ihm stehen. Seine Gestalt war nicht weniger beeindruckend als in der Nacht. Seine kräftigen, großen Hände packten Armin an der Schulter und schoben ihn zurück in die Hütte.

„Du hast gewiss Hunger. Hier, nimm ein bisschen Brot. Wasser ist dort im Krug.“

Mit einem großen Holzlöffel fischte er ein Ei aus dem Kessel und ließ es in den Wasserkrug vor Armin plumpsen.

„So, jetzt iss erst mal. Und wenn du fertig bist, komm nach draußen, ich brauche deine Hilfe.“

Armin ließ es sich schmecken und besah sich die Hütte bei Tageslicht. Tonkrüge standen verstreut, manche leer, manche mit merkwürdigen Kräutern und Pulvern gefüllt.

Kräuter hingen zum Trocknen in Bündeln an der Wand. In einer Ecke stand ein Sack, wahrscheinlich mit Korn gefüllt. Daneben standen Krüge mit Nüssen und Bucheckern. Insgesamt war es recht wohnlich, auch wenn vieles merkwürdiges Zeug herumstand und hing, das Armin nicht zuordnen konnte.

Nach dem Frühstück ging er wieder nach draußen.

„Ah, da bist du ja“, sagte Rangold freundlich. „Los, pack mal an.“

Armin trat näher. Unter einem tiefen Schrägdach stand ein Gerippe aus Stöckern, das wie ein kleines umgestülptes Boot aussah. Daneben stand ein Wasserbottich mit Lehm.

„Du musst den Lehm um das Gerippe fugen. So, siehst du? Immer eine Hand breit hoch. Einmal herum. Und vorne lässt du offen.“

Armin bückte sich und beobachtete Rangold. Dann griff er nach dem Lehm und tat, wie ihm geheißen.

„Ja, gut so. Mach mal weiter. Ich muss die Schere schleifen.“

Er stand auf und verschwand in der Hütte.

Armin klatsche den Lehm an das Gerippe und begann die Räume zwischen den Ästen zu verfugen.

„Ja, das sieht schon gut aus. Mach die Wand ruhig ein wenig dicker.“

Rangold war wieder zu ihm getreten.

„Was soll denn das werden?“

„Das wird ein Backofen“, sagte Rangold. „Der alte war rissig und taugte nicht mehr.“

Während Armin arbeitete, hockte Rangold auf einem Schemel und schliff eine Schurschere an einem Stein.

„Wenn du herum bist, dann sag Bescheid, ich brauch dann deine Hilfe bei den Schafen.“

Armin schwieg. Als er mit der Arbeit fertig war, ging er zu dem bärtigen Hünen, der mit einer Ziege beschäftig war.

„Ach, Metke ist heute ein bisschen zickig“, sagte Rangold mehr zu sich selbst und ließ die Ziege laufen.

„Ich habe mich noch gar nicht bedankt“, sagte Armin zu ihm.

„Ist schon gut. Du hättest es auch für mich getan, oder?“

Er wartete keine Antwort ab.

„Wie weit bist du mit dem Ofen?“

„Wie du gesagt hast. Ich bin einmal rum. Soll ich mit der nächsten Lage beginnen?“

„Nein, nein, die kommt morgen. Der Lehm muss erst trocknen. Wir gehen jetzt zu den Moorschnucken. Da kennst du dich ja bestens aus.

Hinter der Hütte war noch ein Stall gezimmert, in dem die Schafe eingepfercht waren.

„Der Stall muss Wetterfest gemacht werden. Wenn die raue Jahreszeit kommt, sollten Bellyn und seine Schafe geschützt sein.“

Mittag war schon vorüber als sie das schadhafte Gatter und die Stalltür ausgebessert hatten.

„Wir treiben die Schafe jetzt ein bisschen hinaus ins Moor. Komm mit.“

Armin folgte Rangold noch unsicher. Die letzte Erfahrung mit dem Sumpf hatte ihn vorsichtig werden lassen. Rangold aber schritt voran.

„Lebst du hier alleine im Moor?“, wollte Armin wissen.

„Nein. Du siehst doch. Ich habe beste Gesellschaft.“ Und er wies auf die Schafe.

„Ich meine, ob du noch mit anderen Menschen hier draußen lebst?“

Rangold wurde schweigsam.

„Du siehst ja, ich komme alleine zurecht.“

„Aber ist es hier draußen nicht einsam?“

Rangold wirkte mit einem Mal verschlossen. Armin hatte wohl einen wunden Punkt getroffen.

„Hier ist es nicht einsam. Schau hoch, dort sind die Vögel. Dann und wann stakst Adebar durch das Moor. Henning ist ein guter Wächter vor Ermelyn und Reineke. Und ich habe genug zu schaffen.“

Armin merkte, dass er hier nicht weiter in ihn dringen durfte.

„Ist es nicht gefährlich hier im Moor? Was ist mit der Moorhexe, was mit den tiefen Schlünden?"

„Keine Angst. Die Moorhexe kommt nur in der Dämmerung und des Nachts heraus. Mit den tiefen Schlünden hast du schon Recht. Wer sie nicht kennt, der tritt schnell fehl. Siehst du, die Schafe kennen die Gegend hier. Lerne von ihnen. Sie wissen, wo man treten kann und wo nicht. Hier draußen haben sie das saftigste Grün und die fettesten Kräuter. Und sollten sie doch einmal in einen Pfuhl geraten, können sie sich auch befreien. Die Moorhexe trachtet nicht nach den Moorschnucken."

Rangold zeigte Armin den restlichen Tag das Moor. Die Schafe fraßen genügsam das Kraut, die Heide, das Moos und allerlei anderes Grünzeug und Gestrüpp. Einmal hielt Rangold ihn fest und sie hockten sich ab.

„Kannst du es hören?"

Armin lauschte. „Du meinst die Lerchen und die Bienen?"

„Nein, höre genau hin!"

Armin horchte angestrengt, konnte aber sonst nichts hören.

„Hörst du wie die Pflanzen sprechen?"

Armin hörte nichts. Eine leichte Brise bewegte die Pflanzen und Bäume.

„Hörst du das Rascheln, das Zittern, das Wogen? Die Pflanzen sprechen miteinander."

„Und was sagen sie?", Rangold schien ein merkwürdiger Kauz zu sein.

„Sie freuen sich über den schönen Tag, sie wispern dies und jenes. Und sie sprechen über dich."

„Über mich?"

„Natürlich. Sie kennen dich noch nicht. Und sie sind verwundert."

„Verwundert?"

„Aber ja. Sie kennen meine Schritte, sie kennen die Tritte der Tiere und kennen die Regentropfen, die auf den Boden trommeln. Aber sie kennen deine unsicheren Schritte nicht. Die Pflanzen und Tiere wissen sofort, wenn sich eine Veränderung auftut. Deine Schritte sind neu."

„Wie sind denn meine Schritte?"

„Du bist unsicher. Du trittst auf festen Boden auf, als wenn du ein Ungeziefer zertreten wolltest. Und auf weichen Boden trittst du unsicher und flüchtig."

Das war Armin noch nicht aufgefallen. Aber vermutlich stimmte das, denn das Moor war ihm nicht geheuer. Er sah sich unschlüssig um und betrachtete die Pflanzen um sich genau.

„Keine Bange. Wenn du dich erst mal hier eingelebt hast, dann werden sie sich an dich gewöhnen und du wirst sie besser kennen lernen."

Rangold sprach, als wenn er von anderen Menschen und guten Bekannten sprach.

Sie gingen weiter. Rangold rupfte das eine oder andere Kraut ab. Er erzählte von den Kräutern, was sie konnten und welche Kräuter man lieber nicht zupfte.

Auch Armin betrachtete die eine oder andere Pflanze, roch an Blüten und versuchte, sich die Dinge zu merken.

Plötzlich griff Rangold nach seiner linken Hand und besah sie sich genau.

„Was schaust du?

Rangold deutete auf seinen Zeigefinger.

„Ach so, das. Die habe ich schon lange. Ich weiß nur nicht, wie sie weggehen." Auch er besah sich nun die Warzen, die sich an seinem Zeigefinger befanden. Gestört hatten sie ihn kaum und er hatte sich auch keinerlei Gedanken darum gemacht.

Rangold machte einen zufriedenen Gesichtsausdruck. „Heute Abend fängt deine erste Lektion an."

Armin wusste nicht genau, was Rangold meinte, war aber sehr wissbegierig, worin die Lektion bestand.

Gegen Abend trieben sie die Moorschnucken langsam zurück. Unablässig sprach Rangold über Kräuter und Pflanzen und die Eigenheiten des Teufelsmoors. Armin versuchte sich vieles zu merken, vergaß aber das meiste. Rangold meinte, dass das nichts ausmachte, er würde es schon noch lernen.

Als die Schafe endlich wieder im Stall waren und Armin in den Hühnernestern nach Eiern schaute, zupfte Rangold von ein paar Blumen, die scheinbar wild um die Hütte wucherten, Blätter und eine Blüte ab.

„Wozu machst du das?“, wollte Armin wissen.

„Das ist die Ringula. Eine wahrhaft schöne, wenn auch unscheinbare Pflanze. Und diese Pflanze steckt voller Magie und Kraft“, sagte er verschwörerisch, wobei seine eindrucksvollen Augen einen leicht wahnsinnigen Anschein hatten. Aber ein leichtes Schmunzeln in seinem Gesicht wirkte freundlich. Armin kam dieser Blick bekannt vor, wusste aber nicht woher.

„Wir werden heute deinen Finger heilen.“ Und er deutete auf Armins Zeigefinger mit den vier Warzen.

Nachdem sie gegessen hatten, behandelte Rangold Armins Finger. Er legte die Blüte auf die Warzen und bedeckte diese wiederum mit den abgezupften Blättern. Dann wickelte er einen Leinenflicken darum.

„Diesen Verband behältst du über Nacht am Finger. Morgen früh kannst du ihn abnehmen. Du hast gesehen, wie ich es gemacht habe. Morgen Abend machst du es selbst. Über Nacht wirkt die Magie der Blume.“

Armin gewöhnte sich an das Leben im Moor. Rangold zeigte ihm die Heilkräuter, die wuchsen, und was man verwenden konnte. Armin lernte eine Menge über die Pflanzen und Tiere. Rangold hatte hier einen scheinbar unerschöpflichen Wissensschatz. Allabendlich umwickelte Armin seinen Zeigefinger mit der Blüte und den Blättern der Ringula. Auch wenn er anfangs skeptisch war und ein bisschen Angst vor Hexenwerk hatte, so zeigte sich schon bald der Erfolg. Und schon nach ein paar Wochen waren die Warzen zur Gänze verschwunden. Tief beeindruckt davon versuchte Armin nun, noch mehr an Wissen in sich aufzunehmen.

Voller Energie und Elan machte er sich daran, von Rangold zu lernen.

Armins Schritte im Moor wurden nun immer sicherer. Er erkannte schon bald, wo er sicher treten konnte und wo er lieber nicht seinen Fuß hinsetzte. Wenn beide arbeiteten oder Kräuter sammelten, bemerkte Armin, dass Rangold manchmal mit den Pflanzen zu sprechen schien.

Eines Tages landete ein Rabe nicht weit von den beiden auf einer Birke. Armin war gerade dabei, etwas Birkenrinde zu schälen und in seinen Zunderbeutel zu verstauen. Er bemerkte den Vogel erst gar nicht. Doch dann segelte das Tier herab und setzte sich in die Nähe von Rangold auf einen Busch. Rangold streckte seinen Arm aus und der Vogel kletterte auf die Hand. Erstaunt beobachtete Armin die beiden. Der Einsiedler sprach mit dem Vogel, doch ein leichter Wind raschelte in den Büschen und Bäumen und verhinderte, dass Armin etwas verstand. Schließlich warf er den Vogel in die Luft und Pflückebeutel flog davon.

„Lass uns nach Hause gehen, es ist schon spät", sagte Rangold mit ruhiger und freundlicher Stimme.

Schweigend gingen sie nebeneinander her. Armin war nachdenklich geworden. Auch wenn Rangold ein freundlicher und guter Mensch war, umgab ihn dennoch ein Geheimnis. Wo hatte er diesen tiefen und eindrucksvollen Blick Rangolds schon einmal gesehen? Und wie war es ihm möglich, mit den Pflanzen und Tieren zu sprechen?

Armin versorgte die Tiere und als es endlich dunkel war, saßen sie beim Abendessen.

„Ich werde morgen fortgehen. Nicht weit weg, aber ich bleibe auch über Nacht weg und komme erst übermorgen zurück. Ich weiß noch nicht wann. Es kann spät sein."

„Wohin gehst du?"

„Frage nicht, ich möchte dich nicht belügen. Kümmere dich um die Tiere. Aber das wirst du sowieso tun. Das weiß ich. Versuche nicht, mir zu folgen. Gib acht, wohin du trittst, die Moorhexe ist stets zur Stelle, vergiss das nicht." Die letzten Worte sagte er mit ernster Miene.

Am nächsten Morgen brach Rangold früh auf. Er hatte ein Bündel geschnürt, verabschiedete sich und wollte gerade davongehen, als er noch einmal stehen blieb. Er betrachtete die Blumen und insbesondere die Ringula. Dann sah er zum Himmel und sagte: „Pass heute auf, was du tust. Es wird regnen."

Armin sah zum Himmel auf. Es war nicht eine Wolke zu sehen.

„Woher willst du das wissen? Sagen es dir die Tiere?"

„Nein. Aber der Tag ist schon fortgeschritten und die Ringula ist immer noch nicht aufgeblüht. Du wirst sehen, es wird noch regnen." Dann ging er und war schon bald verschwunden.

Armin machte sich an das Tagewerk. Er versuchte noch ein paar Beeren und Hagebutten zu sammeln, die hier und da an Sträuchern und Büschen hingen. Wie Rangold es vorausgesagt hatte, zogen gen Mittag Wolken auf und am Nachmittag begann es zu regnen. Es war ein kräftiger und langer Regen.

Er backte Brot in dem Ofen, den er nach Rangolds Anweisung gebaut hatte. Das Mehl ging zur Neige und so streckte er es etwas mit Baumrinde. Dabei fragte er sich, woher Rangold überhaupt das Mehl bekam. Sicher, rund um seine Hütte wuchs etwas Korn, aber es reichte wohl kaum, um die notwendigen Vorräte für den Winter aufzustocken.

Armin war versucht, die Hütte etwas genauer zu untersuchen. Auch wenn Rangold ein guter Mensch war, so barg er wohl auch ein Geheimnis. Aber er schaute nur in ein paar Töpfe mit Kräutern und Pulvern, denn er wollte Rangolds Vertrauen nicht missbrauchen.

Am nächsten Tag war das Wetter besser. Der Regen hatte aufgehört, nur die Sonne traute sich noch nicht durch die Wolken. Armin trieb die Schafe auf das Moor hinaus und sie suchten sich ihr Futter. Er sammelte Holz, ein paar Wurzeln und Pilze. Das gesammelte Holz hatte er sich in einem großen Bündel auf den Rücken geladen. Es war eine mühsame Arbeit, aber allemal besser als auf dem Hof des alten

Fiete. Und das Moor, wenngleich es auch Gefahren barg, war doch ein friedlicher und stiller Ort, an dem man seine Ruhe finden konnte.

Als es dunkelte, ging er nochmal zu den Tieren in den Stall und sah nach dem Rechten. Die Hühner glucksten etwas, als er zu ihnen hineinlugte und Henning plusterte sich auf, so dass Armin lieber wieder die Luke schloss. Er stand ein wenig vor der Hütte. Die Sonne war schon lange untergegangen und nur ein leichter heller Schimmer war noch im Westen zu sehen. Der scheinbar riesige Mond stand am Horizont und begann langsam seine Reise über den nächtlichen Himmel.

Plötzlich hörte Armin ein leises Plätschern. Es kam ihm sehr vertraut vor und etwas schien ihm nicht zu behagen. Wieder hörte er ein Plätschern. Watete da nicht jemand vorsichtig durch die Tümpel? In der Ferne flackerten ein paar kleine Lichter, fast, als wären es Laternen oder kleine Fackeln. Die Lichter tanzten hin und her.

Wer ging dort durch das Moor? Zumal es fast dunkel war.

Wieder das Plätschern. Armin griff nach einem Stock und es fiel ihm wie Schuppen von den Augen. Es waren die Irrlichter. Sie tanzten wieder und versuchten eine arme Seele zu sich zu rufen. Rangold hatte ihn gewarnt, abends im Dunkeln durch das Moor zu ziehen. Die Moorhexe konnte wirklich überall sein.

Die Stille war gespenstisch. Ein Käuzchen rief. „Eine arme Seele wurde zu den Toten befohlen“, dachte Armin. Und dann hörte er in der Ferne ein Rufen. Es war ein leises Rufen, doch Armin hörte es deutlich. Rief da jemand um Hilfe? Hatte er sich vielleicht doch getäuscht? Wieder rief das Käuzchen. Das Plätschern war nicht mehr zu hören. Hatte es sich entfernt?

Dann hörte er das Rufen erneut. Diesmal war es eindeutig und für Armin gab es keine Zweifel mehr. Es war ein Hilferuf.

Er nahm den Stock fester in die Hand und ging hinaus ins Moor. Seine Sinne waren bis aufs Äußerste gespannt. Bei jedem Schritt fühlte er den Untergrund. Seine Augen versuchten, im Gemisch aus Mondlicht und Schatten den Weg für einen sicheren Tritt zu finden. Seine Ohren horchten immer wieder und lenkten in die Richtung der Rufe.

Und schließlich sah er die Irrlichter tanzen. Vorsichtig wagte er sich näher. Und tatsächlich sah er im Mondlicht in einem Pfuhl eine Gestalt, die versuchte, sich aus dem Morast zu lösen. Knapp über dem Pfuhl schwirrten in wildem Durcheinander die Irrlichter hin und her.

„Hilfe!“ Der Ruf des Mannes war panisch.

„Hallo“, antwortete Armin. „Könnt Ihr mich sehen?“

„Hallo, hallo! Gott sei Dank! Helft mir, ich komme nicht frei!“

„Bleibt ruhig, ich versuche, einen Stock zu reichen.“

Vorsichtig ging Armin in den Pfuhl.

„Armin!“, gellte plötzlich ein lauter Ruf. Ein starker Arm packte ihn und zog ihn zurück. Es war Rangolds Stimme. „Was tust du da?“

„Du musst ihm helfen, er steckt im Pfuhl.“

„So helft mir doch!“, flehte die Stimme im Sumpf.

Die große Gestalt Rangolds stand still und schaute auf den Pfuhl.

„So hilf ihm doch Rangold, er versinkt sonst.“

„Gib mir den Stock.“ Armin reichte ihn ihm.

Rangold prüfte mit dem Stock den Untergrund des Pfuhls. Vorsichtig tastete er sich vor.

„Schneller doch“, flehte der Mann im Pfuhl. „Bald steht mir der Morast bis zum Hals.“

Rangold versuchte, näher zu kommen.

„Was zögerst du?“, fragte Armin.

„Ich kann nicht näher heran. Die Moorhexe hat den Pfuhl verhext. Ich muss es woanders probieren.“

Rangold ging vorsichtig um den Pfuhl durch das knietiefe Wasser. Immer noch tanzten die Irrlichter. Und dann sah Armin einen dunklen Schatten auf der anderen Seite des Pfuhls. Oder war es nur der Schatten der Bäume? Ihm lief ein kalter Schauer über den Rücken.

„Schnell, reicht mir doch den Stock. Es steht mir gleich bis zum Kinn.“ Die Stimme war beinahe in ein Wimmern verfallen.

Rangold stand reglos am Pfuhl. Der dunkle Schatten war nun aus dem Schatten der Bäume getreten und schien ein Stück auf den Pfuhl zu gleiten. Und auch wenn Armin kaum etwas erkennen konnte, so schien der Schatten zu drohen und ein unheimliches Hauchen und Flüstern drang an Armins Ohr.

„So tu doch was“, rief Armin Rangold zu.

„Ich kann nicht“, antwortete Rangold. Dennoch wagte er sich vorsichtig vor und der dunkle Schatten schien noch erboster zu wispern.

Wie wahnsinnig umkreisten die Irrlichter den armen Mann im Pfuhl.

Rangold versuchte noch einmal vergeblich den Stock zum fast Versunkenen zu reichen, doch die Entfernung war zu groß. Er grummelte ein paar unverständliche Worte vor sich hin und blieb dann schweigend und bewegungslos stehen.

„Helft mir doch!“, schrie die Stimme panisch. Die Arme schlugen noch einmal um sich. Dann hörte man nur noch ein Blubbern und Gurgeln. Lediglich die beiden Hände, die wild fuchtelten, schauten aus dem Morast und versanken schließlich ebenfalls langsam in der Tiefe.

Die Irrlichter verschwanden nun eins nach dem anderen und Stille trat ein. Das Käuzchen rief noch einmal in der Ferne und verstummte dann auch. Der Schatten war verschwunden.

Armin war steif vor Entsetzen. Er hatte zwar die Leiche der Gretel gesehen, aber noch nie hatte er bewusst erlebt, wie jemand starb. Auch wenn er den Mann nicht kannte, der im Pfuhl versunken war, so machte ihn das Erlebnis doch nachdenklich. Wie grausam war die Moorhexe, dass sie ihre Irrlichter aussandte und einen Umherirrenden in ihr Reich zog. Oder waren es womöglich keine Irrlichter, sondern Glühwürmchen?

Rangold kam zu Armin, legte ihm seine schwere Hand auf die Schulter. Armin senkte nicht den Kopf, aber es war ihm danach zu Mute.

Sie bahnten sich schweigend ihren Weg zurück zur Hütte. Es war eine helle Nacht und sie konnten den Weg zwischen den Tiefen und Pfuhlen gut finden, obwohl Armin auch bei stockdunkler Nacht den Weg gefunden hätte. Das Wandeln im Moor übte.

Rangold stieß die Tür zur Hütte auf und Armin trat nach ihm ein. Jetzt erst bemerkte er, dass Rangold einen sehr zerschlissenen und lumpigen Umhang trug. Auch die Haare waren zerzaust. Die Glut der Feuerstelle glomm noch so gut, dass sie den Raum einigermaßen erleuchtete und Armin das Gesicht Rangolds erkennen konnte. Und da fiel es ihm wie Schuppen von den Augen und er starrte Rangold ins Gesicht.

„Was ist?“, fragte dieser und da fiel es auch ihm auf und er zog sich den Lumpen, der sein Auge verdeckte, vom Kopf.

„Du bist der Bettler“, stellte Armin fest.

Sie schwiegen kurz. „Ja. Das kann ich wohl nicht leugnen.“

„Jetzt verstehe ich auch, wie du nach Beversate kamst.“

Rangold schwieg.

„Warum das Versteckspiel? Wieso als Bettler?“

„Manchmal ist es besser, wenn man nicht erkannt wird. Als Landstreicher und Bettler sieht und hört man mehr, als wenn man als unbescholtener Bürger oder Knecht daherkommt.“

„Wieso willst du nicht erkannt werden?“

„Ich sagte schon, manchmal ist es besser“, Rangold wurde etwas barsch.

Er holte Brot hervor und Armin legte Holz ins Feuer, damit die Hütte besser erleuchtet wurde. Sie schwiegen, während sie aßen. Schließlich kam Armin auf den Mann im Moor zurück.

„Wer war der Mann?“

„Ich weiß es nicht. Vielleicht ein armer Geselle, vielleicht auch ein Schmuggler oder Strauchdieb?"

„Ein Schmuggler?"

„Manchmal versuchen merkwürdige Leute, das Moor zu durchqueren. Nicht alle schaffen es…wie du siehst. Wenn die Moorhexe jemanden ergriffen hat, kann man ihn kaum retten."

„Hast du schon öfter gesehen, wie jemand starb?"

Rangold starrte in die Glut. „Schon viel zu oft…" Offenbar hatte ihn der Tod des Mannes mehr ergriffen, als Armin im ersten Moment gedacht hatte.

Nach einer Pause fragte Armin: „Woher wusstest du, dass der Mann im Pfuhl steckte?"

„Ich wusste es nicht, ich habe ihn gehört. Aber als ich auch das Käuzchen hörte, wusste ich, dass es kein Entrinnen für den armen Kerl gab. Käuzchen haben eine merkwürdige Gabe."

„Vielleicht hätte ich ihm helfen können."

„Nein. Das hättest du nicht. Die Moorhexe hatte ihn bereits fest im Griff. Und diesem Totenpfuhl ist noch nie jemand entkommen."

„Hast du schon einmal jemanden im Sumpf ertrinken sehen?"

Rangold nickte. „Da war ein Mädchen, kaum dreizehn Lenze alt."

Armin erinnerte sich an Gretels Leiche. „Du meinst die Gretel?"

Rangold nickte wieder. „Ich konnte einfach nichts machen. Das arme Ding war hinter ihrer Gans her. Die Gans konnte aber ein kleines Stück über den Pfuhl fliegen. Und das Mädchen stolperte und fiel hinein." Er schwieg kurz bis er fortfuhr. „Ich habe versucht, sie zu retten, aber es war zu spät."

„Auch sie holte die Moorhexe?"

„Nein. Die Moorhexe holt sich ihre Opfer bei Dunkelheit. Es war aber helllichter Tag."

„Aber wenn die Moorhexe die Gretel nicht verhext hat, wieso war die Gretel unverändert? Sie war doch schon lange tot."

Rangold wurde wieder geheimnisvoll.

„Wenn das Moor die Toten verschlingt, so lässt es sie, wie sie sind. Die kommen nicht frei. Und so wandelt die Seele wie ein Geist durch den Sumpf, bis das Moor die Toten wieder freigibt. Die Seele ist gefangen. Und erst wenn der Tote in Gottes Acker gebettet werden kann, wird die Seele frei."

Armin war nicht ganz klar, ob Rangold wusste, was er sprach, oder ob er sich eine Mär ausgedacht hatte.

„Aber wie konntest Du mich retten? Hatte die Moorhexe nicht auch mich ergriffen?"

„Tja, manchmal passieren merkwürdige Dinge. Die Götter scheinen anderes mit dir vorzuhaben."

Rangold warf jetzt seinen Umhang auf den Tisch, den er bis dahin noch getragen hatte. Er war schwer, denn er plumpste mit einem dumpfen Aufschlag auf die Tischplatte.

„Ich habe etwas mitgebracht", grinste Rangold und zog dann nach und nach zehn kleine prall gefüllte Säcke hervor, die er offensichtlich in eingenähten Taschen im Umhang verstaut hatte. Armin nahm einen Sack und fühlte sofort, dass Mehl darin war.

„Ab und zu müssen auch wir unsere Vorräte aufstocken."

„Wo hast du die her?"

„Ich war in Zeven. Bei einem Krämer habe ich das Mehl gekauft."

„Woher hast du das Geld?"

„Es gibt so manche Geheimnisse, die man besser für sich behält." Er grinste erneut.

„Ist es das Geld, das du erbettelst?"

Rangold wurde nun etwas wütend. „Glaubst du etwa, ich erschleiche mir eine milde Gabe und nutze sie?"

Armin schwieg peinlich betroffen.

„Alle Gaben, die ich erhalte, gebe ich an die weiter, die es wirklich brauchen...Bis auf den einen oder anderen Happen

Brot vielleicht.“ Rangold zwinkerte und ein leichtes Grinsen umspielte seine Mundwinkel.

„Das Mehl wird nicht den ganzen Winter reichen, aber es ist schon mal ein guter Batzen. Der Winter kommt manchmal schneller, als man denkt.“

Er sollte Recht behalten. Die kalte Jahreszeit hatte sich schon im Oktober angekündigt. Nicht nur die Tage wurden sehr kurz, sondern auch das Wetter wurde immer ungemütlicher. Anfang Oktober gab es den ersten Nachtfrost. Das Heidekraut war mit Reif überzogen und auf den kleinen Pfuhlen und Tümpeln lag eine hauchdünne Eisschicht. Tagsüber wurde es dann aber manchmal noch recht schön, wenn auch nicht warm. Der goldene Oktober machte seinem Namen alle Ehre. Die Birkenblätter zeichneten sich goldgelb gegen den manchmal tiefblauen Himmel ab und dann und wann trieb ein leichter Wind das herabfallende Laub vor sich her. Für Armin war es die schönste Jahreszeit. Er mochte das Farbenspiel des welken Laubes und an manchen Tagen gab ihm das schöne Wetter den Frieden und die Ruhe, die er so genoss.

„Ist es nicht schön?“, fragte Rangold, als er Armin bei den Schafställen sah, wie er die welken Bäume betrachtete.

„Ja, das ist es tatsächlich.“

„Jetzt beginnt eine sehr ruhige Zeit hier draußen. Aber auch eine gefährliche.“

„Meinst du die Moorhexe?“

„Nein. Die Moorhexe treibt sich im Winter nicht so herum. Ihre Irrlichter behält sie bei sich und nur wenn es nicht so kalt ist, kann man sie noch umherziehen sehen. Aber bei starkem Frost, wenn es richtig eisig ist, dann frieren ihre Tümpel zu. Man kann sie dann begehen, ohne von ihr erfasst zu werden. Aber dann kann sich auch der eine oder andere Wanderer ins Moor verirren. Wir wollen nur hoffen, dass der alte Fiete nicht eine erneute Suche nach dir ins Moor treibt. Wir müssen Obacht geben. Auch Isegrim sucht manchmal im Moor, wenn es zu lange zu kalt ist und er

Hunger hat. Dann müssen wir ein bisschen auf die Schafe Acht geben."

Als es deutlich kälter wurde waren alle Vorräte und auch das Holz ausreichend für die kalten Monate. Rangold zeigte Armin, wie aus gelagerter Wolle Filz gewalkt wurde und Armin fertigte sich einen Filzumhang und Filzstiefel an, die er für die kalte Jahreszeit gebrauchen konnte.

Der erste Schnee fiel im November. Zwar taute er bis zum Nachmittag wieder weg und es setzte Regen ein, aber die gemütlichen Zeiten waren erst einmal vorbei. Viel Arbeit gab es im Moor nicht. Solange kein Schnee lag, führte Armin die Tiere auch schon nochmal über die Wiesen und die Moorheide, aber sie fanden immer seltener etwas Essbares. Die Natur hatte sich zur Ruhe begeben. Der kleine Heuschober beim Stall war prall gefüllt und es sollte reichen, die Tiere bis zum nächsten Frühjahr zu ernähren.

Ab und zu zog Rangold aus, um das eine oder andere in den Dörfern rund um das Teufelsmoor zu kaufen. Armin musste die Hütte und die Tiere hüten, was ihm nicht gefiel. Er kam sich langsam gefangen vor. Er konnte sich im Moor frei bewegen. Doch Rangold warnte ihn immer wieder davor, das Moor zu verlassen. Er hatte nicht ganz Unrecht, denn gerade in Karlshöfen und den angrenzenden Dörfern kannte man Armin und sie wussten beide nicht, welchen Einfluss der alte Fiete hatte geltend machen können.

Zum Jahreswechsel war es sehr kalt geworden. Das Moor war zugefroren und es lag eine dünne Schneedecke über der Heide und den Gräsern. Rangold war recht guter Dinge. Der Jahreswechsel schien bei ihm ein leichtes Hochgefühl auszulösen. Als sich der letzte Tag des Jahres dem Ende neigte, bereitete er unweit der Hütte ein Feuer vor.

„Wir werden die bösen Geister des alten Jahres mit Feuer und Getöse von dannen jagen", sagte er mit einem Grinsen.

„Aber was ist, wenn man uns hört?"

„Das soll man ruhig. Weißt du nicht mehr, was die Dorfbewohner in Karlshöfen sagen, wenn es zum Jahreswechsel dunkel wird?"

Armin konnte sich erinnern. Zum Jahreswechsel versuchte man bei Dunkelheit möglichst nicht die Stube zu verlassen. Die bösen Geister trieben in den dunklen Stunden des Jahreswechsels ihr Unwesen.

„Ich weiß noch, dass die Ute immer von den bösen Geistern im Moor sprach, die mit Feuer und Geschrei umherziehen. Kaum jemand traut sich aus den Häusern."

Rangold grinste. „Genau. Und deshalb wollen wir uns an dem Spektakel ein wenig beteiligen."

Kurz vor Sonnenuntergang kamen zwei Raben geflogen. Pflückebeutel setzte sich wieder auf Rangolds Arm und er sprach mit dem Tier. Währenddessen saß das andere Tier nicht weit entfernt auf einem Busch und schien interessiert zuzuhören. Armin hörte oder verstand nichts. Er hatte sich schon daran gewöhnt, dass Rangold Besuch von den Raben bekam.

Als es dunkel war, entzündete Rangold das Feuer und murmelte verschiedene Worte in einer Sprache, die Armin nicht kannte. Es schien eine sehr alte Sprache zu sein. Alles war sehr geheimnisvoll. Sie aßen ein kleines Kaninchen, das Rangold gefangen hatte.

„Äugler kann ein sehr schmackhaftes Essen sein. Für Odin ist Äugler ein richtiger Leckerbissen."

Armin hatte schon öfter von Odin gehört. Rangold sprach oft von den alten Weisen und Sagen. Meist hielt Armin die Erzählungen für eine wilde Mär.

Während sie aßen, holte Rangold aus der Vorratskammer einen Krug hervor und stellte ihn auf den Tisch.

„Hier, Armin. Es war ein gutes Jahr. Da können wir uns heute auch einen ganz besonderen Tropfen gönnen."

Er goss ihnen beiden ein und Armin trank zum ersten Mal Met. Die Stimmung der beiden wurde recht launig. Sie scherzten und lachten. Schließlich gingen sie vor die Hütte und ließen das Feuer hoch auflodern. Teilweise berauscht vom Met, teilweise auch durch die ausgelassene Stimmung und die lustigen Scherze, die Rangold zum Besten gab, tanzten sie beide um das Feuer herum. Sie grölten und riefen, sie schrien förmlich und versuchten mit wilden Gesten und Gehüpfe, die Geister, die Armin nicht sehen und nicht spüren konnte, zu verscheuchen. Er wusste gar nicht mehr, wie lustig es sein konnte, so ausgelassen wie ein Kind herumzutollen und sich an keine Bestimmungen irgendeines Herrn halten zu müssen. Armin genoss den Abend. Wenn er hinfiel, dann wälzte er sich im Schnee. Sie bewarfen sich mit Schneebällen, die Metflasche war bald leer und der Magen gut gefüllt. Armin lachte so ausgelassen wie schon lange nicht mehr.

Plötzlich hielt Rangold inne.

„Was ist?“, fragte Armin.

Rangold starrte in die Dunkelheit und dann sah es auch Armin. Zwei Gestalten traten in den Feuerschein. Sie trugen Umhänge. Die eine Gestalt war groß und kräftig, die andere klein und ebenfalls sehr stämmig.

„Der alte Fiete hatte doch tatsächlich Recht, als er sagte, dass du nicht tot wärst.“

Armin schwieg. Die Häscher hatten ihn gefunden.

„Du fragst dich, wer wir sind? Aber das spielt keine Rolle. Du kennst uns nicht und wir kennen dich nicht. Aber ich weiß, dass der alte Fiete einen schönen Preis zahlen wird, wenn wir dich bei ihm abliefern. Zur Not auch tot. Das macht nichts.“

Im Feuerschein konnte man die Gesichter sehen. Armin kannte sie nicht.

Rangold hatte einen Stock ergriffen und einer der Fremden zog ein Schwert.

„Du willst uns mit dem Stock drohen, Alter? Mit diesem Stock?“

Sie teilten sich, der eine ging links, der andere rechts ums Feuer auf Rangold und Armin zu.

„Armin, geh hinein.“ Rangold sagte es bestimmt.

„Nein. Diese Fremden…“

„Geh hinein, sage ich!“ Seine Stimme verriet, dass es ihm sehr ernst war.

Plötzlich ertönte in der Ferne ein lauter und gewaltiger Ruf. Sie mussten zu mehreren Leuten gekommen sein, um ihn im Moor einzukreisen, dachte Armin.

„Schnell Armin, in die Hütte! Verlier keine Zeit!"

Die kurze Verunsicherung der Fremden bemerkte Armin nicht.

Zögernd ging er hinein. Auch Rangold kam langsam rückwärtsgehend zur Hütte.

Der große Fremde lachte höhnisch. „Verkriecht euch ruhig in eurem Loch. Dann werden wir die Hütte eben niederbrennen und euch ausräuchern." Er wandte sich an den kleineren. „Los, nimm einen brennenden Ast."

Das Rumoren, Stampfen und Rufen wurde lauter. Die Unruhe kam näher.

Rangold schloss hinter sich die Tür und verriegelte.

„Was machen wir jetzt? Sie kommen zu mehreren. Wir sollten fliehen."

Rangold achtete nicht auf ihn. Er kontrollierte die geschlossenen Fensterläden. „Sie kommen, es war ein Warnruf."

„Lass uns fliehen, Rangold. Noch können wir hinten hinaus durchs Moor."

„Schweig still!", herrschte Rangold Armin an.

Draußen war das Rumoren noch deutlicher zu hören.

„Das Wilde Heer kommt. Hast du vergessen, dass wir die Rauhnächte haben?"

Armin fiel es wieder ein. In den Rauhnächten hatten sie in Karlshöfen stets in der Stube gesessen und gebetet. Niemand hatte in jenen Nächten das Haus verlassen.

„Wer ist das Wilde Heer?"

„Es sind die armen Seelen, die vor ihrer Zeit das Leben lassen mussten. In den Rauhnächten ziehen sie durch das Land. Ein gewaltiger Tross. Und wer sich ihnen in den Weg stellt, der wird mitgerissen. Keine Kraft dieser Welt kann sich ihnen widersetzen."

Draußen hörten sie die beiden Fremden miteinander hadern.

„Lass uns gehen. Die Sache ist mir nicht geheuer“, hörten sie den Kleinen zu dem Großen sagen.

Dann war das Stampfen, Rufen, Rasseln und Krakeelen ganz nahe. Armin wollte einen Blick durch die Läden werfen, doch Rangold hielt ihn zurück.

„Wirf keinen Blick nach draußen.“

Wieder erscholl ein tiefer und gewaltiger Warnruf: „Ho, ho, ho! Aus dem Weg, ab dem Weg, damit niemand geschändet wird.“

Und dann hörten Armin und Rangold die beiden Fremden schreien. Es waren Schreie, die ein Mensch nur in Todesangst von sich zu geben vermag. Armin fuhr es durch Mark und Bein. Es wurde laut gegen die Tür geschlagen. Ein lautes Rufen erscholl. Armin konnte die Sprache nicht verstehen. Dann schlug es wieder gegen die Tür und die Läden. Ein gespenstisches Poltern! Das Stampfen, Rasseln und Poltern war nun um die Hütte. Rangold hielt Armin fest.

„Keine Angst, sie kommen nicht herein!“

Armin spürte sein Herz bis zum Halse schlagen. „Was ging dort draußen vor sich?“, dachte er.

Nach einer Weile ließen das unheimliche Poltern und Rumoren nach. Das Wilde Heer zog weiter. Auch der Warnruf, der allem voranging, war kaum noch zu hören.

„Sie ziehen weiter.“

Armin bekreuzigte sich. „Was ist mit den Männern?“

„Ihre Seelen sind nicht mehr zu retten. Sie wurden mitgerissen und müssen fortan der wilden Jagd folgen, ob sie wollen oder nicht. Wer sich in diesen Nächten nicht in Sicherheit bringt, den wird das Wilde Heer mit sich nehmen.“

Armin wollte zur Tür und nachsehen. Aber Rangold stellte sich in den Weg.

„Öffne jetzt nicht die Tür. Hier drinnen sind wir sicher. Warte, bis zum Morgengrauen.“

Armin war immer noch nicht ruhig. Es war keine Angst, aber behaglich war ihm die Sache auch nicht.

„Was ist mit den Tieren?“, fiel es ihm plötzlich ein.

„Denen geht es gut. Die Wilde Jagd trachtet nicht nach den Tieren.“ Nach kurzem Schweigen fuhr Rangold fort. „Lass uns nun schlafen. Die Tür lass bis zum Morgen verschlossen. Wir wollen das neue Jahr nicht verschrecken.“

Er klopfte Armin auf die Schulter. „Komme gut ins neue Jahr hinüber, Armin.“

„Du auch, Rangold.“

Das Skythenmeergold

Das neue Jahr begann kalt und still. Als Armin erwachte, hatte er Kopfschmerzen. Der Met hatte ihm zugesetzt. Rangold lachte lauthals und machte seine Späße.

Als Armin schließlich vor die Hütte trat, war er von der Schönheit der Landschaft überwältigt. Wie erstickend lag der Frost über dem Moor. Es war, als wenn jegliches Geräusch von der Welt verschwunden war. Keine Vögel waren zu hören, kein Wind blies durch die Bäume und Büsche. Die Luft war kristallklar und eiskalt. Die Sonne stand am tiefblauen Himmel und ihre Strahlen ließen die frostummantelte Welt glitzern. Armin erfreute sich an diesem Anblick. Auch wenn er schon öfter die Schönheit der Natur gesehen hatte, einen solchen Anblick genoss er immer wieder. Auch Rangold schwieg bei dem Anblick. Es waren diese Momente, in denen all die Mühen, alle Gefahren und alle Unbilden des Lebens vergessen waren.

Von den Geschehnissen der Nacht war nichts mehr zu sehen. Der Boden um die Hütte schien unberührt. Nichts deutete darauf hin, dass in der letzten Nacht zwei Fremde dagewesen waren, die Armin nach dem Leben oder zumindest nach der Freiheit getrachtet hatten.

Auch wenn das Jahr ruhig begonnen und Armin keine Not zu leiden hatte, fand er keine Ruhe. Er lebte zwar frei, war bei Rangold in angenehmer Gesellschaft und kannte sich im Moor so gut aus, dass er keinen Pfuhl mehr fürchtete. Aber trotzdem wurde ihm das Teufelsmoor zur Last.

Der Frühling ging so schnell, wie er gekommen war. Das Wetter wurde wärmer und die Pflanzen wuchsen und gediehen. Nach der Schafskälte schoren sie die Schafe und als das Korn reif war, ernteten sie. Ab und zu verschwand Rangold wieder mit seinem Umhang und besorgte in den umliegenden Dörfern die Dinge, die sie nicht im Moor bekamen.

Der Sommer ging so schnell vorbei, dass es Armin beinahe unheimlich war. Er hatte die ganzen Wochen und Monate des Jahres gearbeitet und geholfen und nicht gemerkt, wie die Zeit verging.

Aber in den Nächten hatte er immer wieder den einen Traum. Immer wieder sah er sich in der Loodiele beim alten Fiete und Martin hielt ihm immer und immer wieder das kleine Säckchen mit den goldenen Steinen unter die Nase.

Rangold merkte, dass Armin etwas bewegte. Eines Abends sprach er ihn darauf an.

„Was bedrückt dich, Armin?"

„Nichts, mir geht es gut", leugnete Armin.

„Ha, dir fehlt nichts? Seit den Rauhnächten geht es dir so gut, dass du nicht einmal mehr lachst. Also tische keine Märchen auf."

Armin überlegte. Wie sollte er es Rangold erklären? „Ich weiß nicht genau. Mir ist nicht nach Freude zumute. Ich bin frei und glücklich, den Klauen des alten Fiete entflohen zu sein. Aber ich kann das Teufelsmoor wohl nie wieder verlassen. Die beiden Fremden in der Neujahrsnacht waren eine Warnung. Und auch wenn seit dem nichts Ungewöhnliches passiert ist. Der alte Fiete wird wohl trotzdem nicht nachlassen und mich suchen."

„Das mag wohl sein. Aber sei nicht ungeduldig. Deine Zeit wird noch kommen, vertraue mir. Dass du nicht hierher gehörst, das weiß selbst Henning mit seinem Gefolge."

„Ich frage mich, wo ich denn eigentlich herkomme. Ute erzählte mir, dass ein Mönch mich einst nach Karlshöfen gebracht hatte…"

„So, das hat sie dir gesagt? Das ist tatsächlich so. Der Bruder Jakobus kam damals von Osten nach Karlshöfen. Ich sah ihn, als er das Teufelsmoor passierte. Er war ein kluger Mann, denn er wusste, dass er das Teufelsmoor lieber meiden sollte."

„Du hast ihn gesehen?"

Rangold lachte kurz auf. „Ich lebe schon eine ganze Weile hier im Moor. Das darfst du nicht vergessen." Dann beugte sich Rangold zu Armin. „Aber hat die Magd auch von dienem Habe gesprochen?“

„Mein Habe?“

„Der Mönch hatte ein paar Sachen dabei. Ein paar Tücher und ein kleines Säckchen.“

Armin horchte auf.

„Was für ein Säckchen?“

„Ein kleines Säckchen. Nicht größer als ein lederner Geldbeutel vielleicht. Aber wahrscheinlich wusste Ute nichts davon. Vielleicht hat ihn der Mönch auch behalten.“

Armin fiel der Beutel ein, den Martin ihm damals in der Loodiele unter die Nase gehalten hatte, was dem alten Fiete gar nicht gefallen wollte.

„Ich glaube, der Mönch hat den Beutel nicht behalten.“

Jetzt wurde Rangold wiederum aufmerksam.

„Was meinst du damit?“

„Ich habe das Säckchen gesehen.“

„Wo?“

„Ich glaube, der alte Fiete verwahrt es bei sich.“ Armin sagte die Worte vorsichtig und in seinem Kopf reifte bereits ein Plan. Rangold griff aber in seine Gedanken ein.

„Armin! Hör mir genau zu und sieh mich an!“, er packte Armin mit beiden Händen und sah ihm streng in die Augen. „Du darfst unter keinen Umständen nach Karlshöfen gehen. Hast du mich verstanden? Gehe nicht in dein Unglück!“

„Aber das Säckchen gehört doch mir, oder nicht?“

„Vielleicht ist es nur ein ganz normaler Geldbeutel mit ein paar Münzen?“

„Nein. Ich bin mir sicher, dass keine Münzen darin sind.“

„Woher willst du das wissen?“

„Eines Tages arbeiteten wir auf der Loodiele. Martin kam zu mir und hielt mir mit hämischem Grinsen ein Säckchen unter die Nase. Er öffnete es und fragte, ob ich denn wisse, was das sei. Doch da kam der alte Fiete und brüllte ihn an. Er schien außer sich vor Wut zu sein und nahm das Säckchen wieder an sich.“

„Konntest du sehen, was darin war?“

„Nicht genau. Es schien etwas Goldgelbes, Schimmerndes zu sein!“

Rangold war nun sehr aufmerksam und Armin fuhr fort.

„Seit ein paar Nächten habe ich immer wieder den gleichen Traum. Immer wieder bin ich auf der Loodiele und Martin hält mir den Beutel unter die Nase. Und immer, wenn ich hineinsehen will, zieht er den Beutel zu und der alte Fiete kommt. Was kann das bedeuten?“

Rangold beugte sich vor. „Armin, hör mir genau zu! Egal was in dem Säckchen ist. Sei kein Tor! Gehe nicht nach Karlshöfen! Es ist zu gefährlich.“

„Aber es ist mein Besitz. Ich habe fast nichts. Es gibt nichts, was mir etwas über meine Herkunft sagt. Dieser Beutel könnte mir Antworten geben.“

Rangold packte ihn am Handgelenk. „Armin! Bleibe hier. Die Zeit wird kommen, dass du gehst. Aber noch ist sie nicht reif. Du musst dich gedulden. Noch sind die Götter nicht auf unserer Seite.“

Es war nicht das erste Mal, dass Rangold von den Göttern sprach. Armin hatte stets geschwiegen, denn Rangold war ein kauziger Mann, der wohl noch dem alten Glauben nachhing.

„Aber was ist, wenn er mein Habe verkauft? Es ist alles, was mir noch geblieben ist!“

Armin schien der Verzweiflung nahe. Seine Augen sprühten vor Tatendrang. Rangold aber hielt ihn immer noch fest und sagte mit seiner tiefen und eindringlichen Stimme:

„Deine Zeit ist noch nicht gekommen. Laufe nicht in dein Unglück. Mach nicht den Fehler, den ich einst tat. Höre auf eine ältere Stimme als die deine.“

Rangold schien es außerordentlich wichtig zu sein, Armin von seinem Vorhaben abzubringen, nach Karlshöfen zurückzukehren. Zwar hatte Armin den Gedanken nicht ausgesprochen, aber Rangold wusste genau, welcher Plan in Armins Kopf reifte.

Armin sah ihn fragend, aber auch herausfordernd an. „Welchen Fehler machtest du?“

„Ich hütete einst die Schafe oder strich durch das Land. Manchmal sprach ich mit den Tieren. Mit Reineke, Grimbart, Lütke, wenn er auf der Reise war, mit Swinegel, Tybbke und Pflückebeutel. Es war mir eine wahre Freude mit ihnen zu sprechen.

Eines Tages war ich mit den Schafen auf der Weide. Da kam Merkenau. Sie erzählte mir von einem Sturm, dass ein großes Unglück käme und dass der Blanke Hans uns überraschen würde. Ich fragte Merkenau, wann der Blanke-Hans denn käme. Doch sie wusste es nicht genau. Vielleicht am nächsten Tag, vielleicht aber auch erst am übernächsten.

Ich rannte ins Dorf. Ich warnte die Einwohner, ein Sturm würde kommen und den Blanken-Hans entsenden. Alle sahen gen Himmel und lachten über mich, denn der Himmel war blau und die Sonne schien warm. Mein Herr aber zog mir was mit dem Stock über, denn ich hatte die Schafe auf der Weide allein gelassen.“ Armin merkte, wie sich Rangold über den Nacken strich.

„Zwei arme Schafe hatten sich verlaufen und waren im Moor versunken. Mein Herr war außer sich und verdrosch mich erneut. Und in der Nacht kam der Blanke-Hans nicht. Am nächsten Tag lachten alle erneut über mich. Sie machten sich lustig. Ich rannte davon. Ich rannte in die Wiesen und die Weiden. Ich sprach mit den Tieren und sagte ihnen, sie sollten sich in Sicherheit bringen. Ich war verzweifelt, denn ich glaubte Merkenau. Pflückebeutel kam und warnte mich, nicht ins Dorf zurückzukehren. Du musst wissen, dass Pflückebeutel ein sehr alter und weiser Vogel ist. Seinem Herrn ist er schon sehr lange im Dienst. Ich hörte aber nicht auf ihn. Ich meinte, auf den weisen Rat nicht hören zu müssen.

In der nächsten Nacht kam dann der Blanke-Hans. Es war fürchterlich. Niemand konnte sich retten. Ich rettete mich auf dem Weg zum Dorf in einen Baum. Die Flut spülte alles davon. Eine Frau mit ihrem Kind wurde dahergetrieben. Sie hielt das arme Bündel über ihren Kopf, konnte ihren Kopf aber selbst kaum über das Wasser recken. Ich konnte nicht helfen. Die Wucht des Wassers war zu groß. Ich weinte vor Wut und Traurigkeit."

Er schwieg kurz. „Ich weiß nicht, wie lange ich auf dem Baum hockte. Dann kamen Männer von den anderen Dörfern, die verschont geblieben waren. Sie fanden mich auf dem Baum. Ich klammerte mich an den Stamm vor Schreck, Kälte und Nässe. Merkenau saß in der Krone des Baums und krächzte aus Leibeskräften. Die Männer vertrieben sie und holten mich vom Baum. Sie redeten auf mich ein, aber ich konnte nicht sprechen. Der Schreck saß mir in den Gliedern. Sie fragten, wie ich mich hatte retten können. Und dann war da das Mädchen. Sie sagte, sie hätte mich gesehen, wie ich mit den Tieren gesprochen und die Tiere mir gehorcht hätten. Sie sagte, sie hätte gesehen, wie ich den Blanken Hans heraufbeschworen hätte, aus Zorn, weil niemand mir glaubte.

Was sollte ich ihnen antworten? Sollte ich sagen, ich hätte tatsächlich mit den Tieren gesprochen, danach aber alle gewarnt?

...Ich riss mich los und rannte davon. Mir war kalt, der Schrecken steckte mir noch in den Knochen. Ich wollte nur weg. Aber die Männer glaubten, ich hätte tatsächlich den Blanken Hans heraufbeschworen. Wie sonst hätte ich als Einziger überleben können? Zwei Tage rannte ich davon. Sie hetzten mit Hunden hinter mir her. Und dann floh ich ins Teufelsmoor. Sie glaubten schließlich, die Moorhexe hätte mich gefangen…"

Armin sagte kein Wort. Schweigend saßen sie eine Weile da und blickten ins Feuer.

„Armin höre auf mich! Bleibe hier! Deine Zeit wird kommen, dass du von hier fortgehst. Aber noch ist sie nicht da."

„Woher soll ich wissen, dass die Zeit gekommen ist?"

„Du wirst es sehen, wenn die Zeit reif ist. Mach keine unüberlegten Dinge, versprich es mir."

„Und was ist mit meinem Habe?"

„Ich werde dafür sorgen, dass dein Habe nicht in falsche Hände gerät." Er zwinkerte.

„Wie willst Du das machen?"

„Vertraue mir."

Armin versprach, seine Ungeduld zu bändigen. Aber wohl war ihm bei dem Gedanken nicht.

Am nächsten Tag hatte Armin eine Menge zu tun. Er kümmerte sich um die Tiere und führte die Schafe über das Moor. Er bemerkte nicht, wie Rangold des Öfteren mit Pflückebeutel sprach. Auch Merkenau kam auffällig oft in den nächsten Tagen. Aber auch das bemerkte Armin nicht.

Eines Tages sollte Armin Brennholz sammeln. Der Herbst war nicht mehr weit. Er erinnerte sich, dass es bei der Schafsweide, wo er früher die Schafe gehütet hatte, eine Menge Bruchholz gab. Wenn es nicht schon jemand geholt hatte, so könnte er es nun holen. Rangold stimmte zu, warnte ihn aber, erst am Ende des Tages dorthin zu gehen, um zu verhindern, gesehen zu werden.

Als der Abend zu dämmern begann, wagte sich Armin zur Lichtung bei der Weide. Vorsichtig pirschte er sich aus dem Moor. Da lagen eine Menge abgerissener Äste und Zweige. Er konnte außer sich niemanden entdecken und machte sich gleich an die Arbeit. Bald hatte er genug gesammelt und das Tageslicht war fast erloschen, als er Stimmen hörte. Schnell warf er sich hinter einem umgestürzten Baum zu Boden.

Die Stimmen wurden lauter und Armin erkannte Peer und Martin. Durch zwei Äste konnte er die beiden sehen, wie sie ein Maultier hinter sich herzogen. Sie hatten offenbar Waren verkauft, denn Martin spielte mit einem gut gefüllten Sack, in dem Münzen klimperten. Armin wurde bewusst, dass er die beiden seit fast einem Jahr nicht gesehen hatte.

„Nun los", sagte Peer und zog an den Zügeln des Maultiers, das am Wegesrand etwas Gras abgerissen hatte. „Ich will hier nicht ewig versauern."

„Da haben wir doch einen guten Preis erzielt", meinte Martin.

„Du hast den Krämer aber auch recht gut ausgequetscht."

„Tja, gekonnt ist gekonnt. Ich glaube, die Sache mit dem Geld liegt mir einfach. Irgendwann werde ich den Hof meines Vaters übernehmen und dann soll das Hab und Gut noch schneller wachsen. Außerdem gehört mir dann all das Land. Aber es ist nicht nur das Land. In der Schreibstube verbirgt mein Vater so ein kleines Säckchen. Und darin sind goldgelbe Edelsteine. Sie sind so groß wie eine Erdbeere vielleicht, aber sehr leicht. Und sie sehen sehr wertvoll aus."

Sie ließen das Maultier ein wenig grasen.

„Wo hat dein Vater denn die her?"

„Kennst du noch den Taugenichts Armin? Ihm gehörte das Säckchen."

„Dein Vater hat es ihm gestohlen?"

„Wo denkst du hin? Armin war Leibeigener, hast du das vergessen? Somit gehörte meinem Vater auch das Hab und Gut dieses faulen und frechen Burschen. Na, und seit er im Moor sein verdientes Ende gefunden und sein nichtsnutziges Leben ausgehaucht hat, gehört es rechtmäßig meinem Vater."

Peer schwieg. Er nahm die Zügel wieder fester in die Hand und sie gingen ein Stück weiter.

„Aber ich habe mit meinem Vater gesprochen. Nächste Woche, wenn ich Geburtstag habe, dann schenkt er mir das Säckchen vielleicht schon und dann werde ich mal sehen, wie viel ich für die Steine bekomme..."

Sie entfernten sich weiter und Armin konnte kaum noch etwas hören.

Als er sich wieder in Sicherheit wog, verlor er keine Zeit mehr. Das gesammelte Holz ließ er liegen und rannte ins Moor. Geschickt wählte er sich den sichersten und schnellsten Weg und gelangte völlig außer Atem an der Hütte an.

„Was ist los Armin, wolltest du nicht Holz bringen?" Rangold sah ihn verwundert an.

„Der alte Fiete hat das Säckchen. Er wird es nächste Woche an Martin geben, und der verkauft die Steine dann."

Armin keuchte.

„Woher weißt du das?"

„Ich war an der Weide und sammelte Holz. Als ich fast fertig war, kamen Peer und Martin mit einem Maultier des

Wegs. Sie sprachen von dem Säckchen und dass es dem alten Fiete gehöre, weil ich Leibeigener war.“

Rangold machte ein sehr ernstes Gesicht. „Haben sie dich gesehen?“

Armin schüttelte den Kopf. „Ich lag hinter einer umgestürzten Eiche. Ich muss nach Karlshöfen. Ich muss das Säckchen bekommen, ehe es Martin bekommt.“

Rangold hielt ihn fest. „Du bleibst hier! Das ist kein Spiel. Auch wenn sie glauben, dass die Moorhexe dich geholt hat. Dem alten Fiete traue ich nicht. Denk an die Fremden am Jahreswechsel.“

„Ich bleibe nicht hier. Es geht um mein Hab und Gut. Es ist das Letzte, was mir aus meiner Vergangenheit geblieben ist. Vielleicht kann ich damit mehr erfahren, woher ich komme und wer ich bin. Ich kann nicht zusehen, wie es verschwindet.“

„Komm rein!“, sagte Rangold nun barsch und schob Armin in die Hütte. „Ich weiß, dass du um deinen Beutel fürchtest. Aber vertraue mir. Heute kannst du nicht dorthin. Es ist dunkel und zu spät. Ich werde morgen nach Karlshöfen gehen und versuchen, etwas zu erfahren. Aber bitte, bleibe jetzt hier. Du weißt nicht, was du tust. Sie glauben, du bist tot. Das ist eine sehr starke Waffe. Aber noch ist es zu gefährlich. Vertraue mir!“

Armin schwieg. Das Sitzen und Nichtstun behagte ihm nicht. Doch was sollte er machen? Er hatte nicht die geringste Idee, wie er es anstellen sollte, unbemerkt an den Beutel zu gelangen.

Am nächsten Morgen war er schon bei Hennings erstem Schrei hellwach. Er hatte die ganze Nacht kaum geschlafen und war unruhig. Auch Rangold stand relativ früh auf. Er aß nicht viel und packte zügig ein Bündel mit Sachen, die er gebrauchen könnte. Als er vor die Hütte trat, verlor er keine Zeit. Pflückbeutel kam geflogen und setzte sich auf seinen Arm. Rangold sprach mit ihm, auch wenn Armin nicht verstand wie, denn es war nichts zu hören. Aber der

Vogel saß still und schien zuzuhören. Armin hätte nur zu gern gewusst, was Rangold mit dem Tier besprach.

Schon flog Pflückebeutel davon und Rangold warf sich den Umhang über.

„Ich gehe nach Karlshöfen. Du bleibst hier. Verlasse das Moor nicht. Begib dich auch nicht zum Rand! Es ist zu gefährlich. Ich werde sehen, was ich in Erfahrung bringen kann. Vielleicht komme ich erst gegen Abend zurück.“

Damit verschwand er und ließ Armin bei der Hütte und den Tieren zurück.

Armin versuchte, sich mit der Arbeit abzulenken. Er kümmerte sich um die Tiere, führte die Schafe durchs Moor und sammelte Holz. Doch nichts konnte ihn ablenken. Er dachte nur an den Beutel. In ihm steckte vielleicht der Schlüssel zu seiner wichtigsten Frage: Woher komme ich?

Am Nachmittag fiel die Müdigkeit wie ein schweres Tuch über ihn. Er führte die Schafe zurück in den Ferch, legte sich ein bisschen in die warme Spätsommersonne und überlegte, was er tun könnte. Vielleicht hatte Rangold einen Plan, wenn er zurückkam? Untätig würde er aber nicht bleiben. Irgendetwas musste geschehen…

Als er wieder erwachte, war ihm kalt. Die Sonne war mit Wolken verhangen und stand schon tief im Westen. Es war nicht mehr so warm wie noch vor ein paar Stunden. Rangold war immer noch nicht zurückgekehrt. Armin ärgerte sich, dass er den halben Nachmittag verschlafen hatte.

Er schaute nach den Tieren. Hier gab es aber wenig zu tun. Die Schafe lagen oder standen im Stall und kauten etwas Gras. Aus dem Hühnerstall sammelte er noch schnell die Eier, wobei Henning wieder mal ärgerlich gluckste, denn die Hühnerschar hatte sich bereits auf die Schlafplätze zurückgezogen.

Wo blieb bloß Rangold? Er müsste doch längst wieder zurück sein.

Ein paar Grillen zirpten im Moor. Armin bereitete sich etwas zu essen zu, aß aber nur wenig. Die Aufregung war einfach zu groß. Er musste endlich etwas tun.

Als es bereits dunkelte, war Rangold noch immer nicht da. Armin ging unruhig in der Hütte auf und ab. Die ausgestopfte Eule und auch Grimbart schauten stumm von ihren Plätzen an der Wand. Sie lugten hinunter, obwohl Armin wusste, dass sie nicht lebten. Er fühlte sich beobachtet.

Schließlich hielt er es nicht mehr aus. Er nahm seinen ledernen Umhang, sah noch einmal nach den Tieren und zog ins Moor. Längst schon fürchtete er weder Pfuhl noch Irrlicht. Er kannte jeden Baum und wusste jeden Schatten in der Dunkelheit zu deuten.

Er gelangte auf den Weg nach Karlshöfen und fiel in einen leichten Trab. Seine selbst gemachten Lederschuhe waren weich und machten auf dem Untergrund kaum einen Laut. Er fühlte sich plötzlich frei. Die Luft schien klarer, der Himmel weiter. Und dennoch kamen ihm plötzlich Zweifel. Hätte er vielleicht doch auf Rangold warten sollen? Oder war ihm etwas zugestoßen? Er hatte gesagt, er solle warten, auch wenn es dunkel würde. Jetzt war es aber eh zu spät. Karlshöfen war nicht mehr weit.

Als er in die Nähe des Dorfes kam, schlug er einen Haken querfeldein. Er wollte die offenen Wege meiden und pirschte sich vorsichtig von hinten an den Hof des alten Fiete.

Nur wenig hatte sich verändert. Armin sprang leichtfüßig über die kleine Mauer des Obstgartens. Von Baum zu Baum tastete er sich vor, wohl bedacht, auf keinen Ast zu treten. Bald schon hatte er den Hof erreicht. Die Läden waren geschlossen und es drang kein Licht in die Nacht.

Da hörte er ein leises Klirren und erschrak. Etwas schnüffelte an seinem Umhang. Canis. Den hatte er vergessen. Wenn er jetzt bloß nicht knurrte oder gar bellte. Doch das Tier schien sich eher zu freuen und winselte leise. Er kannte den Geruch gut. Armin streichelte ihn.

„Leg Dich wieder hin und sei brav!“, flüsterte er. Canis wedelte mit dem Schwanz, gehorchte und Armin schlich sich zum Gehöft.

Vom alten Apfelbaum erreichte er das Reetdach. Hier wollte er hinaufklettern. Vorsichtig zog er sich empor.

Schon sah er das Tor zur Loodiele. Zwar war es von innen verriegelt, aber Armin kannte den Trick noch von früher. Während er sich mit der einen Hand am Ulenluch hielt, langte er mit der anderen und einer kleinen Weidenrute des Reets durch einen Spalt und entriegelte. Zum Glück war es nicht windig, so dass kein Zug entstand. Die Pforte ließ sich öffnen und Armin schwang sich vom Dach in den Boden. Die Loodiele war über und über mit Getreide bedeckt. Die Ernte war dieses Jahr gut.

Er verschloss die Pforte und schlich vorsichtig durch die Kammer zur Tür, die vom Boden herunter führte. Wie damals, war sie auch heute nicht verriegelt. Die Stiege nach unten hatte er schnell genommen, den knarrenden letzten Stufen war er ausgewichen, und nun stand er im oberen Flur mit der tiefen Decke. Es war dunkel, aber er vertraute auf seine Sinne und seine leisen Sohlen. Aus einer der Kammern, die links und rechts vom Flur abgingen, hörte er ein Schnarchen. Das mochte der alte Fiete sein. Am Ende des Flures war die Schreibstube des Alten.

Armin schlich vorsichtig weiter. Er tastete sich mit den Händen an der Wand entlang und wagte kaum zu atmen. Endlich hatte er sein Ziel erreicht, die Schreibstube. Die Tür war mit einem dicken Schloss versperrt. Armin wusste aber, dass der Alte den Schlüsselbund um den Hals trug.

Er fasste allen Mut zusammen. Schnell griff er in seinen Beutel und holte Zunderschwamm, Lunte und die Wachskerze hervor. Schnell hatte die Lunte zu glimmen begonnen und schließlich brannte die Kerze. Vorsichtig wandte er sich nun der Kammer des alten Fiete zu.

Die kleine Kammer roch nach abgestandener Luft und Schweiß. Der alte Fiete schnarchte laut, obwohl er Armin den Rücken zuwandte.

Armin trat näher und jetzt drang auch der Gestank des Nachttopfes in seine Nase. Das kleine Tischchen neben dem Bett war leer. Auf einem Schemel waren die Sachen des Alten geknüllt und da sah er auf Kleiderhaufen einen Schlüssel an einem Lederband liegen.

Der Herrgott musste es gut mit Armin meinen. Er schwitzte vor Aufregung. „Jetzt nur keinen Fehler machen“, dachte er. Hoffentlich wachte der Alte nicht auf. Er zog den Schlüssel hervor.

Der Alte schlief tief und fest und schnarchte vor sich hin. Mit dem Schlüssel in der Hand schlich sich Armin schnell aus der Kammer und schloss die Tür. Glück musste man auch haben.

Er sperrte das Schloss auf und betrat die Schreibstube. Hinter sich schloss er die Tür wieder. Schnurstracks steuerte er auf den Schrank zu, der in der Ecke stand. Er schob den Riegel beiseite und leuchtete mit seiner Kerze hinein. Schriftrollen und Pergamente lagen überall verstreut. Irgendwo musste das Säckchen sein. Er schaute unter die ledernen Taschen und Säcke, in denen es nach Münzen klimperte.

„Was hast du in dem Schrank zu suchen?“, sagte plötzlich eine ruhige, ihm wohlbekannte Stimme und im gleichen Augenblick spürte Armin eine Spitze in seinem Rücken.

Langsam richtete er sich auf und drehte sich um. Sein Gegenüber hob die Laterne.

„Ich hatte gleich gewusst, dass du nicht ersoffen warst. Und dieser Unfug mit der Moorhexe war mir auch suspekt. Irgendetwas sagte mir, dass das nicht so ist“, erklärte der alte Fiete und sah Armin fest ins Gesicht. Kurz schwiegen sie sich an.

„Suchst du das hier?“ Der Beutel schien nicht schwer zu sein. Es war jener, den Martin ihm damals gezeigt hatte. Als wäre der Dolch nicht zwischen ihnen, hob Armin leicht die Hand als wollte er danach greifen.

„Tja, da hast du wohl an einer falschen Stelle gesucht. Dein Beutel ist bei mir sicher. Als dieser Mönch damals an das Hoftor pochte und mich bat, dich aufzunehmen, wollte ich ihn fortjagen. Was sollte ich mit einem Balg, der mich nichts anging? Ich hörte auch nicht hin, als er sagte, woher er dich hätte. Aber Isolde war eine fromme Frau. Sie glaubte an diese Kirchendiener. Sie nahm dich an, tat dies aber nicht deinetwegen, sondern ihres Glaubens wegen, um ihr Gewissen zu waschen. Also bilde dir nicht ein, dass dich hier irgendwer haben wollte. Aber genau das war mein Glück. Denn als Isolde annahm, rückte der Mönch mit diesem Beutel hier raus. Der Fuchs hatte ihn vorher nicht erwähnt. Er wollte wohl sichergehen, dass wir dich nicht wegen des Beutels nehmen. Er erzählte irgendetwas, dass dieser Beutel um deinen Hals gehangen hätte, als er dich auflas.

Der Mönch machte sich von dannen und ich sah in den Beutel. Eigentlich wollte ich ihn erst wegwerfen, aber dann sah ich den Inhalt. Merkwürdige Zeichen, aber die interessierten mich nicht. Ich wusste, dass dieser Beutel viel wert sein würde. Tja, so spielt das Leben, Armin. Du hättest nicht noch einmal hierher kommen sollen. Nun ist es wirklich aus."

Armin hatte im Schummerlicht den Zunderschwamm aus seinem Beutel zu greifen bekommen. Er trat vorsichtig einen Schritt zurück. Der Alte zögerte kurz. Als er aber nachstoßen wollte wandte sich Armin blitzschnell zur Seite. Fietes Stoß ging daneben. Armin wusste, dass der Fiete bärenstark war. Ein Kräftemessen hätte er womöglich verloren. Er nahm seinen Zunderschwamm und presste die Glut auf Fietes Faust um den Dolch. Der Alte schrie und ließ den Dolch fallen. Während er sich noch krümmte und die Hand hielt, gab Armin ihm einen Tritt und er taumelte in den noch offenen Schrank. Beim Schließen der Tür griff Fiete in den Spalt. Mit aller Wucht warf Armin die schwere Eichentür zu und klemmte ihm die Hand ein. Wieder schrie Fiete auf. Armin griff dem Alten an den Hals und entriss ihm den Lederbeutel. Dann warf er die schwere Tür erneut zu und verriegelte. Der alte Fiete tobte und polterte, konnte aber nicht aus dem schweren und stabilen Schrank heraus.

Schon hörte Armin Unruhe im Haus. Den Beutel verstaute er in seinem Umhang. Es war stockfinster geworden, denn die Kerzen waren beide ausgegangen. Er tastete sich zur Tür und in den Flur. Schon rumorte es. Vor ihm öffnete sich eine Tür und eine Kerze warf ein kleines Licht auf den Flur. Armin rannte mit voller Wucht gegen die Tür und rammte diese gegen den Erwachten, der schmerzverzerrt fluchte. Es war Martin, der sehen wollte, was es mit dem Lärm auf sich hatte.

Mit drei Sätzen war Armin an der Stiege zur Loodiele und durch die Tür in der Kornkammer. Hinter sich hörte er Rufe: „Stehen bleiben, du Halunke!"

Armin ließ sich nicht beirren. Schnell hatte er die Loodiele durcheilt und stieg durch die Luke aufs Dach, um sich auf dem gleichen Weg aus dem Staub zu machen, wie er gekommen war. Einmal hätte er beinahe den Halt verloren und wäre in die Tiefe gestürzt. Mit Glück konnte er sich im Reet halten.

Endlich am Boden, rannte er davon. Hinter ihm wurde die Hoftür aufgestoßen und Martin und der alte Fiete kamen heraus, wobei der Alte sich die Hand hielt.

„Verflucht seist du, Armin! Du Satansbrut! Wir werden dich hetzen und finden. Und dann werde ich dich auspeitschen und auf den Scheiterhaufen bringen", fluchte Fiete hinter ihm her.

Auch das Gesinde kam nun auf den Hof. Aber Armin war schon im Obstgarten und über die Mauer. Er rannte in die Dunkelheit, so schnell ihn seine Füße tragen konnten.

Im schnellen Lauf hatte er bald das Moor erreicht. Und trotz der Dunkelheit fühlte er bei jedem Schritt, ob er sicheren Boden unter den Füßen hatte. Mochten sie ihm folgen. Hier im Moor traute sich keiner bei Nacht hinein. Zu mächtig waren die Moorhexe und ihr Gelichter. Und obwohl er keine Verfolger hörte und fürchtete, beeilte er sich, tiefer ins Moor zu kommen.

Die Nacht war schon weit fortgeschritten, als er endlich die gewohnte Umgebung und Rangolds Behausung erreichte. Armin war erst jetzt ein wenig erleichtert. Hier fühlte er sich sicher. Der Schweiß rann ihm über die Wangen und er musste schwer atmen, um genug Luft zu bekommen.

Verschwitzt, dreckig und mit vom Morast klammen Sachen trat er in die Hütte.

Da wurde er gepackt und mit kraftvollen Händen vor der Feuerstelle zu Boden geworfen. Und ehe er es sich versah, kniete eine mächtige Gestalt auf ihm und hielt einen brennenden Span aus dem Feuer vor sein Gesicht.

„Armin", raunte Rangold. „Was treibst du draußen im Moor?"

Nur langsam kam Armin wieder zu Atem.

„Sprich! Was hast du in der Nacht getrieben? Wo warst du?"

Armin setzte sich auf. „Ich habe mir geholt, was mein ist."

„Warst du auf dem Hof?"

Armin nickte ein wenig beklommen.

„Weißt du, was du da tust? Weißt du, mit wem du dich anlegst? Ich habe dir verboten, dorthin zu gehen. Sie hätten dich fassen können. Weißt du eigentlich, in welche Gefahr du dich begeben hast?"

„Ja, Rangold. Das weiß ich. Ich habe jahrelang unter der Knute gelebt."

Rangold ließ von ihm ab. „Du Narr. Glaubst du, das Leben wird nun leichter für dich? Erzähl mir, was du gemacht hast."

„Ich habe mir mein Eigentum geholt."

„Eigentum, Eigentum. Denkt ihr immer nur an den Mammon und Macht? Weißt du nicht, was mit dir passiert, wenn sie dich ergreifen?...Erzähl mir, was passiert ist."

Armin erzählte ihm die Geschehnisse. Rangold hörte schweigend zu und schürte währenddessen das Feuer. Schließlich antwortete er ruhig.

„Zeig mir den Beutel."

Der Junge holte ihn hervor. Er hatte selbst noch keine Gelegenheit gehabt hineinzuschauen. Rangold öffnete ihn und holte vier Steine hervor. Alle waren so groß wie eine Walnuss und er untersuchte die edlen Steine, befühlte sie und hielt sie gegen das Licht des Feuers.

Armin stand vor Staunen der Mund offen. Noch nie hatte er solch schöne Steine gesehen. Im Lichtschein glänzten sie und in ihnen schien warme Glut.

„Was sind das für zauberhafte Steine?"
„Das, Armin, ist das Gold des Skythenmeeres. Sieh' nur, der warme Glanz. Die Leichtigkeit, die Eleganz…Es verströmt Wärme und Wohlbehagen."
Armin drehte einen zwischen den Fingern.
„Diese Steine sind wunderschön."
Rangold besah sich die Steine erneut und stutzte. Er befühlte den größten, hielt ihn erneut gegen das Licht der Flammen.
„Bei Odin. Er ist es", flüsterte er gedankenversunken vor sich hin, dass Armin ihn kaum hörte.
„Wovon sprichst du, Rangold?"
„Dies ist ein Drachenstein."
„Ein Drachenstein?"
Rangold nickte und gab Armin den Stein.
„Armin! Sie sind etwas ganz Besonderes. Sieh dir diesen hier genau an! Schau hindurch und sage mir, was du siehst."
Armin drehte ihn langsam hin und her. „Da ist ein Tier eingesperrt. Als wenn es schliefe."
„Das ist eine Mücke, die das Drachenblut in sich trägt."
„Drachenblut?"
„Einst gab es unzählige Drachen. Sie spien Feuer und ihr Blut machte unverwundbar. Doch die Zeit ist vorüber. Aber diesen kleinen Wesen hier gelang es, sich des Blutes zu bemächtigen. Aber da ist noch mehr in diesen Steinen. Sieh genauer hin."
Armin ließ die Steine erneut durch das Licht des Feuers durchfluten und plötzlich war es ihm, als wenn er seltsame Zeichen erkannte.
„Was ist das?"
„Diese Steine sind nicht nur alt und schön. Sie sind auch mächtig. Wer sie richtig gebraucht, zur richtigen Zeit am rechten Ort, der kann erstaunliche Dinge erreichen. Ich möchte bezweifeln, dass der alte Fiete wusste, was er da hatte. Er ist zwar gewieft, aber zu tumb, um zu ermessen, welchen Wert diese Steine haben, und ganz besonders dieser

hier.“ Er deutete auf den Drachenstein. „Nimm ihn, schau durch ihn hindurch und sag mir, was du siehst.“

Der Stein lag gut in der Hand. Er verströmte eine unheimliche Wärme. Wieder drehte er ihn hin und her und erkannte plötzlich die Umrisse eines unheimlichen Tierkopfes.

„Das sieht so aus wie ein Tierkopf.“

„Das ist ein Drachenkopf“, sagte Rangold, ohne sich den Stein noch einmal anzuschauen. Vielmehr schien er genau zu wissen, was es für ein Stein war.

„Nimm diese Steine und behalte sie an einem sicheren Ort. Am besten immer am Leib, denn sie gehören zu dir.“

Die Tage gingen dahin, ohne dass etwas geschah. Sie blieben nahe bei der Hütte. Die Schafe wurden nur in unmittelbarer Nähe der Behausung geweidet. Rangold wollte kein unnötiges Risiko eingehen. Manchmal schlich er durchs Moor, um zu erkunden, ob sich jemand darin herumtrieb. Doch es blieb ruhig.

Als der Sonntag kam, warf sich Rangold seine Lumpen über und zerzauste sich die Haare.

„Ich werde nach Karlshöfen gehen und sehen, wie es steht. Vielleicht kann ich etwas erfahren.“

Armin sah ihm nach und hoffte, ihm würde nichts passieren. Er versorgte die Tiere backte ein Brot und reinigte die Stube.

Erst am frühen Nachmittag kehrte Rangold zurück. Während er sich der Lumpen entledigte, erzählte er:

„Ich war vor der Kirche. Der alte Fiete ging auch in die Kirche. Aber das Beten war nicht in seinem Sinne.“

Er grinste. „Hast ihm ganz schön zugesetzt. Seine Hand ist dick verbunden und er kann sie kaum bewegen. Jeder, der es wagt, ihn darauf anzusprechen, ist des Todes. Und dann seine Nase…“ Er kicherte. „Was hast du denn mit der gemacht?“

„Ich hab dir doch erzählt, dass ich ihn in den Schrank stieß. Beim Zuschlagen der Tür habe ich wohl auch seine Nase erwischt.“

„Nun ja. Die Nase wird wohl wieder, aber die Hand ist ein Klumpen. Wer weiß, ob er damit je wieder etwas anfangen kann. Martin hat einen geschundenen Kopf...Bei Odin, du hast den beiden ganz schön was verpasst."

Auch Armin grinste jetzt ein bisschen. Doch Rangold wurde schnell wieder ernst.

„Aber das war nicht nur Spaß heute. Fiete ist außer sich vor Wut, wie du dir denken kannst. Er hat irgendetwas organisiert. Was genau, konnte ich nicht in Erfahrung bringen. Nach der Kirche sprach er mit allerhand Leuten. Ich glaube, er hat bereits Boten ausgeschickt, denn es kam ein Reiter aus Zeven. Leider konnte ich nicht hören, was sie sprachen, aber er brachte Fiete wohl nicht die Kunde, die er hören wollte. Almosen gab er natürlich auch nicht, wie immer. Tja, nach Karlshöfen kannst du nicht zurück, aber das dachtest du dir wahrscheinlich schon. Auch in den anderen Orten um das Teufelsmoor wird es nun schwierig für dich. Wir müssen abwarten und wenn die Gelegenheit günstig ist, musst du die Gegend verlassen."

„Aber wo soll ich denn hin?"

„Wenn es soweit ist, werde ich es dir sagen."

Die Tage vergingen. Dann und wann schlich sich Rangold wieder nach Karlshöfen, um sonntags als Bettler verkleidet zu kundschaften. Doch die Lage blieb unverändert. Die Nase und der Kopf des alten Fiete waren gut verheilt. Aber seine Hand blieb verkrüppelt.

„Diese Nacht wird er nicht mehr vergessen. Da hat er jetzt ein ewiges Andenken an dich", sagte Rangold immer wieder, wobei er auch grinsen musste.

Je mehr Zeit verging, umso ungeduldiger wurde Armin. Rangold riet ihm, seine Sachen beisammen zu halten.

„Natürlich kannst du hier bleiben. Aber der Tag ist nicht mehr weit, an dem du das Teufelsmoor verlassen wirst."

„Wenn ich nur wüsste, wohin ich gehen soll?"

„Wenn der Tag gekommen ist, ziehe zum Sachsenwald. Es gibt jemanden, der dir Weisung geben kann."

„Sachsenwald?"

„Ja. Er ist im Osten, jenseits von Hammaburg."

„Ich habe noch nie von einem solchen Wald gehört."

„Kaum jemand weiß noch, welche Macht in ihm steckt. Aber täusche dich nicht. Je näher du dem Sachsenwald kommst, desto mehr werden dich die Leute vor ihm warnen. Jedermann fürchtet sich vor diesem Gehölz. Es liegt ein Zauber auf ihm. Aber nur, wer sich ihm hingibt, der wird von ihm lernen und ihn verstehen. Nicht wenige gingen in den Wald, und man sah sie nie wieder."

Flucht

Die Tage wurden kürzer. Die Aufregung um Armins Einbruch beim alten Fiete schien sich auch in den Dörfern gelegt zu haben, denn Rangold konnte mittlerweile kaum etwas Neues von seinen Erkundungen als Bettler berichten.

Eines Sonntags regnete es schon früh am Morgen.

„Bei so einem Wetter lohnt es sich fast gar nicht, um Almosen zu betteln. Aber vielleicht gibt es eine gnädige Hand“, sagte Rangold. Er griff sich seinen Umhang, schlang ihn um sich und machte sich wieder auf den Weg nach Karlshöfen.

Armin wollte nach den Schafen schauen und sich die etwas verwitterte Stelle am Stalldach ansehen. Viel gab es an diesem Vormittag nicht zu tun. Und kurz nach dem Mittag kam Rangold auch schon wieder zurück.

„Es gibt nichts Neues. Aber irgendetwas war anders. Frage mich nicht was. Die Stimmung war anders. Der alte Fiete war nicht in der Kirche. Der Pastor sah es wohl nicht gern, aber das scheint Fiete sowieso nicht zu kümmern. Es waren erstaunlich viele Reiter da und auch Hundeführer. Vielleicht ziehen sie zu einer Jagd aus. Aber irgendetwas stimmt nicht…“

Am Nachmittag hatte es aufgehört zu regnen und sie machten sich gemeinsam am Stall zu schaffen. Als sie endlich fertig waren, war der Tag beinahe zu Ende.

„So, jetzt kann der Herbst kommen. Das Dach ist wieder dicht“, sagte Rangold und sie betrachteten vom Stallinneren ihr Werk. Plötzlich ertönte draußen ein lautes Geschrei. Rangold und Armin horchten auf und liefen hinaus. Auf der Birke bei der Hütte saß Pflückebeutel und krächzte und schrie als ginge die Welt unter. Rangold beobachtete ihn und Armin schien es, als hörte er Pflückebeutel zu.

„Was ist los?“, wollte Armin wissen.

„Sie kommen. Sie kommen ins Moor.“

Armin sah ihn an.

„Wer kommt?“

„Ich wusste, etwas stimmte nicht. Aber dass sie diesen Schritt wagen, hätte ich nicht gedacht.“

Der Wind stand günstig und trug Hundegebell mit sich.

„Schnell, es sind Fietes Männer. Sie suchen dich. Und diesmal haben sie Hunde bei sich. Pack deine Sachen.“

Armin rannte in die Hütte und hatte schnell alles beisammen. Auch wenn er sich seit Tagen darauf vorbereitet hatte, mulmig war ihm dennoch zumute.

„Du kennst den Weg nach Zeven?“, fragte Rangold.

Armin nickte.

„Folge von dort dem Weg gen Osten zur Hammaburg. Lasse Hammaburg hinter dir und wende dich dann zum Sachsenwald! Wie ich es dir gesagt habe!“

„Sachsenwald…“

„Ja, dort findest du Hilfe. Die Leute werden dich warnen und dir abraten. Aber du musst zum Sachsenwald. Hast du verstanden?“

„Jaja. Aber was wird mit dir?“

„Ich werde sie in die Sümpfe führen.“

„Aber was wird, wenn sie dich kriegen?“

„Mach dir um mich keine Sorgen.“ Er sah sich um, betrachtete den Himmel und sagte dann: „Die Moorhexe geht heute um. Achte also auf deine Schritte. Eile dich nun. Denk an alles, was du gelernt hast. Du wirst es brauchen. Nur noch wenige kennen diese Dinge.“

Armin drückte Rangold. Er empfand tiefe Dankbarkeit.

„Hast du deinen Beutel mit den Steinen?“

Armin zog ihn hervor.

„Du wirst ihn im Sachsenwald brauchen.“ Er zog noch ein paar Münzen aus seinem Wams. „Nimm diese Pfennige. Davon kannst du dir Essen kaufen. Vergeude nicht deine Steine dafür. Die Steine sind dein Schlüssel. Gib acht, dass du sie nicht verlierst.“

„Mein Schlüssel? Aber wofür?“

„Der Schlüssel für den Sachsenwald. Dort wirst du Wiesung finden.“

„Welche Weisung?“

„Lamentiere nicht! Merke dir meine Worte!“

Er sah Armin mit durchdringendem Blick an. Schon waren wieder die Hunde und ihre Herren zu hören. Noch waren sie weit, aber wie lange noch?

Armin packte sein Bündel und ergriff Rangolds Hand.

„Hab Dank für alles. Lebe wohl.“

Mit diesen Worten schritt er schnellen Fußes von dannen. Von weitem sah er sich noch einmal um und winkte Rangold zu. Bald schon war er von leichten Nebelschwaden verschluckt, die aus dem Moor stiegen.

Armin machte sich auf den Weg durch das Moor. Die Schönheit des herbstlichen Teufelsmoors in seinen vielen Farben konnte er nicht genießen. Gerne wäre er geblieben, doch er musste weiter. Er erkannte die tiefen und gefährlichen Stellen und konnte sie von den tiefen aber festen unterscheiden. Kein Irrlicht konnte ihm etwas anhaben. Als wenn das Teufelsmoor sein Geheimnis lüftete und ihm den Weg wies. Armin verstand die Zeichen zu lesen.

Es wurde schnell dunkel. Manchmal hörte Armin das Rufen und Krakeelen von Fietes Männern. Ob sie Rangold gefasst hatten? Er fühlte sich schlecht und hatte Gewissensbisse, weil er ihn zurückgelassen hatte. Doch Rangold hatte es so gewollt.

Als kein Tageslicht mehr den Himmel erleuchtete, hatte er das Teufelsmoor hinter sich gelassen. Er schaute sich noch einmal um und glaubte am Horizont einen gelb-roten Schein zu sehen. Hatten sie die Hütte gefunden und in Brand gesetzt? Armin würde es wohl nie herausfinden.

Es begann zu regnen. Forsch und ohne weiteres Zögern zog er weiter und erreichte schließlich nach einiger Zeit Zeven. Er hatte Hunger und Durst und trotz Rangolds Warnungen fand er die Dorfschenke und trat ein.

Im schummrigen Licht saßen ein paar Männer an den Tischen. Es herrschte ein reges Geschwätz und Gelächter. Armin ging an den Tresen.

„He Wirt, gebt mir einen Becher Met. Und einen Kanten Brot.“

Der Wirt kam zu ihm, beäugte ihn skeptisch, füllte ihm dann ein und stellte einen halben Laib Brot mit einer Speckseite vor Armin hin.

Die warme, wenn auch verbrauchte Luft tat gut, denn das Regenwetter ließ einen frösteln. Armin überlegte, ob er in Zeven nächtigen sollte. Viel Geld hatte er nicht. In seinem Beutel hatte er vielleicht zehn oder fünfzehn Pfennige, aber die würde er wohl noch brauchen.

Da setzte sich plötzlich eine verwegene Gestalt neben ihn. „Seid gegrüßt, junger Mann, woher kommt Ihr? Ich habe Euch noch nie hier gesehen.“

Armin zögerte, was sollte er sagen?

„Ich komme aus dem Westen. Es stimmt, ich bin eben erst nach Zeven gelangt. Darf ich fragen, wer Ihr seid?“

Doch der ältere Mann mit grauer Joppe schien seine Frage überhört zu haben. „Soso, aus dem Westen. Habt Ihr auch einen Namen?“

„Man nennt mich…Thomas. Ich komme aus Bremen“, log Armin, bemerkte aber schnell, dass er keine Übung im Lügen hatte.

„Aus Bremen? Seid Ihr Euch auch sicher?“

Jetzt erst bemerkte Armin, dass es wesentlich ruhiger in der Schenke geworden war. Einige schauten forschend zu ihnen herüber.

„Gewiss, ich werde doch wissen, woher ich komme.“

Die Lage behagte Armin nicht. Er musste so schnell und so unauffällig wie möglich wieder verschwinden.

„Wohin geht denn Eure Reise?“

„...zur Roten Burg. Ich besuche Verwandte. Aber lasst mich doch ein wenig ruhen, guter Mann. Der Tag war anstrengend.“

Der Mann schaute skeptisch auf Armins verschlammte und nasse Beine und Stiefel.

„Kann es sein, dass Ihr mich belügt?“, fragte er plötzlich.

Armin nestelte etwas Geld hervor und legte es auf den Tisch.

„Wieso sollte ich lügen?“

Da wurde zwei Tische weiter ein Stuhl gerückt.

„He, ist das nicht der Flegel Armin? Der Fiete sucht doch nach ihm.“

Plötzlich verstummte auch das restliche Gemurmel. Alle sahen nun auf Armin und sein Gegenüber. Und nun ging alles sehr schnell. Armin kippte den Becher hinunter, steckte Brot und Speck ein und sprang von seinem Stuhl auf. Er riss seinen Umhang vom Haken und stürzte zur Tür.

„Haltet den Schurken fest.“

Armin prallte gegen einen Mann und warf diesen um. Und noch ehe die Meute über ihm war, stieß er die Tür auf und rannte in den Regen und davon. Bald war er am Ortsrand und am Kloster vorbei. Beim Waldrand verließ er den Weg und rannte ins Gehölz. Als er glaubte, weit genug vom Weg entfernt zu sein, setzte er sich hinter einen Baum und verschnaufte.

Von Regen und Schweiß war er durchnässt. Noch fror er nicht, aber seine Kleider waren klamm und kühlten ihn schnell aus. Er warf sich seinen Umhang über.

Ob sie Hunde holten? Vielleicht hatte er Glück und der Regen würde seine Spuren verwischen. Er lauschte. Der Regen prasselte unaufhörlich auf das Blätterdach. Wenn jemand hinter ihm durch den Wald schlich, würde er ihn nur schwer hören. Es war fast stockdunkel.

Was sollte er nun machen? Vielleicht ließen sie von einer Verfolgung ab. Vielleicht waren sie aber schon auf der Suche nach ihm? Hatten sie gesehen, wohin er geflohen war? Da war er sich sicher, denn ein Blick aus dem Wirtshaus hatte genügt, um seinen Fluchtweg zu verfolgen.

Der alte Fiete hatte also tatsächlich überall nach ihm suchen lassen. Wahrscheinlich hatte er sogar ein Kopfgeld ausgesetzt. Sie würden die ganze Gegend nach ihm absuchen, so viel war sicher. Eins wusste er aber nun: Er durfte sich so schnell nicht wieder in einer Schenke blicken lassen. Und das Lügen war ihm auch nicht in die Wiege gelegt worden.

Armin prüfte, ob er auch nichts verloren hatte, doch es fehlte nichts. Auch in seinem Lederschlauch war noch etwas Wasser. Er nahm einen Schluck. Den Kanten und den Speck verstaute er gut.

Er musste noch in der Nacht weiterlaufen, um weit weg von Zeven zu kommen. Immer weiter. Weiter gen Osten.

Vorsichtig tastete er sich zurück zum Weg, um die Richtung zu behalten. Zweimal wäre er im Dunkeln fast gestürzt, als er endlich wieder den Weg erreichte.

Wieder lauschte er. Doch er konnte nur das leise Prasseln des Regens hören.

Bald lichtete sich das Waldstück und Armin erkannte trotz der Nacht Wiesen und Felder. Heeslingen musste irgendwo vor ihm liegen. Doch auch das Dorf musste er meiden. Bald sah er die ersten Lichter der Katen. Er schlug einen Bogen und umging das Dorf durch die matschigen Felder.

Armin lief die Nacht durch. Flachsberg und Ohlers umging er ebenso über die Felder. Sonst hielt er sich am Weg, um in der finsteren Nacht nicht zu sehr seine Richtung zu verlieren.

Nach langem Marsch erblickte er Ahrensmoor. Armin war erschöpft und müde. Er fror, und seine Glieder waren klamm. Er musste aufpassen, denn im östlichen Waldstück wollte er sich verstecken. Lief er aber zu weit, würde er ins Moor geraten. Da die Felder durch den Regen durchweicht waren, konnte er den Übergang von Feld zu Moor im Dunkeln kaum wahrnehmen.

Abseits des Wegs schleppte er sich durch den Morast und den Matsch der Felder und erreichte endlich das Waldstück. Er drückte sich tief ins Unterholz und versuchte, in einem

Kieferndickicht etwas Ruhe zu finden. Wenn es wieder hell werden würde, wollte er weitersehen.

Der Mond stieß durch eine kleine Wolkenlücke. Armin zitterte. Bestimmt würde er sich den Tod holen. Aber was machte das jetzt noch?

Schließlich übermannte ihn doch die Müdigkeit und er schlief ein.

Die ersten Sonnenstrahlen weckten ihn aus einem unruhigen Schlaf. Es versprach, ein warmer Tag zu werden. Armins Füße waren wie eisige Klumpen und er hatte am ganzen Körper eine Gänsehaut. Tagsüber wollte er sich verstecken und nur nachts laufen. Die Gefahr, entdeckt zu werden, war so geringer.

Als die Sonne hoch am Himmel stand und die warmen Spätsommerstrahlen durch den Wald schienen, hatte Armin seine Kleidung ausgezogen und über Äste und Sträucher zum Trocknen ausgebreitet. Es war zwar recht kühl, aber in seinen Umhang gehüllt konnte er es aushalten.

Am Nachmittag wagte er mit seinen trockenen Sachen einen kleinen Streifzug zum Waldrand. Hier und da fand er ein paar essbare Pilze, die ihn zwar nicht sättigten, aber dennoch schmeckten. An einer Brombeerhecke naschte er von den reifen Früchten, was seiner Stimmung unheimlichen Auftrieb gab.

Am Waldrand spähte er über die Felder und erkannte die ersten Katen von Ahrensmoor. Er konnte sogar den Weg nach Ohlers sehen. Dicht geduckt an einem Busch beobachtete Armin das Dorf aus sicherer Entfernung.

Die Sonne war herrlich und er aß etwas Speck mit Brot und machte erneut ein kleines Nickerchen.

Irgendwann erwachte er wieder und sah einen Reiter, der von Ohlers nach Ahrensmoor kam. Das war nichts ungewöhnliches, denn die Bewohner Ahrensmoors waren den ganzen Tag mal hier, mal dort am Dorf beschäftigt gewesen. Dieser Reiter aber schien es eilig zu haben. Im Galopp preschte er an den Dorfrand, sprang von seinem Pferd und ein paar Männer, Frauen und Kinder bildeten eine Traube um ihn.

Für Armin stand nun fest, dass die Kunde von seiner Flucht nun auch hier angekommen war. Bestimmt würde auch hier ein Kopfgeld auf ihn ausgesetzt. Jetzt hieß es wachsam sein. Die Bewohner waren nicht tumb und würden wahrscheinlich sogar den Wald nach ihm absuchen. Vielleicht sogar mit Hunden. Das wäre dann sein Ende. Er musste, sobald es dunkel war, weiter gen Osten.

Der Durst quälte ihn. Aber er traute sich nicht, sein Versteck zu verlassen und am nahegelegenen Graben seinen Schlauch zu füllen. Erst in der Dunkelheit wollte er es wagen.

Die Sonne stand schon tief im Westen, als Armin aus seinem Dickicht langsam zum Feldgraben kroch. Schnell hatte er getrunken und den Schlauch wieder gefüllt. Dann kroch er leise wieder ins Gebüsch.

Als auch das letzte Dämmerlicht verloschen war, brach er auf.

Der Mond war aufgegangen und es versprach, eine helle Nacht zu werden. Armin konnte schneller vorankommen. Doch schon hörte er hinter sich Hunde bellen. Er sah kleine Lichter von Laternen hin und her schwanken. Sie waren hinter ihm her.

Erneut kam ein Reiter des Wegs. Schnell warf sich Armin in den Acker. Fest an den Boden gepresst horchte er, wie der Reiter vorüberjagte. Er hatte ihn nicht gesehen. Aber die Hunde und der Mob kamen näher.

Armin hastete weiter über den Acker und nutzte die Pfützen und den Schlamm. Vielleicht würden sie so seine Spur verlieren?

Schon sah er auch vor sich Laternen, die aus Remnoh rechts und links des Weges ihm entgegen zogen. Und auch da hörte er Stimmengemurmel und Hunde. Nun kamen sie von beiden Seiten. Er sah keine andere Möglichkeit und rannte ins nahe Moor.

Auch wenn er nicht im Teufelsmoor war, so fühlte er bei jedem Tritt, ob festerer oder weicherer Boden nahe war. Teilweise hüpfte er von Grasinsel zu Grasinsel.

Das Hundegebell hörte er nur noch entfernt und auch die Laternen waren kaum noch zu sehen.

Armin wandte sich nach Osten. Irrlichter stiegen empor, doch er wusste sie zu deuten.

„Ihr könnt mich nicht mehr täuschen. Such Dir ein anderes Opfer, Moorhexe!“, flüsterte Armin vor sich her.

Er hörte Stimmen flüstern. Doch waren es nicht die seiner Verfolger. Es kam aus den Gräsern, aus dem Morast. Doch Armin ließ sich nicht abbringen.

Der Boden wurde bald wieder trockener. Er hatte das Moor zwar hinter sich gelassen, aber es hatte Kraft gekostet. Er torkelte eher dahin als dass er eilte. Die Bäume wurden lichter und er erkannte ihm Mondschein ein Dorf. Das musste Remnoh sein. Sollte er es wagen, an das Dorf zu gelangen und vielleicht etwas zu Essen zu stehlen? Er wollte es wenigstens versuchen. Denn der Mob schien weit entfernt.

Vorsichtig näherte er sich den Gehöften und erreichte den ersten Stall. Die Hunde hatten sie wohl mitgenommen, denn kein einziger schlug an. Es war erstaunlich, was der alte Fiete in dieser Gegend für einen Einfluss hatte. Offenbar scheute er keine Mühen und Kosten, um ihn zu ergreifen.

Im Stall grunzten Schweine. Armin schlich weiter und kam an Gottes Acker vorbei. Nicht weit von ihm hörte er ein Klappern und er legte sich schnell zu Boden. Jemand ging durch das Dorf. Vielleicht waren es die Ersten, die von der Suche heimkehrten? Der Wind trug ein paar Wortfetzen an sein Ohr.

„...bestimmt ins Moor gelaufen.“

„Da kriegt mich aber niemand hinein. Letztes Frühjahr hat sich die Moorhexe den Kleinsten von Tore geholt.“

„Ja, das stimmt. Mir reicht es auch. Da sind mir auch die einhundert Pfennige vom alten Fiete egal. Ich will noch ein bisschen...“

Die Stimmen verklangen. Soviel Geld hatte der Fiete also auf seinen Kopf ausgesetzt. Und offenbar kamen die Sucher langsam wieder zurück.

Armin fühlte eine runde, matschige Kugel in der Hand. Es war ein verfaulter Apfel und nicht weit von ihm stand ein Apfelbaum. Der Herrgott meinte es gut mit ihm. Schnell hatte er mehrere Äpfel gepflückt und sich sämtliche Taschen gefüllt, bevor er seine Flucht fortsetzte.

Er umging Remnoh und Kammerbusch und wagte sich erst zurück auf den Weg, als er auch die letzten Häuser im Mondlicht nicht mehr erahnen konnte. Hier kam er wieder schneller voran.

Während des Marsches aß er ein paar Äpfel. Die Süße der Früchte tat gut. Beinahe hätte er ein Wanderlied gepfiffen, so zuversichtlich war er nun wieder. Er hörte auch keine Geräusche mehr.

Er ließ Apensen hinter sich und erreichte spät in der Nacht die dunklen Mauern des Klosters Ottensen. Er überlegte kurz, ob er im Kloster Zuflucht finden würde. Aber er entschied sich anders und suchte im nahe gelegenen Wald Unterschlupf. Erst am nächsten Morgen wollte er Bouchstadhude erreichen.

In einer alten Wildschweinsuhle schlug er sein Nachtlager auf und fiel bald in einen unruhigen Schlaf. Allzu sicher fühlte er sich aber immer noch nicht. Einmal schreckte er auf und hörte um sich ein Schnaufen und Grunzen. Die Bache war an die Kuhle zurückgekehrt und nicht erfreut, sie besetzt vorzufinden. Doch sie trollte sich wieder mit ihren Frischlingen.

Der Morgen graute, als Armin durch das Geläut des Klosters geweckt wurde. Er fühlte sich elend, leer und ausgebrannt. Er musste auch einen jämmerlichen Eindruck machen. Die Strapazen forderten ihren Tribut. Seit Tagen hatte er nicht richtig geschlafen. Seine Augen brannten vor Müdigkeit, Dreck und Schweiß, auf seinen Wangen und Schläfen spannte das Salz des angetrockneten Schweißes und seine Beine und Füße schmerzten und sehnten sich nach Ruhe.

Er war ausgelaugt und müde. Zwar hatte er schon häufig im Freien geschlafen und war auch häufig frierend aufgewacht. Aber er hatte auch immer einen Ort gehabt, an dem er sich niederlegen konnte. Jetzt aber war er auf der Flucht, und das raubte sämtliche Kräfte. Nirgends konnte er sich sicher fühlen. Er sah fast wie ein Landstreicher aus. War er nicht schon einer? Ohne Obdach und Habe schleppte er sich von Dorf zu Dorf. Das Einzige, was ihn von einem gewöhnlichen Landstreicher unterschied, war, dass er nicht ziellos umherirrte.

Oder vielleicht doch? Was sollte im Sachsenwald schon auf ihn warten? Er wusste ja nicht einmal, was er dort suchte. „Im Sachsenwald wird dir geholfen", hatte Rangold gesagt und hinzugefügt, dass er dort Weisung bekäme. Armin wusste nicht, worin er sie denn bekommen sollte. Und von wem? Eigentlich wusste er nichts.

Er schlich nicht weit entfernt an Ottensen vorbei, als er erneut einen Reiter sah, der in dem Dorf einritt und vom Pferd sprang.

Armin zögerte nicht einen Augenblick. Er lief so schnell er konnte weiter nach Bouchstadhude. Hoffentlich hatte er Glück und der Reiter verweilte noch etwas.

Armin musste um sein Leben laufen. Wenn der Mob ihn fasste, war es um ihn geschehen. Die Angst und sein Zorn trieben ihn voran und er versuchte, die letzten Reserven zu mobilisieren. So kurz vor dem Ziel wollte er sich nicht ergreifen lassen.

Die Sonne stand über dem Horizont als er das Altkloster bei Bouchstadhude erkannte. Hier musste er sein Glück versuchen, denn nur dort war eine Anlegestelle, wo er ein Boot Richtung Hammaburg erreichen konnte.

Er lief durch das Dorf, am Kloster vorbei, in Richtung Fluss. „Nur nicht ungewollt auffallen", dachte er sich. Ständig glaubte er, von den Leuten beobachtet zu werden.

Am Kai, der mit Holzbohlen befestigt war, standen mehrere Kähne die gerade beladen wurden. Armin musste die Schiffer fragen. Eine andere Chance hatte er nicht.

„Entschuldigt bitte, fahrt Ihr gen Hammaburg?“

Der Schiffer des ersten Kahns drehte sich um, besah sich Armin und sagte dann zögernd:

„Ja, aber was interessiert es dich?“

„Könnte ich wohl bei Euch mitfahren?“

Der Schiffer sah ihn abschätzig an. „Für Landstreicher und Taugenichtse habe ich keinen Platz, also pack dich…“

Armin musste es weiter versuchen. Aber auch der nächste Schiffer schickte ihn fort. Auch bei den weiteren war er erfolglos.

Er war am Ende seiner Kräfte. Müde trottete er zum letzten Schiffer, den er noch nicht gefragt hatte. Dieser haderte gerade mit seinem Knecht, der die Hand verletzt zu haben schien.

„Was willst du?“, fragte er Armin barsch.

„Habt Ihr Platz, mich nach Hammaburg mitzunehmen?“

Der Schiffer kniff die Augen zusammen. „Ich verteile keine milden Gaben.“ Und damit drehte er sich wieder seinem Knecht zu.

Armin erinnerte sich an das Skythenmeergold. Er sollte es nicht leichtfertig hergeben, hatte Rangold ihm gesagt. Aber was brachte es, wenn er gefasst wurde? Und Fietes Gefolgschaft war gewiss nicht weit. Er zog einen Stein aus seinem Beutel.

„Ich kann Euch bezahlen“, sagte Armin und hielt dem Schiffer den Stein entgegen. Es war der Drachenstein gewesen, den Armin wahllos herausgezogen hatte. Groß, warm und in der Morgensonne funkelnd lag er auf seiner Hand.

Der Schiffer schwieg und sah dann Armin fest in die Augen. Der Stein schien eine besondere Regung in ihm hervorzurufen.

„Ist das dein Stein?“

„Ja.“

Der Schiffer trat nah an Armin heran und fragte mit fester, verschwörerischer Stimme: „Bist du nicht der Knecht des alten Fiete?“

Ein Reiter hielt am Anfang des Kais und sprang vom Pferd. Armin erkannte den Reiter aus Ottensen.

„Bürger von Bouchstadhude, hört, was ich euch zu verkünden habe. Der ehrwürdige Fiete aus Karlshöfen…"

Armin erkannte die Stimme sofort und zuckte zusammen. Es war einer der Männer, der ihn in Zeven in der Schenke angesprochen hatte.

Pflückebeutel flog hoch über den Kai und krächzte.

Armin rann kalter Schweiß über die Stirn.

Der Schiffer handelte schnell und senkte seine Stimme:„Nimm den Stein und steig ein!"

Schnell war Armin im Kahn.

„Setz dich hier hin und pack den Riemen! Beeil dich, aber mach keine hektischen Bewegungen."

Der Bootsknecht stieß ab und sie steuerten langsam auf die Flussmitte hinaus. Sie trieben mit der Strömung und dem Stecken, Bouchstadhude und Altkloster hinter sich lassend, flussabwärts. Armin musste noch in die Riemen greifen, aber das störte ihn wenig. Jeder Schlag brachte ihn wieter weg von der Gefahr.

Sie trieben an Feldern, Wiesen und Auen entlang und trotz des beginnenden Herbstes war es nochmal richtig warm. Der Schiffer hatte ein kleines Segel hochgezogen und so kamen sie schnell voran.

„Wie heißt du?"

„Ich heiße Armin."

Schon nach der letzten Silbe biss er sich auf die Zunge.

„Ach, schon gut. Ich will es nicht wissen. Und wenn du es bist, so hast du bestimmt deine Gründe…Leg dich lieber ins Zeug, umso schneller kommst du davon."

Armin wusste nicht, ob der Schiffer es ernst meinte. Etwas Verschwörerisches hatte sein Ton.

Sie erreichten die Flussmündung und der Schiffer lenkte zum Ufer und ließ halten.

„Warum halten wir?", wollte Armin wissen.

„Wir warten, bis die Flut einsetzt", antwortete der Knecht. „Gegen die Ebbe anzurudern ist etwas schwer."

Sie zogen die Riemen ein und Armin lehnte sich an einen Ballen. Die Sonne schenkte ihnen einen schönen Herbsttag. Ein paar Wildgänse zogen über sie hinweg. Hinter ihnen gesellten sich noch ein paar andere Boote dazu. Alle warteten auf die Flut.

Plötzlich erhielt Armin einen Stoß.

„Los, du Schlafmütze. Es geht los."

Er war eingenickt.

Es waren inzwischen eine Menge Boote zusammengekommen. Vor ihm auf dem großen Fluss sah er die eine und andere Kogge flussaufwärts fahren. Alle hatten nur auf das eine Signal gewartet, den Wendepunkt der Tiden.

Sie überquerten den Fluss und bald schon tauchte vor ichnen Hammaburg auf. Die Stadt grenzte an die Anlegestellen am Fluss. Die Hütten und Häuser standen teilweise verstreut, teilweise aber auch schon recht dicht beieinander. Schon von Weitem konnte man das rege Treiben der Menschen sehen. Auf einem Hügel stand eine Festungsanlage, die Hammaburg, die der Stadt den Namen gab. Noch nie hatte Armin eine so große Ortschaft gesehen.

Am frühen Nachmittag erreichten sie Hammaburg und vertäuten den Kahn am Kai.

Während Armin und der Knecht kurz ausruhten, begrüßte der Schiffer einen Händler auf dem Kai. Sie sprachen eine Weile miteinander und schienen zu handeln.

Armin sah sich um. Es herrschte reges Treiben. Waren wurden aus- und eingeladen. Karren standen herum und neben kleineren Booten lagen auch drei große am Kai.

„Warst du noch nie in Hammaburg?", fragte der Knecht.

„Nein."

„Tja, ganz schön was los, he?"

Armin nickte. „Wohin fahren die Boote?"

„Diese drei dort sind Koggen. Wahrscheinlich laufen sie zur See aus. Das kleinere da hinten könnte auch zur See auslaufen. Sieht mir aber wie ein Seelenverkäufer aus."

„He, ihr da, schwatzt nicht und haltet nicht Maulaffen feil. Los, ladet endlich aus!"

Der Schiffer war sich mit dem Händler einig geworden. Armin und der Bootsknecht gehorchten und begannen mit der Arbeit. Allerdings musste Armin die meiste Arbeit machen, da der Knecht wegen seiner Hand nur wenig beitragen konnte.

Es dauerte, bis das Boot endlich entladen war. Entkräftet hockte Armin auf dem Kai und dankte dem Schiffer für die Mitfahrt.

Er und sein Knecht bestiegen wieder den Kahn. „Halt, warte mal!“, rief der Schiffer noch einmal, zog ein Schaffell hervor und warf es Armin zu.

„Hier, das soll dein Lohn sein. Hast gut gearbeitet.“

Dann beugte er sich zu Armin und raunte ihm zu.

„Ich gebe dir einen guten Rat. Kehre nicht zurück ins Teufelsmoor. Der alte Fiete wird niemals aufhören dich zu suchen. Auch wenn du unschuldig bist. Fietes Wort zählt mehr als deins. Und gib Acht, bei wem du anheuerst“, dabei deutete er zu den Schiffen die vertäut lagen. „Hier gibt es viele Seelenverkäufer.“

Armin bedankte sich, sah dem Schiffer mit seinem Kahn noch eine Weile nach und rollte dann sein Schaffell zusammen.

Bis Hammaburg hatte er es geschafft. Doch wie nun wieter? Rangold hatte gesagt, er solle gen Osten zum Sachsenwald ziehen. Aber das würde er heute nicht mehr schaffen. Er musste ausruhen und etwas essen. Seine Sachen waren verdreckt und er stank nach Schweiß und Arbeit. So würde ihn sicherlich jeder für einen Landstreicher oder Bettler halten und ihn fortjagen.

Er staubte seine Hose und sein Hemd so gut es ging ab, ordnete seine Sachen und wollte in einer Taverne einkehren. Trotz seines Erlebnisses in Zeven, wollte er es hier in Hammaburg probieren.

Er überlegte kurz, wie viel Geld er noch haben würde. Er hatte ja noch nichts ausgegeben und konnte sich wohl ein kleines Mahl in einer Taverne leisten. Aber für ein Dach über dem Kopf würde es wohl nicht reichen.

In der nächstbesten Schenke schlug ihm schwitzige und verrauchte Luft entgegen. An einigen Tischen saßen ein paar Seeleute und tranken oder spielten mit Würfeln. Der einen oder anderen Gestalt mochte Armin nicht alleine in den Gassen begegnen. Einer hatte seinen Bein verloren und sein Holzbein auf einen Stuhl gelegt.

Man beachtete Armin nicht und so ging er zur Theke.

„He, Wirt, was kostet bei dir ein Mahl?“

Der etwas bauchige Wirt mit ungepflegten Haaren und einem Stoppelbart steuerte auf ihn zu.

„Für drei Silberpfennige bekommst du einen Kanten und etwas Speck. Met kostet extra.“

„Nein danke, ich nehme nur den Kanten und den Speck.“

Der Wirt verschwand und kam kurz danach mit einem Brett wieder, das er vor Armin abstellte. Das Mahl war nicht gerade üppig. Der Speck war nur ein winziges Stück, aber was sollte er machen?

Er war fast fertig und wollte eigentlich schon den aufgesparten Rest seines Kantens in seinen Beutel stecken, als er plötzlich an der Schulter gepackt wurde.

„Dich kenne ich noch nicht, wer bist du und was treibt dich nach Hammaburg?“, fragte ihn eine undurchsichtige Gestalt mit gespielter Freundlichkeit.

Der Mann war etwa einen halben Kopf größer als Armin. Ein paar Zähne fehlten. Seine Joppe war speckig und er hatte einen starken Griff. Aus dem Augenwinkel heraus konnte Armin sehen, dass ihm ein Finger an der linken Hand fehlte. Schräg hinter ihm stand ein dürrer Kerl mit zerschlissenem Hemd. Sie sahen in auffordernd an.

„Was geht es Euch an?“

Der Mann grinste. „Ich habe dich am Kai gesehen. Du musst wissen, ich kenne hier alle Gesichter, und deins habe ich noch nicht gesehen.“

„Und was habt Ihr damit zu schaffen?“

„Ich suche noch einen Knecht auf meinem Schiff. Willst du nicht bei mir anheuern?“

Der Mann sah an ihm hinab und betrachtete trotz des schummrigen Lichtes Armins Kleider.

Armin zögerte. Er wollte sich nicht wieder in Knechtschaft begeben. Außerdem hatte Rangold ihm gesagt, er solle sich zum Sachsenwald wenden. Auch wenn er nicht wusste, wonach er suchen sollte. Irgendwer musste dort leben, der ihm half.

Der Mann gefiel ihm nicht. Unmerklich fasste Armin seinen kleinen Geldbeutel fester.

„Nein danke. Ich habe kein Begehr, mit Euch auf dem Schiff zu fahren."

Die Gestalt grinste ihn an und zeigte die verbliebenen gelben Zähne.

„Willst du es dir nicht überlegen? Ich zahle gut!"

Irgendetwas gefiel Armin nicht an ihm.

„Nein danke. Ihr müsst Euch einen anderen suchen."

Der Mann verlor sein Grinsen und sah Armin durchdringend an.

„Was glaubst du denn hier in Hammaburg zu finden? Für Landstreicher gibt es keine Arbeit. Die einzige Möglichkeit ist auf meinem Kahn. Du solltest es dir wohl überlegen!"

„Das habe ich. Vielen Dank, ich bleibe lieber an Land."

Armin hoffte, nicht von dem Mann geschlagen zu werden. Bei seinen kräftigen Armen würde er schnell den Kürzeren ziehen.

„Na gut, wie du meinst. Du wirst noch sehen, dass es hier für dich nichts zu holen gibt."

Damit zog er mit seinem Begleiter hinaus auf die Gasse.

Die Gestalten waren kaum verschwunden und Armin wollte endlich den übriggebliebenen Kanten in seinen Beutel stecken, als ein Mann neben ihm leise halb lallend zu ihm sprach.

„Wenn der Klabautermann von Bord geht, dann ist das Schiff verloren."

Armin hatte die alte, etwas zerlumpte Gestalt gar nicht kommen sehen. Wie aus dem Nichts war er aus der Dunkelheit der Schenke neben ihm aufgetaucht. Sein Gesicht war vernarbt, sein Haar ungepflegt und ein Schwall von Met, Knoblauch und Schweiß drang zu Armin herüber.

„Traue diesen Halunken nicht."

„Ihr kennt sie?"

„Sie haben eine Kogge am Kai. Sie suchen schon seit Tagen nach einer Mannschaft, aber kaum einer möchte sich mit ihnen einlassen. Manche sagen, sie wären Piraten."

„Piraten?"

„Ja." Er stieß auf. „Schufte, die auf See andere Schiffe berauben. Die Mannschaft des anderen Schiffes wird massakriert und dem Meer überlassen…Halte dich von ihnen fern."

„Woher wollt Ihr das wissen?"

„Beim Klabautermann, ich habe es gesehen."

Dabei strich er mit seiner entstellten Hand das Haar beiseite und Armin sah, dass das linke Ohr abgeschnitten war.

Er packte Armin am Arm beugte sich leicht schwankend vor.

„Halte dich fern von diesen Halunken. Die haben kein gutes Herz im Leibe."

„Hab Dank, Alter. Ich werde achtgeben."

Der Alte beugte sich weiter vor und Armin stieg der unangenehme Körpergeruch in die Nase. „Was treibt dich in diese Gegend?"

„Ich bin auf Wanderschaft." Das war nicht einmal gelogen.

„Wie ein Landstreicher siehst du nicht aus, obwohl du einen jämmerlichen Eindruck machst. So bist du ein Waldläufer?"

Es schien, als wenn der Alte plötzlich vollkommen nüchtern war. Hatte er sein bisheriges Verhalten nur gespielt?

Armin gefiel die Vorstellung eines Waldläufers und falsch war sie eigentlich auch nicht.

„Du sagst es. Allerdings bin ich fremd hier. Vielleicht kannst du mir helfen? Ich will zum Sachsenwald."

Das Gemurmel in der Schenke verstummte sofort. Armin wurde von den Leuten um ihn herum skeptisch beäugt und er fühlte sich nicht wohl. Offenbar ließ der Name Sachsenwald sämtliche Menschen aufhorchen.

„Was treibt dich denn in den Sachsenwald?“, fragte nun auch der Wirt vorsichtig.

„Das weiß ich noch nicht. Irgendetwas wird sich schon ergeben.“ Armin sagte dies mit leichtem Unbehagen. Er wollte nicht erwähnen, dass er dort jemanden suchte, der ihm behilflich sein sollte. Auch wenn er sich nicht fürchtete, so hatte er doch Zweifel. Jedermann schien unruhig sowie dieser Name fiel. Armin befand es für das Beste, seine Zweifel für sich zu behalten.

Die Gestalten wandten sich wieder ihren Tischen zu. Nur dann und wann äugte der eine oder andere noch einmal verstohlen zu Armin hinüber. Das Gemurmel und Becherklirren an den Tischen hob wieder an.

„He, Wirt, noch einen Becher Met“, scholl es von einer Ecke der Schenke. Der Wirt entschuldigte sich und wandte sich seinem Geschäft zu.

„Du solltest dich vor dem Sachsenwald in Acht nehmen.“

„Was meinst du, Alter?“

„Der Sachsenwald ist nicht sicher.“

Armin sah ihn fragend an.

„Im Sachsenwald herrschen die alten wilden Geister, Ungeheuer und schwarzer Zauber.“

„Was für Ungeheuer?“

Der Alte ging nicht auf die Frage ein.

„Eine dunkle Macht geht dort um. Ich warne dich. Gehe nicht dorthin.“

„Woher weißt du das?“

„Der Wald spricht. Die Bäume wispern miteinander. Die Tiere sind scheu und listig. Erst locken dich die schönsten Vogelgesänge in den Bann des Waldes und dann lässt er dich nicht mehr fort. Mach dich nicht unglücklich. Du findest dort den Tod. Niemand, der dorthin gegangen ist, kehrte je zurück.“

Armin schwankte zwischen Staunen und Zweifel, denn offenbar hatte der Alte dem Met etwas zu stark zugesprochen.

„Erzähl mir mehr von dem Zauber.“

Der Alte sah Armin mit verschwommenem Blick an.

„Im Dunkeln des Waldes geht ein Wanderer umher. Er ist ein dunkler Wanderer. Er wird von wilden Tieren begleitet, die den Unbescholtenen zerfleischen. Und wenn in den Rauhnächten das Wilde Heer umherzieht, dann erbarme sich Gott derer, die sich im Sachsenwald verirrt haben…“

„Woher weißt du das?“

„Meide den Sachsenwald, Junge. Und solltest du dennoch anheuern, so denke daran: Wenn der Klabautermann von Bord geht, ist das Schiff verloren“, beendete er lallend seinen Ratschlag. Schwankend erhob er sich.

„Darf ich dir noch einen Met eingießen?“, fragte der Wirt dazwischen.

Armin wandte sich ihm zu. „Nein danke. Das Mahl war gut. Sagt, wo kann ich eine billige Unterkunft für eine Nacht bekommen?“

„Für ein paar Pfennige, kannst du gerne bei mir ein Bett bekommen.“

Armin wollte eigentlich sein Geld sparen, aber die Anstrengungen der letzten Tage waren so groß gewesen, dass er sich danach sehnte, wenigstens für eine Nacht eine Schlafstatt zu haben, auch wenn es nur ein Strohsack sei.

„Hab Dank, ich komme gleich darauf zurück.“

Er drehte sich zu dem Alten um und wollte ihn nochmals zum Sachsenwald befragen, doch der Alte war verschwunden. Armin sah ihn noch zum Ausgang der Schenke torkeln. Er griff in seinen Beutel, legte das Geld für das Essen auf den Tisch, rief dem Wirt zu, er komme gleich wegen der Unterkunft zurück und eilte ebenfalls aus der Schenke. Draußen war es nun dunkel und ein leichter Wind wehte von den Kaimauern herauf. Von dem Alten war weit und breit nichts zu sehen. Armin wollte sich eben wieder der Schenke zuwenden, als er eine Gestalt in einer Seitengasse an einer

Hauswand hocken sah. Er beugte sich herab und der Geruch verriet, dass es der Alte war.

„He, Alter, ist alles bei dir zum Besten?“

Der Alte hickste und brummte etwas vom Klabautermann und wilden Piraten, die zu viel Met tranken.

„Hüte dich vor den Piraten“, lallte er.

Armin gab es schließlich auf. Von ihm konnte er nichts mehr vom Sachsenwald erfahren. Trotz des Alkohols hatte der Alte ein paar lichte Momente gehabt. Aber das hatte wohl nur kurz angehalten.

Er würde morgen versuchen, den Weg zu dem sagenhaften Wald zu erfahren und schlenderte darum durch die dunkle Gasse zurück zur Schenke.

Plötzlich wurde er aber von hinten gepackt und bekam einen Schlag auf den Kopf, dass er die Besinnung verlor.

Als Armin wieder erwachte, schaukelte es hin und her. Es war dunkel um ihn herum, der Boden war hart und es stank nach Fisch und Unrat. Er hatte starke Kopfschmerzen und ihm war schwindelig. Seine Hände und Füße hatte man gebunden und mit einem Knebel im Mund lag er auf Holzplanken.

Das Knarren, ein leichtes Schwanken und auch das Wasser der Wellen, das sacht gegen die Bordwand klatschte, verrieten ihm, dass er auf einem Schiff sein musste.

Es war stockdunkel. Leise Schritte gingen über ihm hin und her. Viel mehr konnte er um sich herum nicht wahrnehmen, denn seine starken Kopfschmerzen raubten ihm seine anderen Sinne. Erschöpft fiel er wieder in einen tiefen Schlaf.

Ein Fußtritt weckte ihn auf. Er öffnete die Augen. Ein fahles Licht fiel durch eine schmale Luke und drei Gestalten standen in dem kleinen Raum.

„Nimm ihm den Lumpen aus dem Mund!“

Der Angesprochene kniete nieder und löste die Sperre im Mund.

„Weißt du, wo du bist?“

Armin erkannte die Stimme wieder, doch er wusste nicht woher. Die Kopfschmerzen waren immer noch nicht weg.

Der offensichtliche Anführer lachte leise, fast kichernd vor sich hin und sagte dann mit seiner gewaltigen Stimme: „Tja, wer nicht anheuern will, der wird geholt.“

Er griff nach Armins Bündel. „Viel ist da ja nicht drin.“ Er warf ihn in eine Ecke. „Leuchte mal.“ Der Fackelträger beugte sich herunter und auch der Sprecher kniete nieder.

„Ihr seid Diebe, Piraten…“

Der Anführer packte Armin hart am Kinn. „Zügle deine Zunge! Solange ich Kapitän auf diesem Boot bin, ist das Recht, was ich sage. Dort, wo du hinkommst, wirst du das hier nicht brauchen“ Er grinste hässlich und wies beim flackernden Licht der Fackel auf Armins Sachen. Der Dritte beugte sich hinab und zog Armins Geldbeutel hervor.

„Sieh mal, Hansen. Hier.“

Der Kapitän nahm den Beutel und schaute hinein. Er staunte.

„Beim Klabautermann…das Skythenmeergold wirst du wahrlich nicht brauchen.“

Plötzlich überkam Armin Übelkeit und er erbrach sich.

Die drei Gestalten lachten hämisch. Dann sagte der Kapitän: „Wascht ihm den Kopf und gebt ihm was zu essen. Er soll nicht verhungern. Gut genährt bringt er mehr Geld.“

Man überschütte Armin mit einem Eimer Wasser und gab ihm eine Schüssel mit Brei. Er schmeckte nicht und Armin konnte auch nicht definieren, was es war, aber es war besser als nichts.

Nach dem Mahl wurde er diesmal nicht gebunden und geknebelt. Aber sein winziger Pferch unter Deck wurde verriegelt und verrammelt. Dass es Tag wurde, bemerkte er nur durch die eine oder andere Ritze zwischen den Planken.

Die Kopfschmerzen ließen nur wenig nach. Er versuchte zu schlafen. An Flucht war eh nicht zu denken. Er ahnte nur, wo er war, denn seine Sinne waren von dem Schlag auf den Kopf noch benebelt und verwirrt. Alles drehte sich.

Gegen Abend bekam er wieder zu essen. Hansen sah ebenfalls nach, ob auch alles nach seinem Willen ging. Kurz bevor er ging, wog er noch einmal grinsend den Beutel in seiner Hand. Dann wurde die Luke wieder geschlossen. Man warf ihm noch eine Lumpendecke hin.

Armin prüfte einmal vorsichtig, ob er die Luke vielleicht bewegen könnte, aber ihm fehlten die Mittel, um es zu schaffen. Es war fast stockdunkel und so tastete er nach dem Leinentuch und bedeckte sich damit.

Er wachte auf. War es ein Schrei gewesen? Hatte er etwas geträumt? Er lauschte. Die Planken knarrten und das Schiff lag still in den Wellen. Sonst war nichts zu hören. Plötzlich ein Poltern und Rennen. Jemand rannte über das Deck. Es war Unruhe zu spüren. Dann ein dumpfer Schlag, ein Ächzen und Stöhnen und wieder Ruhe. Ein krächzendes Kichern kam von irgendwo her.

Dann gellte ein lauter Schrei durch die Nacht. Wieder ein Poltern und Rennen.

„Nein, nein, habt Erbarmen. Ich habe Euch nichts zu Leide getan…“, es war der flehende Ruf des Fackelträgers. Dann ein Schlag an die Außenplanken und ein Platschen. Das Einzige, was Armin dann wieder hörte, war ein krächzendes Lachen und Gekicher, das so unheimlich war, dass Armin es nicht mehr vergessen würde. Die krächzende Stimme sprach ein paar merkwürdige Worte, die Armin nicht verstand. Dann nochmal ein Poltern. Schließlich hörte er danach ein leises Sausen in der Luft und es herrschte wieder Stille. Beunruhigende Stille.

Etwas Ungewöhnliches geschah auf dem Deck. Armin merkte, wie das Schiff langsam drehte. Er wagte sich nicht zu rühren. Was auch immer an Deck geschehen war und wer immer dort sein Unwesen trieb, er würde bestimmt auch bald zu ihm gelangen.

Doch es geschah nichts. Er hörte nur das leichte Plätschern der Wellen an der Bordwand.

Das lange Warten wurde zur Qual. Seine Anspannung war mittlerweile Unruhe gewichen. Vielleicht sollte er versuchen, die Luke zu öffnen? Mehr als verschlossen konnte sie nicht sein. Aber einen Versuch war es wert.

Vorsichtig tastete er sich zur Luke, als plötzlich ein Ruck durch das Schiff ging. Armin stieß mit dem Kopf gegen die Bordwand. Waren sie gegen eine Kaimauer gefahren oder eine Anlegestelle? Alles blieb beängstigend still.

Armin versuchte erneut, im Stockfinstern die Luke zu überprüfen. Und tatsächlich: Die Luke war unverschlossen.

Er schob sie einen kleinen Spalt auf. Draußen graute der Morgen. Es war die Zeit zwischen Nacht und Sonnenaufgang. Das fahle Licht tauchte alles in Grau. Selbst die farbenprächtigste Kleidung war farblos und so sah Armin auch nicht den dunklen Fleck, der sich um den Mast gebildet hatte.

Nichts und niemand waren zu sehen und so stieg er aus der Luke. Auf dem Fluss waberten Nebelschwaden und ließen das Ufer nur schemenhaft erkennen.

Armin traute sich kaum zu atmen. Er duckte sich hinter ein Fass. Seine tastenden Hände fassten in eine warme Flüssigkeit. Und dann sah er einen leblosen Körper am Boden liegen. Der Fleck schien Blut zu sein. Armin zögerte, wagte sich aber dann doch aus seinem Versteck.

Das Deck war leer. Er konnte nichts und niemanden sehen. Gespenstische Stille lag auf dem Wasser und dem Schiff. Und jetzt wurde Armin klar, wo sich das Schiff befand. Sie waren auf einem großen Fluss und dann fiel ihm auch auf, dass das Schiff in Schieflage war.

Er ging zum Bug, aber auch hier war niemand. Als er zurück zum Ruderstand wollte blieb er wie vom Blitz getroffen stehen und starrte gebannt auf den Mast. Dort hing Hansen, der Kapitän, mit einem Strick um den Hals. Sein lebloser Körper schwang leicht hin und her.

Die Stille wurde noch beängstigender. Armin traute sich kaum näher zu treten. Hansen musste sich mit dem Hals im Tau verfangen haben. Oder war er umgebracht worden?

Hatte er sich gar selbst umgebracht? Auf seiner Stirn erkannte er einen gezackten Stern, der auf der Spitze stand. Oder zumindest war es ein Wundmal, das auf der Stirn eingeritzt war, und von dem das Blut über das Gesicht des Toten und dann zu Boden tropfte.

An Hansens Gürtel bemerkte Armin seinen kleinen Geldbeutel. Er trat näher und nahm ihn wieder an sich.

Auch der Ruderstand war leer und das Ruder hing lose im Wasser. Ein Blick über Bord und er sah eine dritte Gestalt, die mit einem Seil um die Füße gebunden kopfüber im Wasser trieb. Wer hatte die Besatzung umgebracht. Alles sah nach einer Abschlachtung aus.

Armin ging zurück zum Mast, als er plötzlich verharrte. Ein Knacken und Klappen, als wenn eine Luke ging, drang an sein Ohr. Und war da nicht mit einem Mal eine Gestalt am Ruder gewesen? Armin sah sich nach einem Messer oder Knüppel um, fand aber nichts. Und gerade als er um den Mast getreten war, blieb er wie angewurzelt stehen.

Eine kleine Gestalt, durch den Nebel nur schwer zu erkennen, schlich von der Luke zur Reling und an ihr entlang. Sie war barfuß, in einen zerlumpten Mantel gekleidet, trug eine zerschlissene Seemannshose und hatte einen Hut auf. Gesehen hatte Armin die Gestalt noch nie. Gehörte sie zur Mannschaft? Irgendwie ging etwas Unheimliches von ihr aus.

„Wer seid Ihr? Was wollt Ihr?“, fragte Armin beinahe flüsternd.

Die Gestalt wandte sich ihm ruckartig zu und sah ihn an. Der Morgen war noch weiter fortgeschritten und brachte die Farben langsam zurück in den Tag. Ein breites, hässliches Grinsen offenbarte grüne Zähne, und weite, fast wahnsinnige Augen starrten Armin höhnisch an. Die Gestalt sprach kein Wort und gab keinen Laut von sich. Sie schlich an Armin vorbei in Richtung Vorderdeck.

„Was bist du für ein Gelichter“, flüsterte Armin vorsichtig.

Als die Gestalt am Bug angekommen war, drehte sie sich erneut zu Armin um. Sie grinste ihn noch einmal mit einer hässlichen Fratze an und sprang dann von Bord. Armin rannte ihr nach. Im Laufen hörte er das Platschen. Doch als er am Bug war und ins Wasser starrte, war das Wasser ruhig und glatt. Auch die Nebelschwaden schienen unberührt.

Hatte er sich alles nur eingebildet? War er noch in einem tiefen Traum?

Doch dann fiel es ihm wie Schuppen von den Augen.

„Der Klabautermann hat das Schiff verlassen“, flüsterte er zu sich selbst.

Er erinnerte sich an die Worte des zauseligen Mannes in der Schenke in Hammaburg: „Das Schiff ist verloren, wenn der Klabautermann von Bord geht.“

Armin warf noch einen Blick auf den toten Hansen am Mast und rannte dann los. In seiner Kammer, die sein Gefängnis gewesen war, tastete er hastig umher, fand aber nichts. Als er wieder an Deck kam, sah er endlich sein Bündel hinter einem Sack liegen. Es schien alles da zu sein, selbst das Schafsfell. Er schaute über die Bordwand. Ein kleiner Kahn war dort verzurrt.

Flugs warf er seine Sachen hinein, löste das Tau und ließ sich in den Kahn gleiten. Schnell hatte er sich vom Schiff und der gespenstischen Stille entfernt. Er hielt durch den Nebel auf das Ufer zu. Das fahle Grau des Tages wurde bunter und die ersten Lichtstrahlen erhellten die Welt.

Als er endlich das Ufer erreichte, war vom Schiff nichts mehr zu sehen. Er sah mit Entsetzen nur noch einen Rest vom Mast, der langsam in den Fluten des großen Flusses versank. Das Schiff war fast lautlos versunken. Warum nur? Wer hatte es versenkt? Hatte die Sandbank ein Loch in die Bordwand gerissen?

Die ersten Vögel sangen ihr Morgenlied und Armin setzte sich, um zu sich zu kommen. Was war das gewesen? Was war eben auf dem Schiff passiert? Hatte er nur Glück gehabt und war von der kichernden und krächzenden Gestalt nicht gefunden worden? Wie waren die drei Halunken ums Leben gekommen? Irgendwer musste sie umgebracht haben. War es der Klabautermann gewesen oder war noch jemand anderes an Bord gewesen? Armin musste unwillkürlich an das schreckliche Lachen und das eingeritzte Symbol auf der Stirn des Bootsführers denken.

Er blickte noch einmal auf den Fluss, doch vom Schiff war nun nichts mehr zu sehen. Waren vielleicht noch andere Männer an Bord gewesen, hatten die Besatzung massakriert und waren dann wieder verschwunden? War es Zauberhand?

Im Sachsenwald

Armin warf sich sein Bündel über und stieg die Flussböschung hinauf. Die Sonne stieg langsam über den Horizont im Osten und auf den Gräsern und Blättern lag Raureif. Noch eine Weile dachte er über das seltsame Geschehen auf dem Schiff nach und es fiel ihm auf, dass er ja nicht wusste, wo er war. Wohin sollte er nun gehen? Wie sollte er jetzt den Sachsenwald finden?

Er nahm einen festen Stock, sah kurz nach der Sonne und zog nordwärts, den Fluss hinter sich lassend. Mal waren es Wiesen, mal Auen, die er durchschritt. Wege aber fand er keine.

Er erreichte bald ein bestelltes Stück Acker. Die Stoppeln verrieten, dass vor ein paar Wochen jemand geerntet haben musste. Und gar nicht weit sah er eine Ansammlung von Hütten. Hier wollte er nach dem Weg fragen.

Eine Bauersfrau, die gerade einen Korb aus einer Hütte trug, kam ihm entgegen.

„He, gute Frau, könnt Ihr mir sagen, wo ich bin?“

Die Frau sah ihn skeptisch an.

„Ihr seid in Escheburg.“

Diesen Ort hatte er noch nie gehört. Aber er kannte jenseits von Bouchstadhude auch keinen Flecken Land.

„Wisst Ihr, in welche Richtung die Hammaburg liegt?“

„Etwa ein Tag in diese Richtung“, und sie wies gen Westen. „Woher kommt Ihr?“, fragte sie.

„Ich bin mit einem Schiff den großen Fluss nicht weit von hier hinaufgefahren.“

„Ihr meint die Albia?“

Er war also die Albia flussaufwärts gefahren.

„Wohin führt denn Euer Weg?“, wollte die Frau freundlich wissen.

„Mich zieht es zum Sachsenwald. Habt Ihr von diesem Ort schon gehört? Wisst Ihr, wo ich ihn finde?“

Die Miene der Frau wurde aschfahl und jede Freundlichkeit war aus ihrem Gesicht gewichen. Sie machte einen Schritt zurück und sah ihn entgeistert an.

„Geht fort von hier. Hier werdet Ihr ihn nicht finden.“

Beinahe stolpernd wankte sie rückwärts, verschwand in ihrer Hütte und schlug die Pforte zu.

Etwas ratlos stand Armin da und ging schließlich auf einen alten Mann zu, der aus einer anderen Hütte getreten war und vorsichtig zu Armin herüberblickte.

„Entschuldigt, könnt Ihr mir wohl sagen, wie es zum Sachsenwald geht?“

Angst trat in das Gesicht des Mannes.

„Ich weiß nichts von einem Sachsenwald. Geht fort von hier. Lasst uns in Ruhe.“

Auch er schlug die Tür zu und Armin stand wieder alleine da. Was war es, dass die Menschen hier so ängstlich auf den Namen „Sachsenwald“ reagierten? Sie schienen etwas zu wissen, aber behielten ihr Wissen lieber für sich.

Die anderen Einwohner des Dorfes hatten sich wohl in ihren Hütten und Häusern verbarrikadiert, denn er traf sonst niemanden an.

Armin verließ Escheburg. Er musste es notfalls in Hammaburg noch einmal versuchen.

Bald erreichte er ein weiteres kleines Dorf. Hier herrschte schon regeres Treiben als in Escheburg. Einen kleinen Jungen, der ihn keck angaffte, fragte Armin: „Junge, sag mir, wo ich den Sachsenwald finde.“

Da wurde auch der Junge bleich. Wie angewurzelt blieb er stehen.

„Hat es dir die Sprache verschlagen?“

„Dadadas weiß ich nicht“, stammelte er und wich ängstlich zurück.

Am Wegesrand saß ein alter Mann auf einem Stamm.

„Sagt mir Alter, in welcher Richtung liegt der Sachsenwald?“

Doch auch der Alte schwieg. Sein Mund war geöffnet, der Unterkiefer zitterte und blankes Entsetzen stand ihm ins Gesicht geschrieben. Doch bevor der Alte entweichen konnte, hielt Armin ihn am Arm fest.

„Sagt mir nicht, Ihr wisst es nicht. Ihr alle wisst etwas vom Sachsenwald. Wo kann ich ihn finden? Und was ist es, dass ihr mir den Weg nicht nennen wollt?“ Armin sah dem Alten direkt in die Augen.

Mit zitternder Hand deutete er gen Norden. „Dort könnt Ihr ihn finden. Bitte tut mir nichts! Lasst mich gehen, ich habe nichts verbrochen.“

Armin ließ den Mann los und dieser eilte in seine Hütte.

Zwei Bauern mit je einem Knüppel standen unschlüssig im Weg. Sie wussten wohl nicht, wie sie sich Armin gegenüber verhalten sollten.

„Geht fort von hier. Lasst uns in Ruhe. Bitte geht, wir wollen nichts mit Euch zu schaffen haben.“

Doch Armin wollte es nun wissen. „Was fürchtet ihr euch vor mir? Habe ich jemanden von euch erschlagen? Was ist es, dass ihr fürchtet?“

Eine greise Frau, die scheinbar nur schwer sehen konnte, trat zu den Bauern. Sie wandte sich an Armin.

„Was willst du im Sachsenwald?“

Armin zögerte.

„Ich suche jemanden.“

„Wer auch immer dich geschickt hat, du findest dort nur den Tod. Unheimliche Dinge liegen auf dem Wald. Er ist verflucht.“

Pflückebeutel kreiste über dem Dorf und krähte, doch Armin hörte ihn nicht.

Die Alte trat etwas näher an Armin heran und fasst ihn sanft am Arm. „Mach dich nicht unglücklich, Junge. Du wirst dort nur den Tod finden. Niemand kehrt aus dem Sachsenwald zurück. Gehe fort von hier und lass uns in Ruhe. Wir haben damit nichts zu schaffen.“

Immer mehr Leute traten nun aus ihren Häusern. Sie standen dort abwartend und zögerlich.

Eine Frau stand ebenso stumm und ängstlich am Wegesrand und trug in einer Schütte mehrere Brote unter dem

Arm. Armin trat auf die Frau zu, zog seinen Beutel hervor und sagte:

„Was wollt Ihr für einen Laib haben?“

Die Frau sah ihn schweigend und unsicher an.

„Ich, ich weiß nicht, die sind für mich…“

„Ich gebe Euch drei Pfennige für einen Laib. Seid Ihr damit einverstanden?“

Die Frau zögerte, denn auch sie wusste, dass es eigentlich ein sehr gutes Geschäft für sie wäre.

Armin wollte eigentlich keine drei Pfennige für ein Brot bezahlen. Doch er hatte Hunger und er wollte den Leuten zeigen, dass er keine bösen Absichten hatte.

„Ihr könnt das Brot so haben, wenn Ihr mich nur in Ruhe lasst.“

Doch Armin wollte die Angst der Frau nicht ausnutzen. Er griff in seinen Beutel, nahm drei Silberpfennige heraus und legte sie der Bäuerin auf die Schütte, damit sie nicht herunterfielen. Das Brot stopfte er in sein Bündel und wandte sich dann der stummen Menge zu.

„Ihr macht mir keine Angst. Lasst mich ziehen. Ich werde zu Euch auch nicht zurückkehren.“

Armin ging und die Dorfbewohner wichen zurück und gaben eine Gasse frei. Er schritt hindurch und wusste, es war der Weg zum Sachsenwald. Er fiel in einen Trab und ließ das Dorf bald hinter sich.

Die Einwohner sahen ihm tuschelnd nach. Die Alte bekreuzigte sich und murmelte: „Herr schütze ihn. Er weiß nicht, was er tut.“

Armin schritt forsch voran. Schon kamen hier und da Kusselgruppen, die sich langsam ineinander zu verwachsen schienen. Und dann blieb Armin stehen. Vor ihm erhob sich mächtig und eindrucksvoll ein gewaltiger und tiefer Wald. Dicke, knorriger Stämme und das bunte Blätterdach des Herbstes waren ein fantastischer Anblick. Er hielt inne und bestaunte das wunderschöne Farbenspiel. Der Wind rauschte durch die Wipfel und riss das eine oder andere Blatt dahin. Armin wusste, dass er den Sachsenwald gefunden hatte.

Majestätisch, gewaltig, geheimnisvoll und düster…er hatte keinen Zweifel mehr, er war am Ziel.

Er machte eine Pause und kaute an dem harten Kanten Brot, den er noch hatte. Das neue Brot wollte er noch nicht angehen. Vielleicht würde er lange nichts außer dem zu essen bekommen.

Dies war also nun der Sachsenwald. Das Gehölz wirkte finster und undurchdringlich, wenn es auch ein schöner Anblick war. Von unheimlichen Dingen, merkwürdigen Wesen und einer unermesslichen Größe hatte der angetrunkene Alte in Hammaburg gesprochen. Wahrscheinlich war er wahnsinnig. Aber die Leute in Escheburg und dem anderen Dorf schienen auch Furcht vor diesem Wald zu haben. Vielleicht war an den Worten des Alten doch ein Funken Wahrheit?

Armin fürchtete sich jedoch nicht. Rangold hatte ihm gesagt, dass die Leute ihn warnen würden. Aber wonach er suchen sollte, dass hatte ihm der Einsiedler nicht gesagt.

Er gab sich einen Ruck und trat schließlich in die Dickungen des Waldes, der ihn zu verschlucken schien. Als er den Wald betrat, überkam ihn ein merkwürdiges Gefühl, als tauche er in eine andere Welt ein. Fast unheimlich war das Knarren der Bäume, deren Äste sich im leichten, geisterhaften Wind hin und her wogten. Knorrige Eichen, kräftige Buchen und uraltes Gehölz säumten seinen Weg. Stille umgab Armin. Das alte Gehölz zeigte seine ganze Macht, seine ganze Stärke. Alt und verworren, allen Witterungen der Zeit getrotzt, stand der Wald. Welche alten Geschichten, welche tiefen, dunklen Geheimnisse mochten in diesem Wald verborgen sein? Und war da nicht ein leises Flüstern?

Armin blieb stehen und horchte. Ihm war, als flüsterte es um ihn herum. Oder war es der Wind, der in Farnen, Gräsern und Blättern sein Spiel trieb?

Er fand keinen Pfad und suchte sich seinen eigenen Weg. Wohin er wollte, wusste er nicht. Er wusste nicht einmal, wen er suchte. Doch was hatte er nach den letzten Tagen schon zu verlieren? Die Flucht steckte ihm in den Knochen.

Er würde froh sein, wenn er sich einen ruhigen Ort suchen konnte, um auszuruhen. Aber er erinnerte sich auch, dass er außer dem Brot kaum noch etwas zu essen hatte. Allzu sorglos konnte er also auch nicht durch diesen verwunschenen Wald laufen. Und er konnte sich auch nicht sicher sein, ob nicht doch unheimliche Dinge geschehen würden.

Sonnenstrahlen fielen durch die Wipfel der Bäume. Tiefer und tiefer drang Armin in einen Wald, den er nicht kannte und vor dem ihn bisher alle gewarnt hatten. Leicht knarrten die Wipfel im Wind und auch wenn er kein Lebewesen erblickte, so hatte er doch das Gefühl, beobachtet zu werden.

Sein Weg führte ihn über einen kleinen Bach. Hier trank er etwas und füllte seinen Schlauch mit Wasser. Und währenddessen zog Pflückebeutel unbemerkt seine Kreise über dem Wald.

Längst hatte Armin die Richtung verloren. Er wanderte den ganzen Tag, ohne auch nur ein einziges Zeichen von Leben zu sehen. Nur ein paar Vögel zwitscherten in den Bäumen.

Am Abend machte er sich im Schutz eines umgestürzten Baumes ein kleines Feuer, um sich vor der heraufsteigenden Kälte zu schützen. Nur das Rauschen der Bäume im Wind umgab ihn. Einmal hörte er in der Ferne Reineke Fuchs bellen. Die Rufe hallten gespenstisch im Wald wider. Doch das war auch schon alles gewesen.

Die Nacht war kalt und so erwachte Armin am nächsten Tag zitternd. Der Tag graute schon. Das Schafsfell hatte ihn nur wenig gewärmt, so kalt war es gewesen. Seine Füße waren beinahe taub und die Kälte hatte ihn nicht richtig ruhen lassen. Er trat von einem Bein auf das andere und wartete, bis es hell war und er sich wieder auf den Weg machen konnte. Es fühlte sich an, als wenn er zwei große Eisbrocken am Ende seiner Beine hatte. Schmerzen hatte er keine, aber er wollte so schnell wie möglich wieder Wärme in seinen frostigen Körper bekommen. Vom Brot biss er im Gehen ab.

Er lief wieder den ganzen Tag. Manchmal legte er eine kleine Rast ein, doch seine innere Unruhe wuchs. Irgendwer musste in diesem sagenhaften Wald sein, der ihm helfen konnte. Er versuchte Tiere zu sehen, doch der Wald schien wie ausgestorben oder sie versteckten sich sehr gut vor ihm. Auf einer Lichtung fand Armin die Kötel von Kaninchen oder Hasen. Er bemerkte nicht, wie Pflückebeutel hoch oben auf einem Ast saß und mit wachsamen Blicken beobachtete, was der Wanderer trieb.

Gegen Abend gelangte Armin an eine Lichtung. Es war eine große Lichtung, in deren Mitte ein gewaltiger Baum stand. Er trat aus dem Dickicht und besah sich den beeindruckenden Baum näher. Sein Stamm mochte einen Durchmesser von gut zwei Klaftern haben. Armin entdeckte auf Schulterhöhe einen tiefen Ritz in der dicken, knorrigen Rinde, der etwa drei Finger breit war. Und als er noch ein Stück weiter um den Baum ging, sah er, dass der Stamm eine großes Loch und einen Hohlraum hatte.

Armin beschloss, in dieser Baumhöhle sein Nachtlager aufzuschlagen. Mit Zweigen bereitete er sein Lager und entzündete ein kleines Feuer. Er wollte zuerst vom dicken Baum Feuerholz brechen, aber irgendetwas ließ ihn zögern. Als gäbe es eine geheimnisvolle Kraft, die ihn davon abhielt. So holte er sich lieber von den Bäumen und dem Boden am Rande der Lichtung sein Holz. Sein Zunder ging zur Neige und musste dringend aufgefüllt werden. Doch für ein Feuer reichte es noch.

Schließlich war er von der Dunkelheit umschlossen und Armin starrte unentwegt ins Feuer. Er mochte diesen Anblick. Er hätte nicht beschreiben können warum, aber die zuckenden Flammen und die wallende und wabernde Glut wärmten ihn alleine vom Hinsehen. Feuer hatte ihm schon immer ein wohliges Gefühl von Geborgenheit und Frieden entlockt. Für einen Augenblick vergaß er seine Lage und starrte vergessen in die kleinen Flammen.

Es begann zu schneien. Es war der erste Wintereinbruch. „Er kam früh in diesem Jahr“, dachte Armin. Bald schon bedeckte der Schnee alle Spuren unter einem dicken weißen Mantel. Armin zog sein Schafsfell enger um sich und warf sich noch seinen Umhang über. Schließlich lehnte er sich an den Baum und schlief ein. Und der Wald beobachtete ihn genau…

Mitten in der Nacht erwachte er. Ein knarzendes Geräusch hatte ihn aufwachen lassen. Sein Feuer brannte nur noch mit kleiner Flamme. Vorsichtig sah Armin sich um. Er griff zu seinem Stock, falls er sich zur Wehr setzen musste.

Und da hörte er es wieder. Es war ein knarrendes, kratzendes Geräusch auf Holz.

Schnell sprang er auf und lugte aus der Baumhöhle. Dann ging sein Blick nach oben. Ein riesiger Uhu saß auf einem Ast und starrte ihn mit funkelnden Augen an. Das Knarzen kam von seinen mächtigen Krallen im Geäst. Er schien sich vor Armin nicht zu fürchten und uhute in die Nacht hinaus. Armin beugte sich näher heran, um den Uhu genauer zu betrachten.

Etwas Magisches ging von dieser Stelle des Waldes aus, und der Uhu verstärkte diesen Eindruck auch noch.

Im fahlen Schein des Mondes sah das Tier alt und weise aus, als wenn es schon seit jeher auf diesem Baum gesessen hätte.

Ein leichter Wind säuselte und ließ die letzten Blätter am Baum rauschen. Oder war es ein Flüstern? Armin war es, als wolle der Baum zu ihm sprechen. Das Rascheln der Blätter, die Rufe des Uhus und die gespenstische Atmosphäre, etwas Merkwürdiges geschah hier.

Er blickte erneut zum Nachtvogel auf. Und da, als wäre ein Geist um ihn, raunte ihm eine tiefe Stimme etwas zu.

„Was suchst du tief in des Sachsenwaldes Ruhe?“

Armin schwieg und mochte kaum atmen. War es der Baum? Oder sprach der Uhu mit ihm?

„Wer bist du?“, wollte Armin wissen.

„Ich bin der Hüter des Things.“

Kein Zweifel, die tiefe Stimme schien von diesem Uhu zu kommen.

„Deinen Weg musst selbst du finden. Darfst nicht an Hast dich binden. Glaube an den eigenen Geist. Sieh das Zeichen, das den Weg dir weist.“

„Welches Zeichen meinst du?“

„Aus Erz geschmolzen, geformt mit Kraft. Erkenn, was Götter Dir hervorgebracht.“

Ein kalter Wind blies durch den Wald und in Armins Gesicht.

Armin erwachte. Er fror. Was war das für eine seltsame Stimme gewesen? Sie klang noch in seinem Kopf. War es ein Traum? Da hörte er wieder einen Uhu rufen. Schnell war er auf den Beinen. Ein großes Etwas saß über ihm im Geäst. Der Mond brach durch die Wolken und Armin erkannte einen Nachtvogel, der überrascht und etwas aufgeregt schuhute, seine großen Flügel ausbreitete und ins Dunkel der Nacht davonflog. Hatte er alles nur geträumt oder begann er langsam den Verstand zu verlieren?

Er erinnerte sich, dass Rangold ihm gesagt hatte, die Eulen wären die weisesten von allen Tieren.

Da plötzlich hörte er ein Geräusch hinter sich. Blitzschnell drehte er sich um. Im fahlen Schein des Feuers und des Mondes sah er am Rande der Lichtung zwei Wölfe im Schnee lauern. Sie waren kaum noch zehn Schritte von ihm entfernt. Armin griff nach einem Stock.

Doch die Wölfe beobachteten ihn nur. Und dann schien es Armin, als sähe er eine dunkle Gestalt am Rande der Lichtung vorbeihuschen. Hatte er sich getäuscht? Dann sah er die Gestalt noch einmal. Oder war es nur der Schatten eines Baumes?

„Hallo. Wer seid Ihr und was wollt Ihr?“, rief Armin.

Er nahm seinen Stock fester und schritt vorsichtig auf den Rand der Lichtung zu. Die Wölfe ließ er keinen Augenblick aus den Augen.

Da, rechts von ihm hatte er wieder die dunkle Gestalt gesehen.

„Heda, bleib stehen!"

Als Armin auf die Stelle zuhalten wollte, wo er den dunklen Schatten vermutete, da flog die Eule plötzlich vom Ast. Nur knapp huschte sie über Armins Kopf und streifte sein Haar…

…Armin schreckte hoch. Wo war er? Was passierte? Wo waren die Wölfe? Und dann fiel es ihm ein.

„Was für ein Alptraum", murmelte er und er lehnte sich erleichtert gegen den Baum. Etwas sehr Unheimliches machte der Wald mit ihm. Ihm war kalt. Um ihn herum war es noch stockdunkel. Es schien noch mitten in der Nacht zu sein. Das Feuer war zu einem kleinen Haufen Glut geworden, der ein schummriges Licht spendete. Es hatte zu schneien aufgehört. Armin fachte die Glut an und entzündete einen Ast. Um sein Lager herum waren keine Spuren von Tieren und schon gar keine von Wölfen in der dünne Schneedecke zu sehen. Auch eine Eule sah er nicht. Nichts Ungewöhnliches war passiert.

Armin atmete tief durch. Es war doch nur ein Alptraum gewesen. Er zog sich wieder auf sein Lager zurück. Das Holz, das er in die kleine entfachte Flamme legte, kokelte und qualmte mehr, als dass es wärmte, und so ließ er die Flamme wieder erlöschen.

Armin wollte wachsam bleiben. Er traute der Stille nicht. Ihm war es fast recht, dass die Kälte ihn wachhielt. Ab und zu stand er auf und trat von einem auf das andere Bein, um sich ein bisschen zu wärmen. Er versuchte erneut, die Glut anzufachen und ein kleines Feuer zu machen, das ihn wärmen würde, aber das wenige Holz, das er hatte, war einfach zu nass.

Die Nacht wollte und wollte nicht vorbeigehen. Einmal überlegte Armin, ob er nicht bei Nacht weitergehen sollte. Aber zum einen sah er kaum etwas im Dunkeln und dann wusste er auch nicht, wohin er gehen sollte. Ihm kamen erste Zweifel, ob es richtig gewesen war, in den Sachsenwald zu gehen. Der Wald schien kein Ende zu nehmen und scheinbar lebte hier auch niemand. Die Leute in den Dörfern hatten nur zu genau gewusst, warum sie ihn warnten.

Etwas verzweifelt wegen seiner Ziellosigkeit und ausweglosen Lage setzte er sich. Ihm war immer noch kalt und durch das Laufen und die Strapazen waren seine Beine müde und schmerzten. Das Reisig seines Lagers bot ihm wenigstens ein bisschen trockenen Untergrund. Er lehnte sich wieder an den Baum und nickte letztlich doch ein.

Am anderen Morgen erwachte er fröstelnd. Trotz des Schafsfells fror es ihn. Die restliche Glut seines Feuers war erloschen, seine Fußspuren waren verschneit und nichts deutete darauf hin, dass er jemals zu seinem Unterschlupf gelangt sei. Der Himmel war schon recht hell, so dass Armin seine Umgebung besser sehen konnte.

Seine Augen brannten vor Erschöpfung und Müdigkeit.

Um seine steifen Glieder etwas zu erwärmen stand er auf, streckte sich, hüpfte und schlug mit den Armen um sich. Seine Zehen waren taub vor Kälte. Das Gehen würde ihm heute überaus schwer fallen. Wieso nur hatte Rangold ihn in den Sachsenwald geschickt? Sicher, hier fand ihn keiner. Der Wald schien tief und undurchdringlich. Aber würde er denn außer Kälte, Entbehrung, Hunger oder vielleicht sogar den Tod noch etwas finden? Dann wäre die Flucht umsonst gewesen. Was nützten ihm jetzt die Steine in seinem Beutel? Vielleicht sollte er versuchen, aus dem Wald herauszukommen? Mit etwas Glück könnte er sich bei irgendeinem Bauern verdingen. Er würde auch seine Freiheit wieder aufgeben, wenn er nur einen warmen Ofen, eine Schlafstätte und etwas Warmes zu essen bekommen könnte.

Hier auf der Lichtung wollte er nicht bleiben und so packte er seine Dinge zusammen, sparte sich das Frühstück der knappen Vorräte wegen und machte sich wieder auf den Weg. In seinen Zehen steckte kein Gefühl und Armin hoffte, durch die Bewegung wieder warme Füße zu bekommen.

Doch kaum hatte er seine Baumhöhle verlassen und stand auf der Lichtung, blieb er stehen.

Vor sich auf der dünnen Schneedecke sah er große Abdrücke von Wolfspfoten. Sie führten um sein Lager und den Baum herum. Jetzt erschrak Armin etwas. Zunächst dachte er, er hätte sich getäuscht. Aber auch wenn die Schneedecke dünn war, die Abdrücke waren eindeutig. Und es waren wohl mindestens zwei Wölfe gewesen. Er hatte also doch nicht nur alles geträumt.

Mit einem Mal war Armin hellwach. Der Sachsenwald war also doch überaus gefährlich. Wenn die Wölfe erst hier um sein Lager geschlichen waren, dann würden sie ihn auch angreifen. Aber warum hatten sie es nicht getan, während er schlief? Wieso waren sie offensichtlich nur um sein Lager geschlichen? Hatte die Glut sie abgeschreckt?

Armin nahm seinen Stock fester in die Hand und zog von der Lichtung in die Dickungen des Waldes. Der frühe Schnee in diesem Jahr schluckte sämtliche Geräusche. Die Sonne schien fahl durch die verschneiten Bäume und die klare Luft, die sich langsam erwärmte. Kleine Schneekristalle rieselten mal hier und mal dort von den Ästen. Nur das Knirschen seiner Filzstiefel im Schnee war zu hören.

Vorsichtig und ständig auf der Hut pirschte er sich durch den Wald, immer in Erwartung, einen Wolf zu sehen. Doch er sah keinen. Irgendwann trug Armin seinen Stock nicht mehr als Waffe, sondern als Wanderstock. Die Sonne stand nun höher, die Luft wurde wärmer und der Schnee war mittlerweile fast zur Gänze geschmolzen. Dann und wann knarrte ein Baumwipfel und Pflückebeutel flog, von Armin unbemerkt, seine Kreis.

Gegen Mittag rastete Armin etwas. Seine Zehen schmerzten. Langsam war das Blut in die Zehenspitzen zurückgekehrt und sie schmerzten und juckten, als würde jemand mit Nadeln in sie hineinstechen.

Die Herbstsonne schien schwach und fahl über dem Wald. Wenigstens war es trocken und regnete nicht.

Armin massierte seine geschundenen Füße und aß von seinem Brot. Er hatte schon Bauchschmerzen vor Hunger, aber er traute sich nicht, alles Brot aufzuessen. Er wusste nicht, wann er das nächste Mal wieder etwas zu essen bekommen würde. Ein paar Bucheckern hatte er gesammelt, aber viele waren es nicht, denn die Vögel und anderen Tiere des Waldes hatten sich ebenfalls über die Eckern hergemacht und nicht viele übriggelassen.

Erschöpft und ratlos kaute er an seinem Brot. Er starrte vor sich auf den Boden und wusste nicht, ob er weiterlaufen oder eher hier sitzen bleiben sollte. Seine Sachen waren klamm von Dreck, Schweiß und Nässe. Am meisten merkte er aber die Erschöpfung. Wieso nur war er so weit in einen fremden Wald gegangen, fernab von Dörfern oder Städten, weit entfernt von irgendwelchen Straßen oder Wegen? Er hatte Rangold vertraut, aber nun war er sich nicht mehr sicher, ob er die richtige Entscheidung gefällt hatte. Die Dorfbewohner hatten Recht behalten. Der Wald war tief, dunkel und verflucht. Auch er würde wohl nicht wieder aus ihm herauskommen.

Und während er so vor sich hinstarrte, hörte er ein leises Klingen. Hörte er jetzt schon Geräusche, die es nicht gab?

Aber wieder hörte er das helle Klingen, als wenn Metall auf Metall schlug. Hatte er sich verhört? Nein, das leise Klingen drang deutlich an sein Ohr. Armin nahm alle seine Kräfte zusammen und ging mit vorsichtigen, leisen Schritten weiter. Das Geräusch klang wie ein Hämmern auf Metall, da war Armin sich nun sicher. Er folgte dem Klingen und Klirren und als er schließlich über einen Hang kam, sah er eine kleine reetgedeckte, hutzlige Hütte zwischen den dichten Bäumen des Waldes in einer Senke stehen. Armin beobachtete das Bild, das sich ihm bot, zunächst versteckt hinter einem Baum.

Nicht weit von der Hütte entfernt plätscherte ein kleiner Bach. Ein kleiner Verschlag an der Hütte war wohl der Stall und ein paar Hühner pickten hier und da auf der Erde. Das Klingen und Klirren war nun ganz nah und kam von der Armin abgewandten Seite der Hütte. Von dort stieg auch Rauch aus einem Schornstein auf. Hier musste jemand wohnen.

Vorsichtig ging Armin den Hang hinab und auf die Hütte zu. Vor der Hütte stand an einem Amboss eine kleine Gestalt, kaum viereinhalb Fuß groß. Als sie Armin bemerkte, hielt sie inne und schaute auf.

Ein Zwerg mit listigen Augen, verrunzeltem Gesicht und dichtem Bart stand mit einem Hammer am Amboss und bearbeitete das Eisen. Er blickte Armin mit leicht verkniffenem Blick an.

„Ein Fremder, hier? Doch sollt' ich fragen, warum erst jetzt?"

Armin blieb stehen.

„Wer seid Ihr und woher wusstet Ihr, dass ich komme?"

Der Zwerg lachte höhnisch.

„Du Tor. Der Wald trägt tausend Augen, hört jeden Tritt auf des Bodens Krume. Und die Götter weisen mir eines jeden Gastes Kunde."

Da bemerkte Armin Pflückebeutel, der auf dem Giebel des Daches saß und neugierig zu ihnen herunterblickte.

„Was hat ein Fremder hier zu schaffen?"

„Was geht es Euch an? Vielleicht suche ich etwas."

„Und was glaubst du hier zu finden?"

„Das weiß ich noch nicht. Doch sagt mir erst einmal wer Ihr seid?"

Armin traute dem Zwerg nicht. Er hielt seinen Stock fest in der Hand. Auch wenn er deutlich größer war als der Zwerg, so wollte er trotzdem vorsichtig sein.

„Welch keckes Mundwerk! Kommst in des großen Sachsenwaldes Tiefen als Fremder und forderst meinen Namen?"

Das merkwürdige Gebaren und die Sprache verwunderten Armin ein wenig. Die listigen Augen des Zwerges beobachteten ihn genau.

„Wer bist du, dass du dir solch freches Wort zu nehmen glaubst?"

Sollte er sich zu erkennen geben? Er war einen Augenblick unentschlossen. Doch seine Verpflegung ging zur Neige und vielleicht konnte ihm der Zwerg helfen. Und was sollte ihm in seinem jämmerlichen Zustand nun noch widerfahren?

„Ich bin Armin. Ich komme aus dem Westen vom Teufelsmoor."

Der Zwerg sah ihn erneut mit verkniffenem Blick an und schwieg zunächst. „Soso, vom Teufelsmoor", sagte er nach einer Pause und fuhr dann fort: „Schon einmal ward' ein Recke hier. Auch er kam weit aus westlichen Gefilden. Doch der Held wurde durch des Neides Speer gestreckt."

Armin verstand kein Wort. „Wie ist Euer Name?", wollte er erneut wissen.

„Man ruft mich Mime. Woher du kommst, das weiß ich wohl, aber was dein Begehren ist, das weißt wohl nicht mal du."

„Ich bitte Euch um ein Obdach und Essen und Trinken. Für eine Nacht, das würde mir schon genügen. Vielleicht könnt Ihr mir helfen?"

„Ich dir helfen? Welchen Grund sollt ich armer Schmied nur haben, einen Fremden, der seines Weges Sinn nicht kennt, zu Obdach zu verhelfen? Vielleicht noch in meines bescheidenen Hauses Stube?"

„Ich habe nur wenig Geld. Aber ich könnte Euch zur Hand gehen, beim Schmieden oder Holzschlagen. Ich verstehe mich auch auf das Vieh."

Der Zwerg betrachtete Armin von Kopf bis Fuß.

„Siehst du viel Vieh, das mir die Kräfte raubt und für dessen Pflege ich eines Knechtes Hand bedürfe?"

Unweit der Hütte scharrten ein paar Hühner, Armin hörte eine Ziege meckern und ein Esel sah neugierig aus dem Gatter. Sonst waren keine Tiere zu sehen, die er hätte hüten können.

„Ich kann für mein Brot hart arbeiten. Soll ich Euch diesen Stamm dort schlagen?"

Er ging zu einem Hauklotz, ergriff die Axt und wollte sogleich einen Holzscheit zerkleinern.

„Halt ein, halt ein. Ich glaube dir welch Kraft in deinem Arm. Aber hast du auch die gleiche Kraft unter deinem Schopfe?“

Armin schwieg und Mime betrachtete ihn noch einmal genau von oben bis unten. Schließlich sagte er: „Nun gut. Ich will dir diese Nacht ein Obdach gönnen. Doch zeige nun, welch Können du mit der Axt Klinge kannst beweisen. Siehst diesen Stapel du dort liegen? Bis der Sonne letzter Strahl versunken, musst du ihn zwingen. Dann möchte ich dir gern Obdach geben.“

Armin war müde und erschöpft. Er wusste nicht, wie weit er seine Aufgabe schaffen würde, doch er machte sich sogleich daran und hieb die groben Holzklötze in handliche Scheite. Der Zwerg beobachtete ihn mit listigen Augen als reife ein Plan in ihm. Doch Armin kümmerte das nicht. Er schlug das Holz, und schließlich begann auch der Zwerg wieder mit seinem Handwerk.

Am Abend hatte Armin den Stapel zu Scheiten zerkleinert und er saß mit dem Zwerg in der Stube am offenen Feuer, über dem ein Kessel mit Suppe brodelte. Der Zwerg reichte ihm eine Schale mit Suppe und auch einen Kanten Brot.

Sie sprachen nicht viel. Und Armin war nach der schweren Wanderschaft, der Flucht und dem Tagwerk erschöpft. Er aß sein Essen, und als er fertig war, wandte sich Mime an ihn.

„Ich werde dir dein Nachtlager weisen. Du wirst in Metkes Stalle nächtigen“, sagte der Zwerg. Mit einer Laterne voraus wies er ihm den Weg in den Stall.

„Deines Lagers Platz kannst in der Ecke du dort richten.“

Ohne ein weiteres Wort war er verschwunden und Armin streckte seine müden Glieder ins Stroh. Es war angenehm, nicht in der klammen Kälte zu schlafen. Die Ziegen waren friedlich und ließen ihn in Ruhe. Und so schlief Armin seit langem wieder mit einem Dach über dem Kopf.

Am nächsten Morgen wurde er durch das Meckern der Ziegen geweckt. Er trat aus dem Stall. Der Himmel war mit Wolken verhangen und er fror ein wenig.

Da kam der Zwerg aus der Hütte.

„Bist du Tor den Träumen schon entronnen? Marsch ans Werk. Nur der Träge verschläft den Tag. Bis Mittag hast den Stall du gerichtet, Metke, Henning und Kratzefuß dürstet und hungert es. Im Schmiedeofen ist die Glut erloschen… Marschmarsch, ans Werk."

Und noch ehe Armin etwas erwidern konnte, hatte der Zwerg die Tür der Hütte zugeschlagen und war mit einem Leinensack im Wald verschwunden. Was sollte er nur machen. Er hatte Hunger. Sein Brot war fast verbraucht und etwas hinderte ihn daran, auch den letzten Kanten zu verspeisen. Er wollte sich aber auch nicht ungefragt an den Vorräten des Zwergs bedienen.

Nur zögerlich machte er sich also ans Werk. Er ärgerte sich, dass er sich von einem Zwerg so herumkommandieren ließ, zumal er ihn überhaupt nicht kannte und auch nicht in seiner Schuld stand.

Und während er sich zu schaffen machte, fiel ihm ein, dass er den Zwerg gar nicht darum gebeten hatte, noch einen weiteren Tag zu bleiben. Wieso nur wollte ihn der Zwerg weiterhin bei der Hütte halten? Am vorigen Tage schien er eher abweisend.

Es begann leicht zu schneien, und als Armin die Ställe gereinigt und die Tiere gefüttert hatte, machte er sich daran, das Feuer am Schmiedeofen neu zu schüren. Während seiner ganzen Arbeit hatte Armin das Gefühl, beobachtet zu werden, doch sehen konnte er weder Mensch, Tier und auch Mime nicht. Je länger er über das Verhalten des Zwergs nachdachte, desto ärgerlicher wurde Armin und er war fest entschlossen, nach dem anfachen der Glut den Zwerg zur Rede zu stellen und etwas zu essen für seine Arbeit zu fordern.

Es war Abend geworden, als die Holzkohle endlich glühte. Da erblickte er Schwerter und Dolche in einer Ecke unter einem Sack. Vorsichtig zog er den Sack beiseite und betrachtete sie eingehender. Sie waren reich verziert mit fremden Zeichen und Symbolen, wie er sie schon bei Rangold am Dolch gesehen hatte. Er erinnerte sich an die Worte, die der Uhu ihm im Traum zugeraunt hatte. „Eisen“, „Zeichen“...War er hier an seinem Ziel angekommen?

Als er sich aufrichtete, stand plötzlich der Zwerg hinter ihm.

„Hast du getan, wie ich dir geheißen?“

Armin erschrak kurz. Verwirrt sagte er: „Ja, wie Ihr es wolltet.“

„Nun gut. Dann trolle dich nun.“

Jetzt kam Zorn in Armin auf. Er war dem Zwerg für die Unterkunft und das Essen dankbar gewesen, aber nun schien Mime eine Grenze überschritten zu haben.

„Ich bin nicht dein Sklave, Zwerg. Für die heutige Arbeit fordere ich etwas zu essen.“

„Für die heutige Arbeit war kein Lohn ausgehandelt. Du hättest dich von dannen machen können. Wer hätte dich gehalten?“

Nun war es Armin genug. Er trat auf Mime zu und packte ihn am Wams. „Du falscher Zwerg. Achte auf deine Worte, Mime. Ich danke dir für Obdach und Speise und bin gerne bereit, dir zur Hand zu gehen. Aber für die heutige Arbeit wirst du mir zu essen geben.“

Der Zwerg sah ihn prüfend an.

„Willst du mir drohen?“

Armin zögerte. Drohen wollte er ihm nicht. Aber seine Zeit beim alten Fiete hatte ihn zu sehr geprägt. Er ließ den Zwerg los.

„Nein, drohen will ich nicht. Aber ich habe dir die Ställe gerichtet und das Feuer geschürt. Ich habe Hunger und bitte dich um etwas zu essen und zu trinken.“

Der Zwerg sah ihn nochmals prüfend an. Es schien in seinem Kopf zu arbeiten. Schließlich winkte er Armin, ihm in die Hütte zu folgen. Dabei grummelte er etwas in seinen rauschigen Bart, das Armin nicht verstand. Der Zwerg kochte etwas im Kessel über dem Feuer und sie aßen am Tisch.

Nach langem Schweigen ergriff Armin wieder das Wort.

„Du lebst allein im Sachsenwald und schmiedest. Was treibst du hier?“

„Neugier ist kein guter Begleiter. Zuviel der Kunde ist nicht weise.“

„Ich habe vorhin die Schwerter, Dolche und Helme in der Schmiede gesehen. Schmiedest du sie selbst?“

„Was hättest du damit zu schaffen?“

„Du könntest mich in der Kunst des Schmiedens unterweisen.“

Der Zwerg kniff die Augen zusammen und Armin fuhr fort.

„Ich werde hart arbeiten und lernen. Es soll nicht zu dienem Schaden sein. Ich kann dir viel Arbeit abnehmen. Ich habe gesehen, was du für Schwerter und Dolche schmiedest und...“

„Was willst du mit Schwertern und Dolchen? Kannst denn ihren wahren Wert du schätzen?“

Noch ehe Armin antwortete fuhr Mime fort:

„Schon einmal trat ein Recke vor mich hin und forderte Unterweisung. Er ward ein Held. Sein starker Arm schlug meinen Amboss entzwei. Er würgte Meister Petz und erschlug Fafner in der Berge Klüfte. Doch das Schwert, welches er geschmiedet, es brachte ihm kein Glück. Er hob einen Schatz, der ihm Verderben brachte. Zu gierig ist der Menschen Wesen. Lasse ab von der Suche nach Gold und Geschmeide. Reichtum schafft Neider. Neider schaffen Tod. So war es schon immer in der Menschen Not.“

Wo hatte Armin diese sagenhafte Geschichte schon gehört?

„Versuchst Ruhm und Ehre du zu erlangen?“

„Ich bin nicht auf der Suche nach Ruhm“, antwortete Armin. „Gewiss, ich bin einem Abenteuer nicht abgeneigt. Aber bisher fand ich nur Abneigung und Zweifel.“

Mime zögerte. Dann zog er aus einem Beutel ein paar Kräuter hervor.

„Kannst du dieses Kraut mir nennen?"

Armin besah es sich und erkannte es sofort. Um Rangolds Hütte war es zuhauf gewachsen.

„Das ist Sumpfmoos und die Blätter dort gehören der Ringula."

„Wo hast du es gesehen?"

„Ich habe im Teufelsmoor gelebt und wurde in vielen Dingen unterwiesen."

Mime sah Armin durchdringend an.

„Wer hat dich unterwiesen?"

„Es war ein Einsiedler, der sich in den Sümpfen auskannte und dort lebte."

Schweigen. Schließlich sagte Mime: „Nun gut, ich will es bedenken. Doch warne ich dich. Ist da ein Arg im Spiel, so soll dich Gungnir treffen."

Am anderen Morgen wurde Armin schon früh durch den Hahn geweckt. Das erste Licht war draußen zu sehen, als er aus dem Stall trat.

Mime trat ebenfalls gerade aus der Hütte.

„Rasch ans Werk. Trage Holz zusammen, fach an die Glut. Los, ich werde dir deinen Wissensdrang schon stillen."

Und während Armin noch etwas müde, aber tatenhungrig ans Werk ging, sah ihm Mime zweifelnd zu.

So gingen die Tage ins Land. Mime schickte Armin ab und zu in den Wald, neues Holz zu schlagen, und ein anderes Mal zeigte er ihm, wie man den Hammer benutzte, um das Eisen zu schmieden. An manchen Tagen beauftragte Mime Armin, das Holz neu zu stapeln oder das Eisen mit dem Schmiedehammer zu walken. Es war eine Tagesaufgabe. Der Zwerg allerdings entschwand dann und wann mit einem Sack über der Schulter in die Tiefen des Sachsenwaldes und kehrte erst wieder zurück, wenn es zu dämmern begann. Der Sack aber war dann leer.

Armin wagte nicht zu fragen, woher er kam und was in den Säcken verstaut war. Doch Mime ahnte Armins forschenden Blick, wenn er sich erneut davonstahl.

Beim Kehren der Schmiede stieß Armin eines Tages erneut auf den Sack mit den Dolchen und erblickte die Zeichen auf Schaft und Klinge.

„Was sind das für merkwürdige Symbole und Zeichen auf den Dolchen? Ich habe sie irgendwo schon mal gesehen."

„Das sind die Zeichen der Götter. Die Runen tragen Weisheit und Los. Schon der Allvater ließ an den Füßen sich erhängen, um ihren Sinn zu erkennen."

„Ich kenne nur den einen Gott, dessen Sohn uns der Heiland war."

„Da siehst du es. Ihr entsagt den alten Weisen. Du siehst nur, was du glaubst und glaubst nicht was du siehst. Was weißt du von der Götter Zauber, die verborgen in jedem Baum, in jedem Fels? Heb diesen Stein dort auf und sage, was du fühlst."

Armin nahm den faustgroßen Stein und wog ihn mit der Hand.

„Du fühlst nicht die Kraft des Steins, nicht seine Macht. Sieh dort die Eiche. Was spricht sie? Kannst du hören, was der Wald dir sagt?"

Armin lauschte und hörte nur ein Knarren eines kahlen Baumes, der sich in einer leichten Brise hin und her wog.

„Ihr seid der Göttermacht nicht mehr vertraut. Könnt Runen weder lesen noch nennen."

„Dann weis mich in die alte Weise ein, damit das Wissen nicht verloren geht."

Mime wurde verschlossen. Sein Blick schweifte in die Ferne.

„Unsere Zeit ist abgelaufen. Längst habt den Göttern ihr entsagt. Redet nur von dem einen Gott und dem Heiland.

Die Dämmerung ist aufgezogen..."

Und während er dies sprach, krächzte ein Pflückebeutel, der auf dem Giebel saß und mit seinen Augen auf sie herabfunkelte, dass Armin erschrak.

„Du siehst, auch die Götter sehen ihr Ende."

Pflückebeutel krächzte erneut und Mime sah grimmig zu ihm hoch. Er zögerte und sah nach einer Weile Armin prüfend an.

„Was schreist du durch die Wälder, Pflückebeutel? Er kennt noch nicht einmal der Sagen Schatz und Mär!"

Pflückebeutel sah beide durchdringend an.

Mime sah vom Raben zu Armin.

„Nun gut. Wenn es des Allvaters Wille ist, so will ich ihn weisen", grummelte Mime leise und mürrisch, so dass Armin ihn kaum verstand.

„Doch sag, was ist die Weisung dir wert? Nichts ist ohne Gegenwert."

Armin überlegte kurz und erinnerte sich an die Worte von Rangold. Er griff in seinen kleinen Beutel und zog einen Stein des Skythenmeergoldes hervor.

„Ich will dich für die Lehre bezahlen."

Als Mime den Stein erblickte, flammte plötzlich ein Feuer in seinen Augen auf. Voll Neugierde trat er näher und besah sich die Steine. Armin konnte einen Anflug von Gier in Mimes Augen sehen. Der Zwerg wusste sofort, was für Steine er vor sich hatte. Er wollte einen Stein ergreifen, doch Armin war schneller und zog den Beutel an sich.

„Nicht so eilig, listiger Zwerg. Du sollst deinen Lohn erhalten. Doch erst will ich sehen, ob du auch willens bist, mich das Handwerk zu lehren."

Mime verkniff das Gesicht.

„Da nagt ein Zweifel? Wohlan, ich will dich lehren. Aber bedenke, dass ein unzertrennlich Band mit des Sachsenwaldes Tiefen dich verbindet. Schlägst du ein in den Pakt, bist auf ewig du gebunden, bis dein Meisterstück du hast vollbracht. Du wirst den Tiefen des Waldes nicht entrinnen, keine fernen Gefilde erkunden, wirst auf ewig arbeiten, bis dein Meisterstück du hast vollbracht. Du wirst mir dienen und gehorchen, bis dein Meisterstück du hast vollbracht. Du kannst dem Banne nicht entrinnen, bis dein Meisterstück du hast vollbracht."

Es schien wie ein magischer Spruch zu sein und in Mimes Stimme schwang eine leichte Melodie.

„Worin besteht das Meisterstück?"

„Du Tor. Hast die Weisung du geendet, wirst du weisen müssen, was ich dich gelehrt. Wirst schmieden ein Schwert, welches Gram gleicht."

„Wer ist Gram?"

„Da hast du es", fluchte Mime Pflückebeutel zu. „Er ist dieser Kunst nicht würdig." Grimmig wandte er sich Armin zu. „Es ward der Held, der schmiedete das Schwert, um den Lindwurm zu erschlagen. Dies Schwert ward Gram genannt. Ein wahrhaft göttliches Schwert. Von Odin gegeben, von Odin zerschlagen, von des Helden Hand wieder zusammengefügt und geschmiedet."

Armin dachte nach. Der Knechtschaft war er gerade erst entronnen. Sollte er sich wieder in einem Pakt binden, aus dem er womöglich nicht entkommen konnte? Aber wie sollte der Zwerg ihn schon aufhalten. Selbst wenn Mime auf ihn achtete. Wenn Armin es leid war, im Wald zu leben, dann würde er einfach davonlaufen.

Dennoch wollte er sein Wort erfüllen. Es gab nichts Schlimmeres, als sein Wort zu brechen. Der alte Fiete hatte mehr als einmal sein Wort gebrochen. Ihm hatte er sich nicht mehr verpflichtet gefühlt. Armin reizte es, die Kunst des Schmiedens zu lernen. Aber war er auch bereit, sich in erneute Abhängigkeit zu begeben? Was konnte ihn schon halten, wenn er die Lehre verließ? Sicher, der Wald war mächtig und er schien allerlei Zauberei zu haben. Aber Armin fürchtete sich nicht. Außerdem wollte er es dem listigen Zwerg beweisen, dass er würdig war, das Handwerk zu erlernen.

Mime lachte verächtlich über Armins Zögern. „Zögernd steht der Tor vor mir. Nicht willens und nicht mutig, den Pakt zu schließen."

Armin wurde nun doch etwas zornig. Niemand sollte ihn als feige bezeichnen. Er fürchtete nichts und trat entschlossen vor den Zwerg.

„Glaube nicht, dass ich es nicht wage. Komm, listiger Zwerg, schlag ein. Ich will dir zeigen, dass ich nichts fürchte. Ich fürchte auch nicht das Band, das mich an den Sachsenwald bindet. Ich werde mein Meisterstück schon vollbringen und den Pakt erfüllen."

Armin hielt Mime die Hand entgegen und gleichzeitig hielt er ihm mit der anderen Hand das Skythenmeergold entgegen. Mimes Augen leuchteten und funkelten. Er ließ sich nichts anmerken, doch seine Augen verrieten die Gier und das Verlangen nach dem Stein. Er grinste verschmitzt und schlug ein. Er wusste, dass er den Stein eines Tages besitzen sollte.

Armin spürte die starke Hand des Schmieds und in dem Augenblick, als sich die Hände umschlossen, fühlte Armin eine merkwürdige Kraft in seine Hand und seinen Körper fahren. Ein kalter, fester und unsichtbarer Ring legte sich um seine Hand. Fast wie ein eiserner Reif umschloss die Kraft seine Handgelenke. Er konnte die Hände frei bewegen, aber ein Zauber erinnerte ihn immer wieder an die Pflicht, die er nun eingegangen war.

Selbstzufrieden und überlegen sagte Mime: „Du bist nun gebunden. Nichts kann dich lösen. Erst das Meisterstück kann dich freien. Und wenn du es nicht schmiedest, so wirst auf ewig du in des Waldes Tiefen weilen. Der Bann hält dich im Wald."

Armin schauerte zunächst bei dem Gedanken, erneut gefangen zu sein. Die Dorfbewohner hatten ihn gewarnt. Aber er vertraute auf seinen Geist und seine Kraft. Er würde die Lehre durchstehen und auch das Meisterstück vollbringen.

„Wohlan. So nimm nun des Erzes Seele dort. Fach an die Glut, die Esse ist schon fast erkaltet. Nun siehst du, wie es der Meister tut."

Mit geschickten Händen, Griffen und Schlägen schlug der Zwerg das glühende Eisen, tauchte es ins Wasser, dass es zischte und dampfte, um schließlich wieder in die Glut zu gelangen.

Aber es dauerte Tage, bis Armin das erste Mal einen Hammer auf das Eisen niederschlagen konnte. Stets musste er die Glut mit dem Blasebalg erhitzen und die Kohle aus dem Kohlenmeiler heranschleppen. Es war eine harte Arbeit. Armin wurde schnell ungeduldig, denn schon bald glaubte er, der Zwerg habe ihn überlistet. Doch der höhnte nur.

„Was zauderst und was haderst du? Bevor du kannst das Eisen schlagen, du musst wissen, welch‘ Arbeit darin steckt. Es ist das Eisen nicht alleine. Der Esse Feuer muss lodern und heiße Glut verströmen. Zuerst du musst die Erde fühlen, bevor du sie betreten kannst.“

Neben dem Schmieden versorgte Armin auch die Tiere im Stall. Er schlug und sammelte Holz und ging zeitweise auf die Jagd. Mime schien mit den Tätigkeiten Armins zufrieden, auch wenn er es nicht sagte. Manchmal würdigte er Armin kaum eines Blickes und Armin wurmte es, dass er nicht vorankam. Und als würde der Zwerg den aufkeimenden Zorn Armins spüren, gab er ihm eines Tages den Schmiedehammer in die Hand.

„Nun sollst du zeigen, welch Kraft in deinem Arm.“

Armin nahm nun zum ersten Mal den Hammer. Er zog das Eisen aus der Glut und schlug mit dem Hammer darauf ein. Die Funken sprühten. Es war ihm ein schönes Gefühl, endlich aktiv etwas zu lernen.

In den kommenden Tagen gab er sich große Mühe, doch er wollte schnell zu viel und wurde ungeduldig. Dann und wann zerbarst ihm das Eisen oder er zerschlug den Hammerstiel.

„Die Hast deiner Hände und deines Geistes ist ein großer Fels in deinem Weg“, sagte Mime wieder einmal, als Armin die Geduld verlor. „Nur Ruhe und Verstand bringen am Tagesende dir das Pfand.“

Der Winter ging vorüber und der Frühling belebte den Wald zu Blüte und Leben. Wald und Flur waren voller hellgrüner Sprosse und weißer Blüten. Die Vögel und Insekten zwitscherten und summten. Und waren es die Stimmen in seinem Kopf oder hörte Armin hier und da ein Wispern und Flüstern in den Gräsern und den Bäumen? Je länger er bei Mime unterwiesen wurde, umso mehr schien es, als könnte er hören, dass die Natur mit ihm sprach. Es war geheimnisvoll, wenn auch nicht zum Fürchten.

Mühsam machte Armin Fortschritte. Während am Anfang seine Hände von der Arbeit noch blasig und wund wurden, so hatte er mittlerweile genügend Hornhaut und das Schlagen mit dem Hammer machte ihm keine Mühe mehr. Es kam der Tag, an dem er sein erstes Schwert schmiedete. Es war kein besonderes Stück, aber Mime schien mit ihm zufrieden zu sein.

„Doch ein Meisterstück ist es noch lange nicht", sagte Mime.

Armin war es, als verflöge nun die Zeit. Er war dem Zwerg nunmehr eine richtige Hilfe, auch wenn dieser immer noch häufig an seiner Arbeit herummäkelte. Armin glaubte fast, er könne es dem Zwerg nicht recht machen. Immer wieder sprach Mime vom Meisterstück, welches Armin am Ende zu schmieden habe und welches er bei seinen Fähigkeiten wohl nie erlangen würde. Aber Armin ließ sich nicht verdrießen.

Das Einzige, was Armin stutzig machte, war, dass er in all der Zeit, die er hier im Sachsenwald verbracht hatte, keinen Menschen gesehen hatte. Niemand hatte sich hierher verirrt. Das Geheimnis und die Macht, die von diesem Wald ausgingen, schienen so furchterregend, dass alle umliegenden Dörfer den Wald mieden. Zwar hatten alle Bewohner, die er getroffen hatte, vor dem Wald gewarnt, aber erst jetzt wurde ihm bewusst, dass niemand sonst aus freien Stücken in den Wald ging. Vielleicht war er auch nicht der erste, der sich bei Mime unterweisen ließ und nicht mehr aus dem Wald zurückkehrte?

Hin und wieder zog der Zwerg mit dem bepackten Esel Boldewyn davon. Er brach stets mit vollbepackten Säcken mit Schwertern, Helmen oder Kettenhemden auf und kehrte mit leeren Säcken oder Säcken voller Erz zurück. Armin zweifelte nicht daran, dass Mime die Waren verkaufte. Doch jedesmal, wenn er den Zwerg danach fragte, so antwortete dieser:

„Was kümmert es dich? Strenge dich an. Dein Werk ist noch lange nicht beendet."

Auch wenn Armin gute Fortschritte machte, meinte er, der Zwerg würde ihm nur zögerlich das Handwerk weisen und ihn nicht vorankommen lassen. Immer wieder sagte sich Armin, dass er geduldig sein müsse.

Immer wenn der Zwerg verschwand und manchmal erst Tage später wiederkehrte, musste sich Armin inzwischen um alles kümmern und auch die Tiere versorgen. Er fühlte sich mehr und mehr eingesperrt und fieberte dem Ende seiner Lehre entgegen. Er bat den Zwerg, dass er ihn mitnehmen solle. Doch der lachte nur schallend. „Hast die Bande du vergessen? Die Lehre zwingt dich in den Wald. Was sollst du mit der Schwerter Verbleib zu schaffen haben? Dein Geschäft ist die Schmiede."

„Doch woher bekommst du das Eisen?"

Normalerweise war Mime jetzt grummlig, denn er mochte es nicht, ausgehorcht zu werden. Aber er schien an diesem Tag gut gelaunt und sagte fast verschwörerisch:

„Von Norden kommen die Gotlandfahrer und bringen ihre Fracht. Mit Schiffen queren sie das Meer, um das Eisen in ihren Häfen zu löschen. Doch das soll dein Geschäft nicht sein."

Die Schwerter und Dolche, die Armin schmiedete, waren schon sehr gut. Auch die Helme und Schilde gelangen immer besser. Nur das Kettenhemd bereitete ihm noch Mühe und Mime wurde stets grimmig, wenn Armin wieder einmal an einer Kettenöse scheiterte. Der Zwerg spottete aber Armin sah Mime die Nickligkeiten nach. Er wurde aber das Gefühl nicht los, dass Mime ihn an sich binden wollte, damit er auf ewig für ihn arbeiten könne. Außerdem wollte Armin unbedingt wissen, wohin die geschmiedeten Waffen gelangten. Sicher, das Schmieden der Waffen dauerte seine

Zeit und so waren es auch nicht gerade sehr viele, die Mime wegbrachte. Aber Armin wollte es wissen.

Als Mime eines Tages wieder aufbrach, beschloss Armin, ihm zu folgen. Als die Schwerter, Dolche, Helme und Schilde wieder einen beträchtlichen Stapel bildeten, sprach Mime eines Abends zu Armin.

„Bis Neumond muss ich erneut von hier weichen. Ich habe anderes Werk zu schaffen. Du siehst, das Holz neigt sich dem Ende. Die Vorräte gehen zur Neige. Sammel Kräuter und Beeren. Und auch Henning, Kratzefuß und Metke fordern Nahrung. Sorge für sie und bereite alles, damit bei meiner Rückkehr ich dich weiter weisen kann."

„Wo willst du hin?"

„Das ist nicht dein Geschäft", sagte Mime wieder einmal knapp. „Tu, was ich dir aufgetragen."

Am nächsten Morgen zog Mime mit dem Esel davon. Auf das Tier hatte er den Sack mit den Waffen geladen und ließ Armin zurück.

Armin hatte die Tiere allerdings schon am frühen Morgen versorgt, ohne dass Mime es bemerkt hatte. Er wollte dem Zwerg folgen. Und als er glaubte, unbeobachtet zu sein, zog er sein kleines Bündel hervor und machte sich auf, Mime zu folgen. Vorsichtig folgte er ihm von Baum zu Baum. Mime sah sich nicht ein einziges Mal um.

Nach einer langen Zeit, es musste gegen Mittag sein, rastete der Zwerg auf einer Lichtung. Er ließ Boldewyn grasen und am nahen Weiher trinken. Mime streckte sich am Rande eines felsigen Hanges auf der Lichtung aus, während sich Armin hinter einer dicken Eiche versteckt hielt und den Zwerg beobachtete.

Die Zeit verstrich und Armin glaubte fast, Mime wartete auf jemanden. Doch dann zog der Zwerg weiter. Er schien Armin immer noch nicht entdeckt zu haben, stieg den felsigen Hang empor und verschwand im dichten Wald. Armin eilte ihm nach. Die Lichtung und den Weiher hatte er schnell hinter sich. Aber als er den Hang emporstieg, war Mime verschwunden.

Armin sah sich um und horchte. Nichts. Auch das leise Summen Mimes und die Hufe Boldewyns waren nicht mehr zu hören. Sollte Mime schon so weit gekommen sein?

Der Wald war nicht mehr so dicht wie bisher und Armin konnte weit gucken. Doch nichts wies auf den Zwerg hin. Auch auf dem Boden waren keinerlei Spuren zu sehen. Er war wie vom Erdboden verschluckt.

Immer größere Kreise zog Armin. Vielleicht hatte er eine Felsspalte oder ein verstecktes Loch in der Erde übersehen? Er sah hinter jeden Strauch, unter jeden Busch, erforschte jeden Baum. Doch der Zwerg und der Esel blieben verschwunden. Nichts deutete darauf hin, dass Mime jemals da gewesen wäre.

Vor Armin öffnete sich jetzt eine Lichtung, und als er hinaustrat, merkte er, dass es die gleiche Lichtung war, auf der Mime gerastet hatte. Armin war im Kreis gegangen.

Er ärgerte sich. Wie hatte er nur so dumm sein können? Den Zwerg würde er nun nicht mehr finden. Er musste jetzt einen zu großen Vorsprung haben. Und wenn er auch noch die Richtung geändert hatte, dann war es zwecklos, weiter nach ihm zu suchen.

Er gab die Suche auf und machte sich gedankenversunken auf den Weg zurück zur Hütte. Wo konnte der Zwerg geblieben sein? So weit weg war er auch nicht gewesen. Und Armin hatte gute Augen und Ohren. Hatte sich Mime mit einem Zauber versteckt? Hier im Sachsenwald schien alles möglich.

Er ging grübelnd zurück in die Richtung, aus der er gekommen war. Lange lief er durch den Wald. Er hatte am Vormittag nicht allzu gut auf den Weg geachtet, und der Teil des Waldes, den er jetzt durchlief, kam ihm nicht bekannt vor.

Als die Sonne den Horizont bereits erreicht hatte und Armin immer noch nicht an seinem Ziel war, musste er sich eingestehen, dass er sich verirrt hatte. Zweimal gelangte er erneut an die Lichtung. Er schien immer wieder im Kreis zu gehen. Er kam nicht voran, sondern war gefangen.

Wege gab es nicht. Die Bäume und Hügel kamen ihm mittlerweile vertraut vor, aber was nutzte es, wenn er den Weg zurück nicht fand? Irgendwo auf seinem Weg musste er einen Fehler machen, sonst würde er nicht immer wieder an die gleiche Lichtung gelangen. ‚Wieso hatte er unbedingt dem Zwerg folgen müssen?‘, ärgerte er sich. Doch noch vielmehr sorgte sich Armin darum, dass er den Wald nicht mehr würde verlassen können. Er begriff, was es mit dem Bund auf sich hatte, den er mit dem Zwerg geschlossen hatte. Es war ein Pakt, den man erfüllen musste, wenn man den Wald wieder verlassen wollte.

Nebel zog auf. Armin fürchtete sich nicht, doch er machte sich Sorgen um die Tiere, die ihm der Zwerg anvertraut hatte. Er hatte dem Zwerg sein Wort gegeben.

Die Dunkelheit brach herein und Armin irrte immer noch suchend durch die dunklen Tiefen des riesigen und geheimnisvollen Waldes.

Armin setzte sich am Fuße eines Baumes nieder und überlegte, wie er den Weg zur Hütte finden könnte. Er horchte. Vielleicht konnte er ja das Plätschern des Baches hören. Doch es war still.

Er verfluchte seinen Leichtsinn. Der undurchsichtige Zwerg hatte ihn zum Narren gehalten. Bei Dunkelheit hatte es keinen Sinn, durch das Dickicht zu stolpern. Vielleicht würde er mehr sehen, wenn der Mond höher stand und sich durch die Wolken durchkämpfen konnte? Er lehnte sich an den Baum und wartete. Dabei döste er vor sich hin.

Nach einer Weile erwachte Armin wieder. Er hatte tief geschlafen. Der halbe Mond stand hoch am Himmel und tauchte den Wald sein Spiel aus Licht und Schatten. Ein Geräusch hatte ihn geweckt. Und da, waren da nicht zwei Augen, die im Mondlicht glühten und zu ihm herüber stierten?

Er war sofort hellwach, ergriff seinen Stock und sprang auf. Doch schon konnte er nichts Ungewöhnliches mehr erblicken.

Ein unheimlicher, leichter Wind ging plötzlich durch das Gehölz. Armin hörte ein leises Wispern. Waren es die Bäume? War es der Wind, der durch das Gras strich und die Blättern hin und her wehte?

Reineke Fuchs bellte entfernt und seine Rufe hallten im Wald wider. Wenn es nun auch relativ still im Wald war, so spürte Armin eine gewisse Unruhe. Irgendetwas ging in diesem Wald vor.

Und dann war es ihm, als hörte er jemanden durch den Wald schreiten. Laub raschelte.

Da! Hatte er dort nicht eine dunkle Gestalt zwischen den Bäumen erblickt?

„Heda, bleibt stehen!“

War es wieder die dunkle Gestalt, die er damals auf der Lichtung schon einmal gesehen hatte?

Armin rannte los. Doch der Schatten war verschwunden. Oder war er nie dagewesen? Hatte er sich nur getäuscht? Er musste sich beruhigen, seine Kraft bündeln, sich konzentrieren. Er erinnerte sich an die Irrlichter der Moorhexe. Im Dunkel konnte er sich schnell verirren. Er setzte sich wieder gegen einen Baum. Er wollte wachsam sein. Aber seine Augen wurden schwerer und schwerer. Trotz der kühlen Witterung übermannte ihn schließlich die Müdigkeit und er schlief ein.

Und so bemerkte er auch nicht die dunkle Gestalt, die an ihm vorüberschritt, kurz verweilte, ein tiefes, leises Lachen von sich gab und dann zwischen den Bäumen wieder verschwand.

Das fahle Licht des Morgengrauens war ungemütlich. Die Kälte, die der Nebel über den Wald gebracht hatte, hatte Armins Glieder steif werden lassen und ihn geweckt. Er bewegte seine Knie, versuchte sie durch Reiben zu erwärmen und trat von einem Bein auf das andere. Er versuchte wieder Leben in seinen kalten und müden Körper zu bekommen.

Nachdem er ein bisschen Brot und Speck gegessen hatte, wollte er nun endlich den Weg zurück zur Hütte finden. Doch auch an diesem Tag schien es ihm, als irrte er mehr umher, als dass er auch nur überhaupt ein Anzeichen der Hütte oder seiner Umgebung finden würde.

Am Abend hatte er sie noch immer nicht gefunden und am Himmel war schon der Abendstern zu sehen.

Da erinnerte sich Armin an das, was Rangold ihn gelehrt hatte. Er wartete, bis es noch dunkler geworden war und blickte dann zu den Sternen auf. Den Nordstern hatte er schnell gefunden. Er erinnerte sich, dass er nach Osten ging, als er Mime gefolgt war. Grob bestimmte er die Richtung und ging durch den finsteren Wald nun gen Westen.

Armin fühlte sich nun wieder sicher, denn sein Verstand war ihm bisher stets ein treuer Begleiter gewesen. Es dauerte auch nicht lange und in der Ferne hörte er ein leises Plätschern und Säuseln. Es war der Bach. Jetzt war er sich sicher. Dies musste die Richtung sein. Er hielt auf das Plätschern zu und hatte bald den Bach erreicht, der an der Hütte vorbeifloss. Schon erkannte er trotz der Dunkelheit den einen oder anderen Baum.

Der Halbmond neigte sich bereits zum Untergang, als Armin endlich die Hütte erreichte. Er war erschöpft, aber erleichtert, die Schmiede wiedergefunden zu haben.

Mime war noch nicht zurückgekehrt.

Und als er noch einmal nach den Tieren geschaut und sich zum Schlafen legte, beunruhigte ihn dennoch die Tatsache, dass er diesen sagenumwobenen Wald wohl erst verlassen konnte, wenn er den Pakt erfüllt hatte.

Als Mime wie aus dem Nichts auftauchte, wirkte er grimmig. Irgendetwas schien ihn zu ärgern, doch Armin wagte nicht zu fragen. Er half ihm, die Säcke mit Erz und Eisen abzuladen und es sollte noch Tage dauern, bis sich Mimes Laune wieder besserte.

Die Wochen vergingen. Armin kümmerte sich um die Tiere, sammelte Kräuter und Beeren, jagte kleines Wild, besorgte das Holz und brannte Holzkohle daraus. Mime ließ ihn gewähren, denn er wusste, wie nun auch Armin, dass er den Wald nicht verlassen konnte.

Die Ösen der Kettenhemden gelangen ihm immer besser und auch wenn Mime stets einen Fehler fand, so wusste Armin, dass er gute Fortschritte machte. Er hatte sich gut mit dem Leben im Sachsenwald arrangiert und zweifelte nicht daran, eines Tages sein Meisterstück ablegen zu können, um den Pakt zu lösen.

Als der Herbst zu Ende ging, schmiedete Armin die Schwerter und Dolche fast so geschickt wie der Zwerg, wenn es auch noch an dem einen oder anderen Trick haperte, den Mime ihm aber auch nicht verraten wollte. Doch die Waffen waren schon von hoher Qualität und Güte. Scharf, fest und mächtig. Und Armin glaubte nun, das Ende seiner Lehre bald erreicht zu haben.

Er beschloss, sein Meisterstück zu schmieden, wollte dies aber unbeachtet tun. Mime sollte keinen Anlass finden, ihm in die Quere zu kommen. Sein Werk versteckte er hinter dem Holzstoß bei der Schmiede, so dass Mime es nicht finden konnte. Es sollte ein Schwert werden. Immer und immer wieder walkte er das Eisen. Es sollte sein bestes Stück werden. Die Klinge zerbrach immer wieder, aber mit der Zeit gefiel ihm sein Stück, und sein Werk kam voran. Der listige Zwerg mit seinen kräftigen Händen würde ihn nicht bis in alle Ewigkeiten im Sachsenwald binden, da war sich Armin sicher.

Das Jahr ging zu Ende und die Rauhnächte standen bevor. Sein Meisterwerk hielt Armin nun für fertig. Es war ein prächtiges Schwert. Gelegentlich hatte er es unbemerkt mit in den Wald genommen und seine Güte an Ästen oder Bäumen erprobt. Er hatte sogar am Schaft Verzierungen vorgenommen und es mit einem Lederband umwickelt. Er war stolz auf sein Schwert.

Es kam der Tag, da Mime erneut aufbrechen wollte.

„Du wirst mit deiner Arme Kraft des Morgens zur Hand mir gehen."

„Was meinst du?", fragte Armin, denn er half ihm immer, um welche Arbeit es sich auch handelte.

„Die Schwerter und Dolche, die geschmiedet, sie zieht‘s zu ihren neuen Herren. Du packst sie auf Boldewyns Rücken. Und schnüre sie gar fest. In der Sonne ersten Strahl breche ich auf. Du versorgst Hütte und Hof.“

Armin nickte, sagte aber nichts weiter. Er wollte dem Zwerg am kommenden Morgen das Meisterstück vorlegen, den Pakt erfüllen und ihm folgen. Die Neugier war groß zu sehen, wohin es den Zwerg zog, wenn er von den Gotlandfahrern sprach, denn er war sich sicher, dass Mime zu ihnen ging, um mit ihnen zu handeln.

Am anderen Morgen belud er Boldewyn.

Und als der erste Strahl der Sonne durch die Bäume schien und Mime aufbrechen wollte, stellte sich Armin in den Weg.

„Lass mich dich begleiten, Meister.“

Der Zwerg lachte. „Du Tor hast noch immer nichts gelernt. Wie willst du mir folgen, wo noch kein Meisterstück du hast geschmiedet? Hast den Pakt du schon vergessen?“

Armin zog nun sein Schwert hervor. Die Strahlen der Sonne spiegelten sich in der blanken Klinge. Armin hatte sie immer und immer wieder poliert. Er präsentierte es dem Zwerg. „Hier ist mein Werk. Nimm es. Es ist das Beste, das ich je geschmiedet habe.“

Mime verzog keine Miene. Er schaute etwas verächtlich auf das Schwert. „Du glaubst dies sei dein Meisterstück? Geschmiedet durch deine Hände? Mit welcher Kraft glaubst du, dies kühne Werk vollbracht zu haben? Wo ist der Zauber, wo die Macht? Nichts entzückt den Betrachter. Womit willst die Heldentaten du vollbringen? Dies Schwert ist aus Eisen, doch eines Meisterstückes nicht würdig.“

Armin wurde zornig. „Ich habe viel gelernt. Auf ewig wirst du mich nicht binden. Hier ist nun das Stück, meinen Pakt zu erfüllen.“

Der Zwerg sah ihn verächtlich und voller Grimm an. „Was weißt von Ewigkeit du Tor? Nichts hast du vollbracht. Auch Ewigkeit dich kann nicht retten.“ Und er sagte es mit Zorn und Verachtung. „Ihr Menschen glaubt stets zu enden, wenn ihr noch nicht begonnen. Dies soll dein Meisterwerk nun sein?“ Er nahm es Armin aus der Hand, wog es hin und her, dann ergriff er es mit beiden Händen und hieb auf den Amboss. Das Schwert, als wär es ein Stock, zerbarst im Funkenflug und die Bruchstücke fielen zu Boden.

„Das soll dein Meisterswerk nun sein?“, fragte Mime erneut verächtlich.

Armin starrte entsetzt auf die Reste seines Schwertes.

„Eines Menschen wär dies Schwert genug. Doch die Götter verhöhnen dich. Dies Eisen trug weder Zauber noch Seele. Du glaubst dich des Schmiedens kundig? Doch sieh dich um. Der Wald verhöhnt dich wie die Götter. Ein magisch Schwert zu schmieden, bedarf der hohen Kunst. Doch du kennst weder Runen noch Sage. Hörst nicht die Stimmen des Waldes und achtest weder Stein noch Wasser. Hörst den Spruch der Quelle du?“ Mime wies auf den kleinen Bach, der an der Schmiede vorbeilief. Armin schwieg, denn er hörte nur ein Plätschern.

„Nichts dringt in deines Geistes Sinn. Und glaubst du, dich mit den Göttern zu messen? Du Tor…“

Damit nahm Mime Boldewyn am Zügel und zog davon.

Armin stand noch lange am Amboss. Auch als Mime längst verschwunden war und Armin nicht mehr seinen merkwürden brummigen Gesang hörte, traute er sich nicht von der Stelle.

Der dunkle Wanderer

Die Enttäuschung war groß. Woher sollte er all die Magie lernen, die anscheinend nötig war? Mime lehrte sie ihn nicht.

Er schaute zum Bach, doch noch immer plätscherte nur das Wasser. Die Wut packte ihn. Er ergriff die Stücke seines zerbrochenen Schwertes und warf sie mit aller Kraft in den Bach. Sollten die Wassergeister mit dem Eisen spielen. Zu allem Überfluss begann es nun auch noch zu regnen. Dichte Wolken hatten sich vor die Sonne geschoben und entluden nun ihren Ballast. Doch Armin war es gleich, ob es regnete oder nicht. Er war gefangen in einem magischen Wald, dessen Magie er nicht begriff und nicht spürte. Was konnte ihm da der Regen schon anhaben?

Am Abend erinnerte sich Armin, dass die Rauhnächte heran waren. Die Wilde Jagd im Teufelsmoor war ihm noch allzu präsent, auch wenn sie bereits zwei Jahre zurücklag. Vielleicht sollte er sich von den Geistern mitreißen lassen? Wenigstens sie würden ihn wohl aus dem Sachsenwald hinfort reißen. Doch was würde mit ihm geschehen? Wäre er dann einer der Untoten oder eine arme Seele, die erneut nach Erlösung dürstete? Würde das Wilde Heer überhaupt kommen? Im letzten Winter hatte er es nicht bemerkt.

Die Tage vergingen und die Rauhnächte kamen. Armin zog aus, um Kräuter und Hagebutten zu sammeln. Er schabte Rinde fürs Mehl und ordnete all die Dinge, die sonst noch anlagen.

Eines Tages kam er von der Jagd. Er hatte ein Reh mit dem Bogen erlegt und ein Kaninchen gefangen.

Er weidete das Reh aus und während er sich daran machte, die Beute zu zerteilen, schrie Henning plötzlich laut auf. Er und sein Gefolge gluckten und gackerten aufgeregt und reckten die Hälse. Und auch Metke meckerte und zeterte aus Leibeskräften. Die Tiere waren vorher schon sehr unruhig gewesen, Armin hatte sich aber nichts weiter dabei gedacht. Und dann merkte er, dass irgendwer oder irgendetwas hinter ihm stand und schnaubte. Er drehte sich um.

Nicht weit von dem Platz, wo die Eingeweide lagen, stand Meister Petz. Er schnupperte an den Innereien und wankte nun langsam auf Armin zu.

Er war wie versteinert. Gewiss wusste er von dem Bären. Aber schlief nicht Meister Petz zu dieser Jahreszeit in seiner Höhle? Was sollte er nun tun? Bis zur Hütte würde er es nicht schaffen, denn der Braune war schnell. Außerdem würde er sich dann vielleicht sogar an Metke, Henning und Kratzefuß gütlich tun.

Kurzentschlossen griff Armin nach dem langen Stock, der nicht weit von ihm lag. Forsch, als hätte er sämtliche Angst verloren, trat er mit dem Weidemesser in der einen und dem Stock in der anderen Hand auf Meister Petz zu und schrie ihn an.

„Verschwinde, Braun. Lass ab von diesen Tieren! Sie haben dir nichts getan!“

Der Bär grummelte kurz, richtete sich dann brüllend vor Armin auf und überragte diesen nun um einiges. Doch Armin zögerte nur kurz. Schon schlug er mit dem Stock zu. Der Braunbär war unschlüssig.

Und wieder hieb Armin zu und stieß dann mit aller Kraft zu. Das gewaltige Tier verlor das Gleichgewicht und taumelte nach hinten um. Und bevor er sich wieder aufrichten konnte, hatte Armin erneut auf ihn eingeschlagen. Verdutzt und verwirrt wollte sich Meister Petz erneut aufrichten und seinen Gegner davonjagen, da bekam er auch schon den nächsten Hieb.

„Troll dich davon, Braun. Hier hast du nichts zu schaffen. Ich will dir sonst das Fell schon gerben.“

Und als er dies gerufen hatte, war es Armin, als wenn er seine eigenen Worte nicht verstand. Hatte er gesprochen oder gar gebrüllt? Merkwürdige Laute waren aus ihm hervorgedrungen. Als wenn er eine merkwürdige Sprache gesprochen hatte, die er nicht kannte und noch nie gehört hatte. Doch was war es für eine Sprache? Er konnte kein Wort dessen wiederholen, was er gesagt hatte.

Der Moment schien zu erstarren. Die Vögel waren verstummt. Kein Wind regte die Bäume. Armin stand mit dem Stock und dem Messer da, bereit, erneut zuzuschlagen. Der Bär stand ihm gegenüber und zeigte keine Regung. Die Zeit stand still.

Und als wenn er Armin verstanden hätte, brummte Meister Petz noch einmal beleidigt, wandte sich um und wankte gemütlich davon, bis er im Unterholz verschwunden war.

Langsam begann sich die Welt um Armin herum wieder zu drehen. Solch ein Erlebnis hatte er noch nicht gehabt. Der Bär hätte ihn in Stücke reißen können.

Da sah er Pflückebeutel auf einem nahen Ast sitzen. Er hatte offensichtlich die ganze Zeit dagesessen und sah nun Armin an. Er krächzte kurz und flog dann durch die Bäume davon.

Armin grübelte während der ganzen Nacht und des nächsten Tages über das Erlebnis nach. Meister Petz hatte sich einfach getrollt. Er hatte ihn vertrieben. Aber was hatte er gesagt? Oder vielmehr, wie hatte er das gesagt? Konnte er nun mit den Tieren sprechen? Hatte der verwunschene Wald ihn nun auch verzaubert?

Gegen Mittag zog ein unheimlicher Wind auf. Bald schon stürmte es. Die Fensterläden hatte Armin geschlossen und alles, was lose war, verzurrt. Die Tiere waren versorgt und die Stalltür fest verschlossen.

Am Abend sah Armin mit seiner Laterne nochmals im Stall nach den Tieren. Doch im Stroh war es warm und das ungemütliche Wetter blieb draußen.

Er trat wieder hinaus in den Regen, der eingesetzt hatte, und blieb stehen. Im letzten Licht des Tages sah er, nicht weit vom Bach, einen Wolf stehen, grau und wild. Unheimliche, funkelnde Augen sahen zu ihm herüber. Sollte Armin auch ihn vertreiben? Und da war auch noch sein Gefährte. Vielleicht war es auch ein Rudel. Konnten sie Böses wollen? Die Rauhnächte hatten begonnen, daran erinnerte Armin sich nun.

Er eilte in die Hütte und holte Pfeil und Bogen. Doch als er wieder hinaustrat, waren die Tiere verschwunden. Wenn sie aber versuchen sollten, sich am armen Vieh zu vergreifen, so würde er sie vertreiben oder totschlagen. Er musste auf der Hut sein.

Zurück in der Hütte setzte Armin einen Kessel über das Feuer und bereitete eine Suppe zu.

Der Sturm wurde stärker. Er zerrte an Tür und Läden, drohte unter das Dach zu fahren und ließ die Bäume rauschen und knarren. Der Regen trommelte gegen die Fensterläden und Armin konnte sich nicht erinnern, wann er das letzte Mal ein solches Unwetter erlebt hatte. Doch er fürchtete sich nicht. Nach Regen kommt die Sonne, sagte er sich.

Mittlerweile hatte es auch zu hageln begonnen und die Körner trommelten gegen die Fensterläden. Er stand gerade am Kessel, als es polternd gegen die Tür hämmerte.

Armin blickte auf. Von Rangold wusste er, dass er der Tür und den Läden fernbleiben musste, wenn das Wilde Heer durch das Land streifte. Aber noch hatte er keine Warnrufe gehört. Mime konnte es nicht sein. Neumond war erst in drei Tagen und der Zwerg wäre auch einfach eingetreten.

Mit einem lauten Krachen flog plötzlich die Tür auf. Der starke Windzug blies die Kerzen und die Laterne aus und ließ das Feuer unterm Kessel fast erlöschen.

Armin sah im Türrahmen eine unheimliche, große und dunkle Gestalt mit wehendem Umhang, dunklem Schlapphut und in der Hand einen großen Stock.

„Wer seid Ihr und was wollt Ihr hier?“, rief Armin gegen den Wind barsch und bestimmt, bereit, sich zu verteidigen.

Die Gestalt trat einen Schritt in die Hütte und sprach mit tiefer fester Stimme:

„Gewährt einem einsamen Wanderer Obdach gegen die Unbilden.“

Armin zögerte, denn er wusste nicht, wer diese unheimliche Gestalt war. Oder war es vielleicht der dunkle

Wanderer, den Armin schon des Öfteren glaubte gesehen zu haben? Vielleicht war es ein Dieb oder Schurke? Trotzdem sagte er:

„Nun gut. Tretet näher und schließt die Tür. Ich will Euch ein Obdach geben, solange das Unwetter tobt." Dabei schielte er zur Saufeder in der Ecke, die er zur Jagd auf Wildschweine benutzte. Falls er die Gestalt vertreiben müsste, wäre sie ideal.

Krachend fiel die Tür wieder zu und der Fremde trat mit schweren Schritten näher ans Feuer, das nun wieder höher schlug und den Raum erneut in ein schummriges Licht tauchte.

Ohne zu fragen stellte der riesige Wanderer seinen Stock an den Sims der Feuerstelle, trat an den Tisch und setzte sich an dessen Ende. Armin sah ihn forschend an.

Der Schlapphut verdeckte sein halbes Gesicht mitsamt dem linken Auge. Ein dichter Bart machte den Rest des Gesichtes fast unkenntlich.

Den Hut behielt der riesige Wanderer auf.

„Habt ihr Hunger? Ich habe ein Kaninchen im Topf."

„Haha, dein Werk will ich gern prüfen. Tisch auf den Äugler und bringe einen Kanten."

Armin stellte ihm eine Schale mit Suppe und Brot hin.

„So nehmt doch Euren Hut ab. Er wird Euch sicher stören."

Doch den Wanderer schien dies nicht zu stören und forderte stattdessen Armin auf:

„Was verweilst du dort am Feuer? Setz‘ dich und leiste mir Gesellschaft!"

Nach einer kleinen Pause antwortete Armin: „Ich muss ein Ohr und ein Auge auf das Vieh haben. Isegrim und Gieremund treiben ihr Unwesen."

Der Wanderer winkte ab.

„Geri und Freki sollen dein Schaden nicht sein."

Armin stutzte.

„Ihr kennt die Wölfe?"

„Nimm die Kerze dort und setze dich."

Armin setzte sich langsam.

„Was treibt Euch hierher in den Wald?"

Doch der Fremde schien auch diese Frage nicht gehört zu haben. Er löffelte in der Suppe und biss vom Brot ab.

„Du hast ein gutes Mal gerichtet."

Stille. Nur das Prasseln des Regens und das Knacken des Feuers waren zu hören.

„Was hat ein Recke wie du hier zu schaffen?", fragte nun der Wanderer.

„Ich hüte für meinen Meister das Vieh und das Haus."

„So? Ist das Hüten eines wackeren Burschen Los?"

„Mein Meister lehrt mich das Schmieden."

„Dann weißt du nicht, was deines Lebens Seele ist?"

„Doch", sagte Armin bestimmt, des Versteckspiels überdrüssig. „Ich will weiter…Weiter gen Osten. Ich will mir unbekannte Länder sehen. Fort von mir bekannten Staden. Die Menschen dieser Welt sehen." Armin sagte es so daher. Ob er das wirklich wollte, wusste er selbst nicht, da hatte der Wanderer Recht. Vielmehr fühlte sich Armin als Umhertreibender.

Der Wanderer sah ihn aus dem Schatten an, schwieg und löffelte die Suppe.

„Sagt mir doch, was Euch in den Wald treibt. Ihr seid wohl nicht von hier?"

Ein Donnergrollen ließ die Luft erzittern. Der Wind rüttelte an den Läden und peitschte den Regen dagegen.

Der Fremde antwortete aber wieder nicht. Er schob die Schüssel beiseite, zog einen Lederbeutel aus seinem Umhang, öffnete ihn, beugte sich vor und hielt ihn Armin hin. Und obwohl er die Augen das Fremden nicht sehen konnte, glaubte er, durchdringend angeschaut zu werden.

„Greif hinein und zieh", forderte der Fremde ihn geheimnisvoll auf.

Was wollte der Wanderer nur?

„Greif zu, es ist nicht zu deinem Schaden."

Irgendetwas ließ Armin vertrauen. Vorsichtig streckte er die Hand aus und griff hinein. Seine Augen ließ er keinen

Augenblick vom Wanderer. Als Armin die Hand herauszog, hielt er in ihr ein kleines rundes Holzstück, etwa so groß wie ein Taler. Er drehte es und hielt es zur Kerze. Ein geheimnisvolles Zeichen war eingebrannt.

Der Fremde betrachtete Armin. Und ohne hinzuschauen, als wüsste er genau, was das Zeichen zeigte, sagte er mit seiner tiefen Stimme: „Das ist Rad. Das bist du selbst."

Er hielt Armin erneut den Beutel hin. Und obwohl er nicht verstand, was passierte, zögerte er kaum. Als wenn sein Innerstes ihn lenkte, zog er erneut ein Holzstück heraus.

„Das ist Lagu. Das ist dein Weg."

„Was soll das alles bedeuten?", wollte Armin wissen.

Er hielt Armin erneut den Beutel hin und er zog noch einmal.

„Und das ist Odal. Das ist dein Ziel. Vergiss das nie!"

Solche Zeichen hatte Armin schon bei Rangold gesehen. Außerdem waren ähnliche Zeichen auf manchen von Mimes Schwertern und Dolchen. Und dann fiel es ihm wieder ein. Mime hatte von Runen gesprochen. Symbolen und Zeichen der Götter.

Das Kaminfeuer prasselte vor sich hin. Armin betrachtete die Runen. Was sollte er damit anfangen?

„Was wollt Ihr von mir?"

„Du bist noch nicht am Ende deines Weges."

Der dunkle Wanderer beugte sich wieder etwas vor.

„Folge der Straße des weißen Goldes gen Süden. Quere die Albia. Wenn das Waldland liegt hinter dir, verlasse den Weg, dem du bisher gefolgt. Ziehe zur Stadt des Löwen und wende dich dem Bergwald zu. Dort wirst du das Geheimnis finden."

Armin verstand nicht.

„Wo Druden sich zum Tanze treffen. Wo ihre Weisheit sie verkünden. Das ist der Ort, wo deine Prüfung du wirst enden."

Geheimnisvolle Stille umgab sie.

„Hab' Dank für das Mal", sprach der Wanderer dann plötzlich. Er steckte seinen Beutel ein, stand mit einem

Ruck auf, griff nach seinem Wanderstock und ging zur Tür. Er riss sie auf und der unwirtliche, regengetränkte Wind peitschte in die Stube und ließ das Feuer flackern.

Noch einmal wandte er sich um und rief Armin gegen das Unwetter zu:

„Willst du ein freier Recke sein, musst du die Nacht am Blocksberg stehen."

Er lachte laut auf, trat mit wehendem Umhang hinaus und die Tür fiel mit einem Krachen hinter ihm zu.

Allmählich löste sich Armin aus seiner Starre. War der Wanderer ein Wahrsager gewesen? Ein Druide gar? Was wollte er von ihm? Er sollte fort aus dem Sachsenwald. Sollte ein Geheimnis finden. Vielleicht einen Schatz, einen Zauber? Und was sollte das mit der Nacht am Blocksberg?

Die Runen lagen noch auf dem Tisch. Dann sprang er auf und rannte zur Tür. Doch als er sie öffnete, stand er alleine im Freien. Der Regen schlug ihm ins Gesicht und der Wind zerzauste seine Haare. Der Fremde war wie vom Erdboden verschluckt, als wenn sich Armin alles nur eingebildet hätte. Er spähte umher, sah in sämtliche Richtungen. Nichts.

Schließlich gab Armin auf und trat durchnässt zurück in die Stube und an den Tisch mit den Runen.

Er selbst, sein Weg und sein Ziel. So hatte es der düstere Wanderer geweissagt. Und was war das für eine merkwürdige Wegbeschreibung? Die Stadt des Löwen…Das Geheimnis im Bergwald suchen…Die Nacht am Blocksberg stehen…?

Er konnte sich auf alles keinen Reim machen, fühlte aber, dass er nicht für immer im Sachsenwald verbleiben sollte. Dass er eine Aufgabe hatte, ein Ziel.

Immer wieder verinnerlichte er sich die Wegbeschreibung, die der Wanderer ihm genannt hatte. Er versuchte, die Worte zu entziffern. Doch sie blieben ihm ein Rätsel.

Am ersten Tag nach Neumond kehrte Mime zurück. Boldewyn trug zwei kleine Säcke auf seinem Rücken und trottete folgsam hinter dem Zwerg her, der, wie so häufig, etwas verdrießlich wirkte. Was in den kleinen Säcken war, sagte Mime nicht. Er kümmerte sich auch selbst um sie und ließ Armin den Esel versorgen. An diesem Abend sprachen sie nicht viel miteinander. Mime war diesmal besonders grummlig und fragte nicht einmal, ob etwas in seiner Abwesenheit geschehen war.

Armin war das merkwürdige Wesen des Zwergs gewohnt. Vielmehr machte er sich in den kommen Tagen daran, sein Meisterstück zu planen. Mit den Runen in seinem Beutel und einem Ziel vor Augen hatte er nach seinem Debakel vor Mimes Fortgang nun wieder neuen Mut gefasst und war zuversichtlich, das Meisterstück zu schaffen. Es musste nur gut überlegt sein.

Der Winter brachte nun Schnee und Kälte. Einmal war der kleine Bach vor der Hütte beinahe zugefroren. Doch genauso schnell, wie der Winter mit Macht und bitterer Kälte gekommen war, so schnell war er auch schon wieder vorüber. Schon Ende Februar war der Schnee geschmolzen, der Bach plätscherte wie gewohnt dahin und als die ersten Märztage kamen, waren die Sonnenstrahlen schon recht warm und hauchten dem Wald den kommenden Frühling ein.

Eines Morgens trat Mime erstaunlich gut gelaunt aus der Hütte. Die dunkle und ungemütliche Zeit schien ihm nicht zu behagen und so hellte sich mit den ersten warmen Sonnenstrahlen seine Stimmung auf.

„Frühling schallt es durch den Wald“, sagte er zu Armin. „Die kalte Zeit zieht von dannen. Es scheint eine gute Zeit für große Taten. Ich geh im Wald nach Kräutern suchen. Richte Holz und Schmiede, damit gen Mittag das Schmiedewerk gerichtet werden kann.“

Mime nahm einen kleinen Beutel und verschwand mit brummigem Gesang im Wald. Armin wunderte sich über die gute Stimmung, aber das erste warme Licht der Sonne rief auch in ihm ein fröhliches Gefühl hervor. Wie schön es doch im Frühling war.

Gegen Mittag kehrte Mime zurück. Seine Stimmung war wieder wie gewohnt grummlig, wenn auch nicht unfreundlich. Sie machten sich ans Werk und Armin kam mit seinem Eisen, aus dem er einen Dolch schmieden wollte, gut voran. Es schien, als ginge ihm nun alles leichter von der Hand.

„In kommenden Tagen musst Acht du geben."

„Was meinst du?"

„Ich wanderte heute durch des Waldes Flur und fand Brauns Spuren in des Bodens Krume."

Armin erinnerte sich wieder an die Begegnung mit dem Bären kurz vor den Rauhnächten.

„Er soll sich nur noch einmal hier heranwagen, dann will ich ihm erneut das Fell gerben."

Mime kniff die Augen zusammen.

„Was sprichst du da? Erkläre dich!"

„Hatte ich es nicht erzählt? Es war in den Rauhnächten. Ich hatte gerade ein Reh und ein Kaninchen gefangen und ausgenommen, als sich Meister Petz an den Innereien gütlich tat und dann am Vieh vergreifen wollte."

„Was sagst du? Braun setzte seinen Fuß vor diese Hütte?"

Mime überlegte, als er dies fragte. Offenbar fürchtete er weniger den Bären selbst, sondern war eher überrascht, dass der Bär bereits vor der Hütte aufgetaucht war.

„Er schien sich weniger für die Hütte, als für das liebe Vieh zu interessieren. Ich war auch überrascht, ihn zu jener Jahreszeit noch hier anzutreffen und nicht schlafend in seiner Höhle."

„Du wiesest ihm den Weg?"

„Ich nahm einen Stock und drosch auf ihn ein. Und dann, als könnte ich seine Sprache sprechen, riet ich ihm, sich zu trollen. Und er schien mich zu verstehen. Kannst du das glauben?"

Mime machte einen verdrießlichen Gesichtsausdruck und kraulte seinen Bart. Pflückebeutel saß derweil auf dem Giebel der Hütte, sah auf beide herab und begann mit einem Mal zu krächzen, als wolle er die Worte Armins bestätigen.

Mime schenkte dem Raben jedoch keine Beachtung. Ihn schien vielmehr zu interessieren, was Armin weiter sprach.

„Zwei Tage später in den Rauhnächten kamen Isegrim und Gieremund. Die Wölfe standen dort, jenseits des Baches und lugten herüber. Und im nächsten Augenblick waren sie fort. Als wenn sie sich mit mir einen Spaß erlaubten.“

Mimes Blick wurde nun ernst und fast verärgert.

„Isegrim mit seinem Gefolge? Nenn mir die Zahl!“

„Ich konnte nur zwei sehen. Es war ein stürmischer Abend mit Regen und Hagel. Und dann waren sie plötzlich fort.“

Mime schwieg.

„Und als ich in der Hütte die Suppe bereitete, war da plötzlich ein dunkler Wanderer. Er kam aus der stürmischen Nacht und schlug an die Tür.“

„Wie ließ er sich rufen?“, fragte Mime vorsichtig.

„Er nannte seinen Namen nicht. Er beantwortete mir nicht eine einzige Frage. Ein komischer Kauz war das. Düster, als hätte er etwas zu verbergen.“

„Welches war des Wanderers Gestalt?“

„Er war groß, trug einen dunklen Mantel und hatte einen Schlapphut tief ins Gesicht gezogen. Ich konnte nicht eines seiner Augen sehen. Und in seiner riesigen Gestalt war etwas Merkwürdiges, Geheimnisvolles.“

„Was war sein Begehr?“

Mime war nun fordernder. Armin zögerte etwas, bedachte noch einmal das Geschehnis und sagte dann: „Er ließ mich aus einem Beutel Runen ziehen und sagte etwas von einem Geheimnis im Bergwald.“

Mime verzog das Gesicht und starrte gedankenversunken vor sich hin.

„Hat mich der Alte schon wieder zum Narren gehalten?“, grummelte Mime.

„Wer ist es gewesen? Kennst du den dunklen Wanderer?“

Mime sah nachdenklich in die Ferne, schien dann plötzlich unruhig zu sein und hatte einen Entschluss gefasst.

„Wer sollte einen fremden Wanderer kennen? Ich bin es nicht.

Doch nun sei beglückt. Du hast deine Lehre fast beendet. Morgen früh schon nimmst einen Kanten du mit dir und dann zieh hinaus in alle Welt und siehe, was das Leben dir bringt. Du hast ein gutes Werk verrichtet. Ich kann dir keine Weisung mehr geben."

Armin wurde unsicher. Wieso war mit einem Mal seine Lehre beendet? Er hatte zwar eine Menge über die Schmiedekunst gelernt. Doch es fehlte sein Meisterstück. Was hatte der Zwerg nun im Kopf?

Mime wollte in die Hütte gehen, doch Armin packte den Zwerg am Arm.

„Wieso plötzlich das Ende? Mir fehlt ein Meisterstück zum Ende meiner Lehre. So will es der Pakt."

„Oh. Wie wahr. Schmiede diesen Dolch hier fertig, es soll dein Meisterstück sein." Mime wies auf das Stück Eisen, das Armin gerade zu schmieden begonnen hatte. Doch Armin hielt ihn fest.

„Mime, du falscher Zwerg. Was verheimlichst du mir? Dieser jämmerliche Dolch soll mein Meisterwerk sein? Er ist noch nicht einmal wie jeder andere. Also, Mime. Sag, was hat das mit den Wölfen auf sich? Was geht hier vor in diesem Wald? Was sollen die Runen? Nun…?"

Mime druckste herum. Armin ließ aber nicht locker und packte ihn nun mit beiden Händen, die durch das Schmieden und die harte Arbeit stark geworden waren.

„Halt ein, halt ein", bat der Zwerg und versuchte sich aus dem starken Griff zu winden. Auch Mime war bärenstark, aber Armin hatte der Zorn gepackt und der konnte große Kräfte freisetzen. „Also…?" Armin ließ den Zwerg los. Dieser richtete sein Wams. Sein Gesicht wurde rot vor Zorn und er begann zu antworten.

„So sei es. Du Tor. Es waren dies nicht nur Isegrim und Gieremund. Es gibt nur einen, der des Nachts durch Wald und Hain sich treibt, begleitet durch sein wild Getier. Ich Narr hätt's wissen sollen. Doch kommt er, wann es ihm beliebt. Mal hier, bald dort und nirgendwo in aller Welt."

Düster und geheimnisvoll packte nun Mime Armin am Arm und sah ihn durchdringend mit funkelnden Augen an.

„Weise mir deine Zeichen, schnell!"

Armin holte die Runen aus seinem Beutel, den er immer bei sich trug. Mime griff nach ihnen und betrachtete sie. Dann sah er Armin mit glühenden Augen an und plötzlich kam geschäftiges Leben in den Zwerg.

„Rad, Lagu und Odal.

Dies bist du selbst, das ist dein Weg.

Das ist dein Ziel hinter Fluss und Steg."

Er schwieg eine Weile und sagte dann:

„Schnell, schnell. Auf du Recke, die Zeit der Weisung ist vorbei."

„Was meinst du damit?"

„Dein Meisterstück sollst du nun vollenden. Nimm Hammer du und Eisen. Fach an die Glut und wirke auf des Erzes Seele."

Er trieb Armin nun mit Eile an den Amboss. Armin wusste nicht recht, wie ihm geschah.

„Du musst den Hammer nun greifen. Zaudere nicht. Dies ist nun dein Werk, das zu enden du bereit sein musst."

„Du meinst mein Meisterstück?"

„Du Narr, zaudere nicht. Die Gestirne sind günstig. Ergreifst du jetzt nicht die Gunst, wirst dein Werk du nie vollenden."

Wolken waren aufgekommen. Die Sonne war längst nicht mehr zu sehen.

Armin nahm das glühende Eisen aus dem Feuer und walkte es mit dem Hammer. Es begann zu regnen und zu stürmen. Bald schon waren Wind und Regen so heftig geworden, dass sie sich zurufen mussten, um einander zu verstehen.

Und während Armin immer und immer wieder auf das Eisen einschlug, begann er zu verstehen. Seine Zeit war vorbei. Nun fügte sich alles zusammen. Er erkannte plötzlich mehr um sich herum. Das Rauschen der Bäume im Wind erklang in seinen Ohren nun wie Stimmengewisper. Die Bäume sprachen miteinander. Er hob einen Stein auf und spürte seine Schwere. Armin erkannte nun, dass der Stein schon seit unzähligen Jahren sein Dasein hatte. Er spürte die Gewalten des Windes und des Regens, er roch die Erde des mächtigen und alten Waldes. In Armin keimte plötzlich eine Kraft, die er zuvor nicht erkannt hatte.

„Spürst die Kraft des Waldes du? Dies ist die Kraft aus ewiger Zeit“, rief Mime gegen das Wetter an. „Nichts kann sich über diese Kraft erheben. Doch erkennen kann sie nur, wer um sich blickt, ohne nur der Augen Kraft allein zu nutzen.“

Schnell schürte Armin das Feuer, ergriff den Hammer und das Eisen und begann das Metall erneut zu walken.

Ein unheimliches Funkeln war nun in Mimes Augen.

“Fach an die Glut, das Eisen schmelze! Jetzt ist des Gesellen wahre Stund‘.“

Armin schmiedete das Eisen bis tief in die Nacht. Wieder und wieder warf er es ins Feuer. Und als er glaubte, fertig zu sein, tat er, wie Mime ihm geheißen.

„Und wenn du glaubst dem Ende nah, dann wirf das Eisen erneut in die Glut. Schmiede es erneut, erst dann wird deiner Hände Arbeit gut. Bei Sturm und Unbilden du musst dein Werk vollenden. Wotan muss mit seinem Hammer den letzten Schlag auf deiner Waffe Klinge setzen.“

Der Regen strömte und ging schließlich in Hagel über. Ein dumpfes Grollen kündigte ein Unwetter an. Längst war Armins Kleidung durchnässt, doch das störte ihn nicht. Schließlich war das Gewitter da. Blitz und Donner tobten über dem Sachsenwald. Armin aber fürchtete sich nicht. Immer und immer wieder warf er den Dolch in die Glut und schlug das Eisen erneut. Bald schon graute der Morgen und Armin hielt einen Langdolch fest in der Hand. Es war ihm leicht von der Hand gegangen und der Dolch schien besser als alles andere zu sein, was er bisher geschmiedet hatte.

„Nimm auf den Hammer!“, rief Mime erneut gegen den Sturm. „Du musst das Werk nun enden. Nutze die Kraft des Wetters! Noch fehlt der Waffe Seele.“

Noch immer tobten Blitz und Donner. Ein solches Unwetter hatte Armin noch nicht erlebt. Und Mime hatte Recht. Dem Dolch fehlte tatsächlich etwas. Irgendetwas ließ ihn unvollendet wirken. Und dann, als würde seine Hand geführt, schlug Armin mit geballter Kraft den Stahl auf den Amboss. Bei jedem Schlag, als wüssten unbekannte Mächte wann und wo er den Schlag setzte, grollte ein Donner durch den tiefen Sachsenwald. Und beim dritten Schlag, als wär der letzte Span vom Eisen gewichen, fuhr ein Blitz hernieder. Es gab einen gewaltigen Schlag und die Funken sprühten. Und als die Wucht und der Dampf verflogen waren, zog ein seltsamer blasser und blauer Schein über den Dolch.

Armin ließ den Hammer sinken. Er war fertig. Seine Muskeln schmerzten. Erst jetzt bemerkte er die Blasen an seinen Händen. Und dies, obwohl er durch die lange Zeit schon dicke Hornhaut hatte. Jetzt merkte Armin auch, dass der Regen aufgehört hatte und dicke Schneeflocken herabfielen. Jede Flocke, die auf den Dolch fiel, zischte auf dem Eisen und kleine Wasserkügelchen tanzten auf dem blauen Schimmer bis sie zur Gänze verdampft waren. Aber, als Armin die Klinge berührte, war sie kalt und scharf.

„Das Werk ist vollendet. Wotan hat seine Kraft gegeben", rief Mime fast triumphierend. Er schien durch das Schmiedewerk der letzten Nacht beinahe wie im Rausch und kicherte und feixte vor sich hin.

Armin wog seinen Dolch. Er lag fest in seiner Hand. Im Schein der Glut und des ersten Tageslichtes betrachtete er sein Werk und erkannte Runen, die eingebrannt die Klinge zierten. Es waren die Runen, die er aus dem Beutel des dunklen Wanderers gezogen hatte. Armin hatte sie nicht eingeritzt. Mit dem letzten Schlag und dem Blitz mussten sie in das Eisen eingebrannt worden sein. Er fühlte mit dem Finger über die Klinge. Sie war glatt und spiegelblank. So eine Waffe hatte er tatsächlich noch nicht geschmiedet und er spürte den Stolz in sich. Er hatte es geschafft. Er hatte seinen Dolch geschmiedet, sein Meisterstück vollbracht.

Der Fährmann

Das Wetter hatte sich zwar beruhigt, aber mit dem Unwetter war die Kälte zurückgekehrt. Schnee bedeckte den Waldboden mit einer dünnen weißen Decke. Die Vögel hatten ihr Frühlingskonzert unterbrochen, kauerten sich aufgeplustert auf den mit Frost überzogenen Ästen zusammen und warteten auf die Rückkehr der Frühlingswärme.

Auch Armin wartete auf das Ende des erneuten Wintereinbruchs, um aus dem Sachsenwald aufzubrechen und das Geheimnis im Bergwald zu suchen. Er war immer noch mit Stolz erfüllt und hatte aus seinem Meisterstück neue Kraft geschöpft. Während seines Tagewerkes hatte er immer und immer wieder seinen Dolch betrachtet, seine Schwere überprüft und über die blanke Klinge gestrichen.

Und als die Sonnenstrahlen wieder wärmer wurden und die dünne Schneeschicht endlich weggeschmolzen war, bereitete sich Armin darauf vor, den Sachsenwald zu verlassen.

Am ersten frostfreien Tag war Armin bereit. Er trat hinaus in die kühle Morgenluft. Die Sonne schickte ihre ersten Strahlen durch die Bäume und der Himmel war wolkenlos.

„Dein Meisterwerk nun ist vollbracht, der Pakt jedoch noch nicht erfüllt“, mahnte Mime unverhohlen hinter Armin.

Der wusste sofort, was Mime meinte. Er hatte sich schon gewundert, warum Mime ihn nicht schon früher an die Bezahlung mit dem Skythenmeergold erinnert hatte. Nicht, dass Armin es vergessen hätte.

Er zog seinen Beutel hervor und öffnete ihn. Mimes Augen stierten gierig nach den Steinen.

„Hier Mime, nimm diesen Stein.“

Armin zog einen kleineren Stein des Skythenmeergoldes heraus.

„Hab Dank für alles.“

Und dann, als er Mime den Stein in die Hand legte, löste sich das unsichtbare Band um sein Handgelenk und Armin fühlte sich befreit und erlöst. Er hatte schon beinahe vergessen, dass eine ungeahnte Last auf ihm gelegen hatte.

Mime nahm den Stein und steckte ihn in sein Wams.

„Sag mir noch, wo finde ich die Straße des weißen Goldes?"

Mime zeigte nach Osten.

„Wende dich der Sonne entgegen! Wandere durch die Tiefen des Waldes bis auf gepflasterten Weg du triffst. Dann hast die Straße du erreicht."

Armin bedankte sich noch einmal für alles, nahm seine Sachen und wanderte los, über den Bach der Sonne entgegen. Er verließ die gewohnten Gefilde. Das Wetter war gut, die Vögel sangen ihr Lied und er zog frisch und munter dahin. Er wusste nicht, was die Zukunft bringen würde. Aber er hatte ein Ziel. Er würde „das Geheimnis" suchen und die Nacht am Blocksberg stehen, auch wenn er nicht wusste, was es war oder was ihm bevorstand. Die Beschreibung des dunklen Wanderers blieb vage. Aber er würde den Weg schon finden. Wenn er erst die Straße des weißen Goldes gefunden hatte, würde sich auch der Rest ergeben.

Die Frühlingssonne stieg höher und höher und begann, den Schnee des letzten Tages zu tauen. Armin fand einen kräftigen Stock und benutzte ihn zum Wandern. Er kam gut voran. Kein Grenze, kein Hindernis, nichts stellte sich ihm in den Weg und er nahm den Sachsenwald mit anderen Augen wahr.

Am Mittag erreichte er eine gepflasterte Straße. Wie ein Band zog sie sich von Nord nach Süd. Und als er sie gerade betrat, kam ein Händler mit seinem Karren daher. Er war der erste Mensch, den Armin sah, seit er den Sachsenwald betreten hatte.

„He guter Mann, sagt, was ist das für ein Weg?"

Der Händler sah ihn ungläubig an, als müsste Armin die Antwort doch wissen.

„Das ist die Salzstraße."

Armin war erleichtert. Er hatte die Straße des weißen Goldes gefunden. Mit einem Lächeln fragte er:

„Wohin zieht Ihr?“

„Ich fahre nach Norden gen Lübeke. Wollt Ihr mich begleiten?“

„Nein danke. Mich zieht es gen Süden. Sagt, wie weit ist es bis zur Albia?“

„Bis zum Abend solltet Ihr sie zu Fuß erreicht haben. Kommt Ihr denn nicht von Norden? Woher kommt Ihr, dass Ihr nicht wisst, wohin die Straße führt?“

„Ich komme aus dem Sachsenwald und kenne mich in dieser Gegend nicht aus.“

Der Händler erschrak zunächst, als er den Namen des Waldes hörte, wünschte Armin noch einen guten Weg und trieb seinen Klepper vor dem Karren an, um schnell von Armin wegzukommen.

Armin kümmerte sich nicht um den Händler, beschloss, in Zukunft den Namen des sagenhaften Waldes zu vermeiden, und wanderte dann nach Süden der Albia entgegen.

Er war allein auf der Salzstraße, was ihn nicht verwunderte. Plötzlich aber blieb er stehen. Nicht weit vor ihm erblickte er einen umgestürzten Karren. Mehr konnte Armin zunächst nicht sehen. Doch er merkte, wie es mit einem Mal totenstill wurde. Der Sachsenwald schwieg. Das hatte Armin lange nicht erlebt. Seit er gelernt hatte, seine Umgebung zu sehen und zu hören, war ihm dies noch nicht vorgekommen. Nicht einmal die Vögel zwitscherten. Vorsichtig trat er näher, um sich die Sache genauer anzuschauen.

Es war tatsächlich ein umgestürztes Fuhrwerk. Das Geschirr des Karrens war zerbrochen und zerschnitten. Das Zugtier war nirgends zu sehen. Wenn der Wagen Ware geladen hatte, so war sie nun weg. Ein aufgeschlitzter Sack Mehl war alles, was zurückgeblieben war. Das Mehl war über die ganze Straße verstreut. Und dann erblickte er einen blutroten Fleck im Mehl.

Vorsichtig ging Armin um den Karren herum und erstarrte. Ein lebloser Körper lag auf dem Bauch und vom Hals her breitete sich eine rote Blutlache aus. Armin drehte den Körper um. Man hatte dem Fuhrmann die Kehle durchschnitten. Aber der Körper schien noch nicht lange ohne Leben zu sein, denn er war noch nicht leichenkalt. „Wegelagerer", fuhr es Armin durch den Kopf.

Und dann hörte Armin ein leises Flüstern. Der Sachsenwald begann zu wispern. Es war ein unheimliches Gehölz, wenn man mit ihm nicht vertraut war. Das Wispern war aufgeregt. Dann und wann hörte Armin das Wort „Gefahr" aus dem Raunen und Rauschen der Bäume.

Pflückebeutel war plötzlich am Himmel. Mit lauten Rufen und Geschrei drehte er seine Kreise.

Armin rannte los. Er lief, so schnell ihn seine Beine tragen konnten, weg von der Straße und in den Wald östlich der Straße. Er hatte kaum die ersten Bäume erreicht, als er hinter sich eine lautes Geschrei und Rufen hörte. Ein kurzer Blick nach hinten verriet ihm, dass sich fast ein Dutzend Gestalten aus dem anderen Waldrand lösten und hinter ihm her stürmten. Vor ihm baute sich eine dunkle Gestalt auf. Der Wegelagerer war hinter einem Baum hervorgesprungen und hatte eine dicke Keule in der Hand. Armin riss seinen Stock hoch, den er noch immer in der Hand hielt. Mit voller Wucht traf er den Schurken am Kinn. Der Stock zerbrach und Armin überrannte mit all seinem Tempo die Gestalt. Er kümmerte sich auch nicht um den Überrumpelten, der mit schmerzverzerrtem Gesicht zu Boden ging. Er musste schnell weg von diesem Ort. Hinter ihm ertönte lautes Gegröle. Es wurden Kommandos gerufen, die Armin aber nicht verstand. Ein Stein, offenbar mit einer Schleuder geworfen, prallte neben ihm gegen einen Baum. Er lief im Zickzack. Schon hörte er die dumpfen Pferdehufe auf dem Waldboden. Jetzt wurde es gefährlich, denn ein Reiter konnte ihn leicht einholen.

Er rannte in enges Stangengehölz hinein. Schon war er im Gebüsch verschwunden. Das Unterholz wurde unwegsam. Der Reiter mochte ihn zwar sehen, aber in dem dichten Gestrüpp musste er sein Pferd bremsen.

Armin rannte weiter. Seine Muskeln brannten. Sein Atem raste. Und dann hörte er Hundegebell. Er zückte seinen geschmiedeten Dolch und stellte sich mit dem Rücken an eine Eiche. Schon sah er die Bestie auf ihn zu hetzen. Er musste den richtigen Augenblick abpassen.

Trotz seines rasselnden Atems zwang er sich zu äußerster Konzentration und fasste den Dolch so fest er konnte. Das Tier preschte heran und setzte zum finalen Sprung an. Blitzschnell stieß Armin den Dolch auf das Tier vor. Die Wucht des Hundes warf Armin gegen den Baum und dann zu Boden. Ein starker Schmerz durchzog seinen rechten Arm.

Mit seinem Dolch hatte er den Rachen des heranspringenden Tieres durchbohrt. Am Nacken des Hundes kam die blutige Dolchspitze wieder hervor. In seinem letzten Reflex war das Maul zugeschnappt. Das Leder von Armins Wams hielt zwar stand, aber an einer Stelle war ein Fangzahn doch in den Unterarm gedrungen. Das Tier war tot. Mit Mühe öffnete er die Fänge und zog die mit Blut überströmte Hand und den Dolch heraus.

Schon hörte Armin die Verfolger herannahen. Er rappelte sich auf und eilte weiter durch den Wald. Die Laute der finsteren Gestalten wurden leiser und leiser. Schließlich wurden sie ganz vom Sachsenwald verschluckt.

Armin war längst nicht mehr im Trab, sondern im eiligen Schritt. Seine Lunge und seine Muskeln brannten. Er wusste nicht, wie lange er schon gerannt war.

Schließlich konnte er nicht mehr. Er setzte sich auf einen umgestürzten Baum, um zu verschnaufen. Von den Männern war tatsächlich keine Spur mehr zu sehen oder zu hören. Er bemerkte, dass er sich die ganze Zeit der Albia zugewandt hatte. Nicht weit entfernt lichtete sich der Wald und er konnte den Fluss sehen.

Die Schmerzen in seinem Arm wurden größer. Mit etwas Wasser und einem Lumpen wischte er das Blut vom Arm. Die Wunde war nicht tief, aber schmerzhaft. Am Ufer der Albia spülte er seinen Arm im Fluss. Aus seinem Beutel nahm er getrocknete Kamillenblüten. Er legte sie auf die

Wunde und wickelte ein nasses Tuch herum. Das sollte vorerst genügen.

Er blickte zurück auf den mächtigen Wald, der nun hinter ihm lag. Er war ihm Heimat, Unterschlupf und Lehrmeister gewesen. Es wunderte ihn nicht, dass sich in ihm nicht nur die guten Geister, sondern auch allerhand Halunken und Wegelagerer versteckten. Den Respekt und die Ehrfurcht der Menschen verdiente der Sachsenwald allemal, wenn Armin auch die Angst mancher für übertrieben hielt. Doch jetzt, wo er den Sachsenwald verlassen hatte, fehlte das Geheimnisvolle. Es war erstaunlich, welches Geheimnis, welche Kraft und welche Macht dieser Wald ausübte.

Armin überlegte, wie es nun weitergehen sollte. Die Straße des weißen Goldes hatte er hinter sich und nun hatte er auch die Albia erreicht. Sollte er wieder flussabwärts gehen, um eine Brücke oder Furt zu erreichen, die die Albia querte?

Nicht weit entfernt sah er plötzlich an einer kleinen Baumgruppe eine Hütte stehen.

Aus einem kleinen Schlot kräuselte sich eine Rauchfahne und am Ufer lag ein Kahn. Offensichtlich wohnte dort ein Fährmann. Vielleicht könnte er ihm helfen und ihn über den Fluss bringen.

Er ging ein Stück flussaufwärts und stand schließlich am Ufer. Auf der anderen Seite des Flusses lehnte eine dunkle Gestalt an der Hütte. Offenbar war es tatsächlich ein Fährmann. Es war Abend geworden und die Sonne lugte nur noch wenig über den Horizont.

„Heda, Fährmann! Hol über!“

Die Gestalt schaute zu Armin hinüber und zögerte.

„He. Fährmann! Hol über!“, rief Armin erneut, in der Hoffnung, er würde sich etwas beeilen und die wilde Meute käme zu spät.

Die Gestalt stieg gemächlich in den Kahn, machte das Tau los und stieß mit einem langen Stecken ab. Langsam steuerte der Fährmann den Kahn über das Wasser. Er schien keine Eile zu haben. Endlich langte er am diesseitigen Ufer an, entstieg dem Kahn und trat Armin näher.

Der Fährmann war eine düstere Gestalt. Er war nicht ganz so groß wie Armin, schien aber kräftig zu sein. Die Kapuze seines dunklen Umhangs hatte er tief ins Gesicht gezogen.

Trotz des Dämmerlichts konnte Armin ein vernarbtes, bartstoppeliges und raues Kinn erkennen. Die Kluft des Fährmanns war schmuddelig und verschmiert.

„Bringt mich über den Fluss“, sagte Armin.

Der Fährmann musterte Armin, vielleicht auch wegen seines forschen Auftretens. Nach langem, skeptischem Schweigen antwortete er schließlich mit gebrochener Sprache.

„Das kostet Euch fünf Pfennige.“

„Fünf“, rief Armin empört aus. „Ihr seid ein Halsabschneider und Wucherer.“

„Dann probiert es doch woanders oder Ihr schwimmt.“ Er lachte leise mit kratziger, höhnischer Stimme.

Armin besah sich den Fluss. Ausgerechnet hier war er recht breit und schien reißend.

„Ich gebe Euch zwei Pfennige.“ Obwohl ihm auch das zu viel schien.

„Gebt mir vier!“

Armin war des Feilschens überdrüssig. „Drei Pfennige und nicht mehr.“

Der Fährmann lachte wieder höhnisch. Dann wurde er plötzlich todernst, griff Armin am Arm und sagte mit tiefer drohender Stimme: „Ihr gebt mir vier und zahlt im Voraus. Woher weiß ich sonst, dass Ihr bezahlt? Am anderen Ufer gebe ich Euch vielleicht einen zurück.“

Armin war erbost über diese Maßlosigkeit. Aber es schien weit und breit die einzige Möglichkeit, die Albia zu überqueren, und die Wegelagerer mochten nicht mehr weit sein. Er willigte ein.

Der Fährmann grinste, bleckte sein löchriges, gelbes Gebiss und hielt seine Hand auf. Vom kleinen Finger fehlten zwei Glieder. Überhaupt war die Hand schmutzig und vernarbt.

Armin nestelte seinen Beutel hervor, zog vier Pfennige heraus und gab sie ihm. Dann hängte er sich den Beutel wieder an den Gürtel.

Der Fährmann ließ die Münzen in seinem Wams verschwinden und sie stiegen auf den kleinen Nachen.

Der Fluss hatte ordentliche Strömung. Dennoch fuhr der Fährmann sicher durch das Wasser. Er schien genau zu wissen, wo er abstoßen konnte und wo nicht. Je näher sie zur Flussmitte gelangten, desto unruhiger wurde die Überfahrt.

„Wie weit ist es bis…“, begann Armin, doch der Fährmann reagierte nicht im Geringsten. „He, Fährmann, Ihr seid wohl taub geworden!“ Doch dieser blieb stumm und stakste weiter.

Armin gab es auf. Er bereute es schon, dem finsteren Gesellen so viel Geld gegeben zu haben, und drehte sich wieder von ihm weg. Er musste sich irgendwie noch bis zum nächsten Wald oder Dickicht durchschlagen. Auch wenn es nicht kalt war, so wollte er nicht auf freier Flur sein Nachtlager aufschlagen.

Ein paar Krähen krächzten und drehten im letzten Sonnenlicht ihre Kreise über der Hütte des Fährmanns. Am Himmel waren wenige Wolken und Armin glaubte nicht, des Nachts noch Regen zu bekommen. Er hing ein wenig seinen Gedanken nach und überlegte, wie es wohl weiterginge.

Plötzlich fühlte er, dass sein Geldbeutel verschwunden war. Er drehte sich um. Der Fährmann stand gefährlich nah. Armin glaubte zu sehen, wie er etwas in seinem Umhang verschwinden ließ.

„Wo habt Ihr meinen Beutel?“

„Von welchem Beutel sprecht Ihr?“, höhnte er.

Und während Armin noch einmal nach unten blickte, ob ihm der Beutel nicht zu Boden gefallen wäre, stieß der Fährmann Armin mit dem Stab in die Seite. Der krümmte sich vor Schmerz und sackte leicht zusammen. Schon war der Fährmann bei ihm, entriss ihm auch noch sein Bündel und stieß Armin ins Wasser.

Das Wasser war bitterkalt. Die Schmerzen, die Armin vom Stoß erhalten hatte, waren schlagartig weg. Etwas anderes ergriff ihn nun wesentlich härter: Kälte und Nässe. Endlich kam Armin wieder mit dem Kopf an die Oberfläche und schnappte hektisch nach Luft. Die Kälte schnürte ihm förmlich die Lunge zu. Der Kahn war schon zu weit entfernt, als dass Armin ihn hätte erreichen können. Immer weiter zog ihn die Strömung. Der Fährmann stand auf dem Kahn, lachte laut und gehässig und rief Armin schallend etwas in einer fremden Sprache hinterher.

Ein plötzlicher Strudel zog Armin unter Wasser. Er strampelte und trat um sich, als wolle er all die bösen Geister, die ihm ans Leder wollten, abwehren. Seine Kleidung wurde schwerer und schwerer. Mit aller Kraft versuchte er, an die Oberfläche zu gelangen. Er bekam einen treibenden Ast zu greifen und zog sich mühevoll empor.

Endlich stieß er wieder mit dem Kopf an die Wasseroberfläche. Er schnappte nach Luft und klammerte sich an den Ast, der wenigstens etwas Halt gab.

Die Flussbiegung mit der Fährmannshütte war nicht mehr zu sehen. Die Strömung hatte ihn tatsächlich schon weit abgetrieben. Die nasse Kleidung zog unerbittlich an ihm und seine Kräfte begannen zu schwinden. Seine Muskeln krampften und seine Zähne klapperten vor Kälte bereits aufeinander.

Da sah er eine Furt, die durch die Albia führte. Doch der Fluss schien viel Wasser zu führen, denn er konnte keinen Boden berühren und so riss ihn das Wasser an der Furt vorbei.

Im letzten Licht der Dämmerung erblickte er eine günstige Uferstelle, stieß sich vom Ast ab und schwamm, so gut es ihm die nassen Kleider und seine erlahmten Muskeln erlaubten, zum Ufer. Endlich spürte er Boden unter den Füßen.

Mit letzter Kraft gelangte er ans rettende Ufer. Mühsam zog er sich aus dem Wasser und kam auf der grasigen Uferböschung zum Liegen.

Die nassen Kleider und die kühle Luft ließen ihn zittern. Auch ein sehr leichter und kühler Abendwind fuhr ihm in die Knochen. Normalerweise hätte er ihn kaum wahrgenommen. Aber mit der Nässe um ihn herum war es eine Tortur. Gekrümmt und zitternd lag er an einem Busch unweit des Ufers. Er musste sich unbedingt wärmen. Vielleicht gab es irgendwo Hilfe.

Er kam auf die Beine, musste sich bewegen, musste nach einem Feuer und einem trockenen Platz suchen. Armin begann zu gehen. Doch es war eher ein Schleppen.

„Herr gib mir Kraft!“, dachte er. Oder sollte er eher die Götter um Beistand bitten? Er wusste es nicht. Doch es wurde ihm auch mit jedem weiteren Schritt gleichgültiger. Er zitterte am ganzen Leib. Der Kälte und Nässe konnte er nur wenig entgegensetzen. Alles war nur noch ein Kampf gegen die Kälte. Er ging weiter und weiter, strauchelte hier und da gegen einen Baum, fing sich aber immer wieder.

Irgendwann konnte er nicht mehr. An einem kleinen Hügel aus überwucherten Steinen setzte er sich nieder. Er schlang seine Arme um sich und zitterte wie Espenlaub.

Aber von dem Grund, auf dem er saß, stieg plötzlich eine wohlige Wärme auf. Er fühlte, und tatsächlich spürte er auch mit der Hand Wärme. Es war, als wäre eine Wärmequelle in dem kleinen Hügel. Sie war nicht stark, aber fühlbar.

Armin konnte nicht mehr weiter. Er war erschöpft und fror. Zitternd legte er sich zusammengekauert auf den Hügel. Die sanfte Wärme behagte ihm. Er wusste nicht, woher die Wärme kam. Es war ihm auch egal. Würde die Nacht nur schnell vorübergehen.

Er dämmerte dahin. Seine Füße und Hände spürte er nicht mehr und auch das Zittern nahm er nicht mehr wahr.

Armin wusste nicht, wie lange er so gelegen hatte, als er eine Laterne sah, die sich einen Weg durch den Wald bahnte. Sie hielt auf ihn zu. Jemand hatte ihn offenbar bemerkt. Er erinnerte sich an seinen Dolch. Ihn hatte er noch bei sich. Zitternd zog er ihn und hielt ihn in der Hand.

Eine Gestalt mit einem Umhang hielt schließlich beim Hügel an. Sie strich die Kapuze vom Kopf und die Frau kniete nieder und leuchtete mit der Laterne in Armins Gesicht. Er hob seinen Dolch.

„Hab keine Angst. Den Dolch wirst du nicht brauchen", sagte die Frau.

Armin hielt ihn dennoch fest, auch wenn er glaubte, dass von ihr keine Gefahr ausging.

„Wer bist du?", fragt Armin flüsternd mit klappernden Zähnen.

„Ich bin Borbora."

„Was willst du von mir?"

„Ich bin gekommen, um dir zu helfen."

Armin war die Situation nicht geheuer.

Borbora trat etwas näher und hob die Laterne so, dass er ihr Gesicht sehen konnte. Es war hübsch und noch nicht sehr alt. Ihr Blick war weich und ihre Mundwinkel umspielte ein leichtes Lächeln.

„Lass mich dir helfen. du brauchst Wärme und Ruhe."

„Wwas mmachst du hier? Wwo kkkommst du her?"

„Ich habe nicht weit von hier meine Hütte."

Sie nahm ihren Umhang und hielt ihn ihm hin.

„Ich möchte dir helfen", sagte sie mit sanfter Stimme, legte Armin den Umhang um und half ihm, sich aufzusetzen und schließlich aufzustehen. Den Dolch hielt er immer noch krampfhaft in der Hand.

„Komm, es ist nicht weit."

Immer noch die Arme vor der Kälte schützend um sich geschlungen, ging er ein paar Schritte. Sie ging neben ihm her und stützte ihn etwas. Mit der Laterne leuchtete sie den Weg. Schnell ging es nicht, denn Armin war klamm und verkrampft. Einmal wäre er beinahe gestolpert, aber sie griff ihm unter den Arm und hielt ihn aufrecht. Es war ein weicher, aber trotzdem fester Griff. Armin war es sehr angenehm. Es war ein wohliges Gefühl in der Dunkelheit.

Sie erreichten bald eine Hütte. Borbora öffnete und ihm schlug eine angenehme Wärme entgegen. Aus dem Innern schien ein warmer Feuerschein.

„Komm herein." Sie machte mit der Laterne eine einladende Bewegung. Obwohl er noch immer skeptisch war, trat er ein. Was hatte er zu verlieren?

Es duftete nach Kräutern und Rauch. Wenn es auch zunächst etwas unordentlich schien, so hatte doch jede Sache ihren Platz. Ein bisschen erinnerte ihn die Hütte an Rangolds Behausung im Moor.

Borbora hatte die Tür geschlossen und stellte die Laterne auf einen Tisch.

„Du musst die nassen Kleider ausziehen."

Er tat es, obwohl er immer noch Zweifel hatte. Er hatte nicht einmal die Kraft, seine Blöße zu bedecken, als er vollkommen nackt dastand. Borbora wickelte ihn in eine geknüpfte Wolldecke.

„Setz dich ans Feuer."

Sie nahm seinen verletzten Arm, wickelte den Lumpen ab und blickte auf die Kamillenblüten.

„Wer hat dich das gelehrt?"

„Es war ein Einsiedler im Sumpf." Armin zitterte noch immer.

Borbora schwieg, schien aber zu wissen, von wem Armin sprach. Sie spülte die Wunde aus und versorgte sie mit neuen Blättern, Kräutern und Blüten, die Armin nicht kannte. Als sie fertig war, reichte sie ihm eine Schale mit Suppe.

„Hier. Das wird dich von innen wärmen."

Die Suppe roch würzig und nach Wurzeln.

„Wieso hilfst du mir?"

„Weil du in Not warst."

„Aber du kennst mich nicht."

„Muss man jemanden kennen, um ihm zu helfen?"

„Du weißt nicht einmal, wer ich bin."

„Oh doch, das weiß ich. Nur deinen Namen kenne ich nicht."

Armin war dies alles nicht geheuer, doch irgendwie war es fast wie damals bei Rangold.

„Ich heiße Armin." Er nahm einen Schluck von der Suppe.

Borbora sah die Runen auf Armins Dolch.

„Wo hast du das her?"

„Ich schmiedete es im Sachsenwald."

„Wer hat dich das gelehrt?"

„Es war ein Zwerg. Er nannte sich Mime."

„Mime - der Schmied", sagte sie leise vor sich hin während sie die Waffe begutachtete.

„Kennst du ihn?"

„Nein", erwiderte sie schnell. Borbora streute im Vorbeigehen unbemerkt von Armin Kräuter ins Feuer. „Du solltest jetzt ausruhen. Du musst Kräfte sammeln."

Die Anstrengungen forderten von Armin nun Tribut. Oder war es der plötzliche, wohlige Duft? Er streckte sich auf seinem Lager aus. Wie schön es war, die müden Glieder auszustrecken. Den Dolch legte er griffbereit neben sich. Auch wenn von Borbora keine Gefahr auszugehen schien, traute er ihr noch nicht vollkommen.

Wachhalten konnte er sich aber nicht mehr und fiel in einen tiefen Schlaf.

Mitten in der Nacht erwachte er. Obwohl er noch sehr müde war, hatte ihn irgendetwas geweckt. Der Raum lag immer noch im Halbdunkeln. Es musste noch tief in der Nacht sein.

Er sah Borbora um den Kessel in der Mitte des Raumes stehen. Das Feuer unter dem Kessel gab dem Raum ein geheimnisvolles Licht. Die Hütte war von den verschiedensten und betörendsten Gerüchen erfüllt. Borbora stand am Kessel. Mit halb geöffneten Augen, in vollkommener Konzentration versunken, sprach sie tonlos. Sie zerrieb Kräuter in ihren Händen und streute sie in den Kessel. Langsam ging sie um ihn herum, sprach wieder tonlos ein paar Worte, hob die Hände zur Decke, drehte sich und streute wieder Kräuter in den Kessel, in dem es hörbar blubberte. Beinahe sah es so aus, als ob sie tanzte.

Armin war nicht geheuer, was Borbora für ein Ritual vollfühte. Er wagte aber auch nicht aufzustehen oder sie gar zu stören. Er zog seinen Dolch dichter heran, bereit, sich gegen Attacken zu wehren. Dann schlief er wieder ein.

Am nächsten Morgen erwachte Armin mit einem Ruck. Ihm fiel sofort wieder ein, wo er war. Durch die geöffnete Tür und eine Fensterluke fiel Licht in die Hütte. Die Vögel zwitscherten draußen und der herrliche Frühlingsduft stieg ihm in die Nase.

Seine Kleidung lag trocken und ordentlich neben seinem Lager. Borbora war nicht zu sehen. Auch der große Kessel war verschwunden. Über einer kleinen Flamme blubberte das Wasser in einem kleinen Topf. Nichts erinnerte mehr an die Geschehnisse der Nacht. War alles nur ein Traum gewesen?

Er zog sich an als Borbora eintrat. Sie hatte einen Beutel umgehängt und wohl Kräuter oder Wurzeln gesammelt. Sie lächelte.

„Guten Morgen. Wie geht es dir heute?“

„Ich fühle mich gut. Ich habe…sehr gut geschlafen.“ Er zögerte etwas. Er wollte sie nicht direkt auf die vergangene Nacht ansprechen.

„Setz dich an den Tisch und iss etwas.“

Armin hatte tatsächlich großen Hunger. Das Brot und der Getreidebrei waren herrlich. Borbora setzte sich ihm gegenüber.

„Woher wusstest du, dass ich im Wald war?“, fragte Armin.

„Dass du kommen würdest, wusste ich schon lange. Aber dass du Hilfe bedurftest, das hörte ich erst kurz, nachdem du dort auf dem Hügel lagst.“

„Wer sagte es dir? Hat mich noch jemand anderes gesehen?“

„Überall sind Augen und Ohren. Und manchmal kommt ein Bote und berichtet dies und jenes. Es ist nicht mein Bote, aber manchmal gibt er auch mir Nachricht."

Armin kam diese Rede bekannt vor. Auch Rangold hatte so gesprochen.

„Sprichst du von Pflückebeutel?"

„Du kennst ihn?"

„Er ist häufig bei mir. Wenn er auch noch kein Wort mit mir sprach. Aber dann und wann scheint er mich zu beobachten. Ich hörte schon einmal, dass Pflückebeutel der Bote eines anderen ist. Wessen Bote ist er dann, wenn er nicht deiner ist? Niemand wollte mir darauf bisher eine Antwort geben."

„Kennst du den dunklen Wanderer?"

Armin wusste sofort, wen sie meinte.

„Ich traf ihn im Sachsenwald. Ist Pflückebeutel sein Bote?"

„Er ist einer von vielen Boten, die der dunkle Wanderer hat."

Als Armin gegessen hatte, saß er am Tisch und starrte nachdenklich durch die offene Tür in den Wald.

„Woran denkst du?", fragte Borbora.

„Ich kann nicht lange hier bleiben."

„Ich weiß. Wohin führt dich dein Weg?"

„Ich suche den Bergwald südlich der Stadt des Löwen."

„Warum der Bergwald?" Sie sagte es vorsichtig und mit Bedacht. Offenbar behagte ihr sein Wille nicht, doch Armin ging darüber hinweg.

„Das weiß ich noch nicht."

„Wer hat dich dorthin geschickt?"

Armin drehte sich zu ihr um und sah sie an. Zunächst wusste er nicht, ob er ihr alles erzählen sollte. Doch schließlich hatte er Vertrauen zu ihr gefasst.

„Der dunkle Wanderer kam in den Rauhnächten zu mir. Er ließ mich die Runen ziehen, die nun meinen Dolch zieren. Er sprach von einem Geheimnis im Bergwald und beschrieb mir den Weg."

Borbora sah in freundlich an.
„Kennst du den Weg?“
„Nein, noch nicht.“
„Aber du kennst die Wegbeschreibung?“
„Ja. ‚Folge der Straße des weißen Goldes gen Süden. Quere die Albia und lasse das Waldland hinter dir. Begebe dich zur Stadt des Löwen und wende dich dem Bergwald zu.‘ So sagte es der dunkle Wanderer.“
Er verschwieg den Rest der Anweisung. Warum, wusste er nicht, aber vielleicht war es gut, nicht allzu viel Wissen preiszugeben.
Nach einer Pause sagte er: „Das klingt alles sehr geheimnisvoll, nicht wahr? Kannst du mir sagen, wo ich das Waldland finde?“
„Das ist nicht schwer. Du folgst der Straße des weißen Goldes über die Albia weiter gen Süden und Osten. Das Waldland wirst du erkennen, wenn du in ihm bist. Und du wirst auch erkennen, wann du das Waldland hinter dir gelassen hast. Aber gib Acht! Nicht alle Menschen auf dieser Welt sind dir wohlgesonnen.“
Das wusste Armin nur zu gut und dachte an den Fährmann.
„Manche Menschen im Waldland haben Zweifel über ihre Zukunft. Sie wollen Waldläufern nichts Böses, doch sie fürchten sich vor Krieg und Gewalt. Nicht alles ist friedlich in diesen Tagen. Trage es ihnen nicht nach, wenn du sie triffst. Sie werden dich nicht verstehen.“
Armin schwieg und starrte wieder vor sich hin.
„Aber da ist noch etwas anderes, was dich treibt.“
Armin nickte.
„Zunächst muss ich mir mein Hab und Gut zurückholen. Kennst du den Fährmann weiter flussaufwärts?“
„Eine dunkle Gestalt. Ihm ist nicht zu trauen.“
„Er raubte mir meine Sachen und stieß mich in die Albia.“
Jetzt merkte Armin wieder seinen Zorn.
„Handele mit Vorsicht und Bedacht. Der Fährmann ist nicht alleine. Du bist dem Tod entronnen, ja. Aber fasst er

dich ein zweites Mal, so ist nicht sicher, ob er dich einfach wieder laufen lässt."

„Ich lasse mich von ihm nicht ein zweites Mal überrumpeln. Ich werde mir meine Sachen wiederholen. Er soll für seinen Diebstahl bezahlen. Er soll keine Reisenden mehr berauben. Ich muss nur den richtigen Augenblick abpassen."

„Hüte dein Gemüt. Rache ist kein guter Begleiter. Sie verleiht Kraft, macht aber blind. Du darfst nicht leichtsinnig handeln. Nutze wenigstens die Dämmerung und den Schutz der Dunkelheit."

Armin hatte den Entschluss gefasst, noch heute aufzubrechen, um vom Fährmann seine Sachen zurückzubekommen.

„Wie komme ich über die Albia? Als ich im Wasser trieb, sah ich eine Furt."

„Das ist die Furt bei Laveburg. Die Albia führt zu dieser Jahreszeit aber viel Wasser. Zu Fuß wirst du nicht hinübergelangen. An der Furt gibt es einen Schiffer, der bei Hochwasser die Albia quert. Du solltest bis zur Abenddämmerung bei ihm sein. Bei Dunkelheit fährt kein Schiffer mehr."

„Der Schiffer wird eine Bezahlung verlangen."

„Sage ihm, dass ich dich schicke. Er soll dich wohlbehalten über den Fluss bringen."

„Wieso sollte er mich unentgeltlich über die Albia bringen?"

„Wenn du ihm meinen Namen nennst, dann gib ihm auch dies hier." Borbora gab ihm eine getrocknete Salbei-Blüte. „Er wird verstehen und dich über den Fluss bringen."

„Was hat es mit der Blüte auf sich?"

„Manchmal nennt man mich nicht Hexe, sondern Heilerin. Gerade so, wie es den Unwissenden gefällt. Ich half einst seiner Frau, die im Fieber lag."

Armin verstand. Er hatte geahnt, dass Borbora eine Kräuterhexe war, es aber nicht gesagt. Dass sie so offen zu ihm sprach, wunderte ihn.

Am Nachmittag brach Armin auf. Borbora hatte ihm noch etwas Brot mit auf den Weg gegeben. Als er sich bedankte, sagte Borbora: „Manchmal wissen wir nicht genau, was Traum und was Wirklichkeit ist."

Armin sah sie an und schwieg.

„Aber nicht alles ist Traum. Du musst deinen Sinnen trauen, und lass dich nicht von deinem Weg abbringen. Du suchst nach Antworten, das weiß ich."

„Manchmal ist es schwer, Traum von Wirklichkeit zu unterscheiden."

„Du darfst dich von deinen Sinnen nicht täuschen lassen. Traue ihnen, aber lasse dich nicht täuschen. Es ist eine schwierige Zeit des Wandels. Viele streben gen Osten. Einige wissen nicht mehr, was sie glauben sollen. Vertrauen sie auf Gott oder folgen sie den Göttern? Ich kann dir nicht auf alles eine Antwort geben. Versuche aber mit offenen Augen und Ohren durch die Welt zu gehen. Glaube nicht alles, was man dir sagt. Zeiten des Wandels nutzen viele, um sich die Not und die Orientierungslosigkeit anderer zu Nutze zu machen. Es ist wichtig, die Augen zu öffnen. Vertraue auf dein Können. Lerne von anderen, aber sei wachsam! Manchmal ist es weise zu schweigen. Manchmal ist es aber wichtig zu sprechen. Du bist klug. Vertraue auf deinen Verstand und schärfe deine Sinne! Versuche, das aufzunehmen, was andere schon lange nicht mehr wahrnehmen. Höre auf die Alten, aber verweigere nicht das Neue."

Armin verabschiedete sich und ging zum Ufer der Albia. Ihr folgte er flussaufwärts und gelangte an die Furt bei der Laveburg. Ein fahrender Händler entrichtete gerade den Zoll an die Soldaten und wollte dann beim Schiffer an Bord gehen, der an seinem Kahn lehnte. Armin trat an den Schiffer heran.

„Hast du noch einen Platz, um mich über die Albia zu setzen?"

„Gewiss, gewiss. Das kostet dich einen Silberpfennig", sagte er freundlich.

„Borbora schickt mich. Sie bittet dich, mich frei über die Albia zu setzen."

Der Schiffer wurde grimmig. „Ich habe mit der Hexe nichts zu schaffen. Gib mir einen Silberpfennig oder du musst warten, bis das Wasser der Albia sinkt.“

Armin zog die Salbei-Blüte hervor und hielt sie ihm hin. Der Schiffer erkannte die Pflanze. Er sah sich verstohlen nach allen Seiten um. Dann steckte er die Blüte schnell ein und flüsterte: „Also gut. Besteig das Boot. Aber sage niemandem etwas davon.“

Armin verwunderte das Handeln des Mannes nur wenig. Er wollte aber keinen Streit und stieg ins Boot, denn er musste seinen Plan erfüllen.

Am anderen Ufer angekommen, hielt sich Armin flussaufwärts. Der bewölkte Himmel wurde dunkler und der Abend nahte.

Armin wusste nicht, wie lange er schon gegangen war, als er in der Ferne einen leichten Schein erblickte. Schnell war er aus dem Trott erwacht. Hinter einer kleinen Baumgruppe hockte er sich nieder und spähte zum Licht. Er konnte nicht genau sagen, ob er am Ziel war.

Vorsichtig pirschte er sich näher und die Umrisse einer Hütte zeichneten sich klarer ab, je näher er kam. Durch eine kleine Luke drang schummriges Licht nach draußen.

Armin duckte sich. Er zog seinen Dolch und schlich näher.

Er lugte hinein. Im Innern saß der dunkle Fährmann am Tisch. Armin konnte ihn von der Seite sehen. Vor ihm lag etwas, was der Fährmann näher untersuchte. Sonst war niemand zu sehen.

Armin schlich zur Tür, atmete noch einmal tief durch und stieß sie mit einem gewaltigen Tritt auf. Der Fährmann saß mit dem Rücken zu ihm. Noch ehe er sich umgedreht hatte, warf Armin sich über ihn und presste ihn auf den Tisch. Er riss ihm die Kapuze vom Kopf und blickte in ein vernarbtes hässliches Gesicht.

„Nun, du dunkler Fährmann. So schnell hast du wohl nicht mit mir gerechnet?“

Sein Gesicht war schmerzverzerrt, doch aus den scheinbar rot glühenden Augen sprühten Zorn und Hass. Er grinste Armin dennoch mit seinem löchrigen Gebiss an und sagte etwas in einer fremden Sprache.

„Wo sind meine Sachen?“, wollte Armin wissen.

Der Fährmann grinste nur. Dann wand er sich herum, spuckte Armin ins Gesicht und stieß ihn von sich.

Er war kaum auf den Beinen, als Armin ihn wieder an der Schulter packte, herumriss und gegen die Wand der Hütte schleuderte. Dann nahm er seinen Dolch und drückte die Dolchspitze an die Wange des Fährmanns.

Eigentlich wollte er dem Fährmann nur drohen und ihn nicht verletzen aber als die Klinge seine Wange berührte, schrie der Mann auf. Es war ein markerschütternder Schrei. Armin ließ ihn vor Schreck los und der Fährmann sackte zusammen. Er kroch in die hinterste Ecke der Hütte und kauerte sich wimmernd zusammen, während er seine Wange hielt. In der Luft hing der Duft verbrannten Fleisches. Armin starrte verblüfft auf die Klinge seines Dolches und befühlte vorsichtig die Spitze. Er fürchtete, sich zu verbrennen. Aber die Klinge war blank und kalt.

Langsam ging er auf den Fährmann in der Ecke zu. Er beugte sich hinunter, packte ihn am Kragen und schaute ihm ins Gesicht.

Der presste sich zitternd in die Ecke und starrte mit angsterfüllten Augen auf die Klinge. An seiner rechten Wange prangte nun ein Brandmal.

Armin hielt den Dolch zwar drohend, aber in sicherem Abstand zum Fährmann.

„Wo sind meine Sachen?“, fragte Armin noch einmal ruhig, aber bestimmt.

Der Fährmann zitterte und ohne seine Augen vom Dolch zu wenden, zeigte er auf einen Haufen an der Feuerstelle.

Armin deutete ihm mit dem Dolch an, sich nicht zu bewegen.

Langsam schob sich Armin zum Haufen aus Lumpen und entdeckte zu unterst tatsächlich seine Sachen mit seinem

Zunderbeutel, dem Schafsfell und allem anderen, was dazu ge-hörte. Selbst sein Umhang war dabei. Er nahm sein Bündel und ging wieder auf den Fährmann zu.

„Wo ist mein kleiner Beutel!"

Zitternd nestelte der Gefragte den Beutel hervor und warf ihn ihm hastig vor die Füße. Ein Blick hinein sagte Armin, dass nichts fehlte. Dann nahm er sein Bündel, verstaute alles andere wie immer und wandte sich dem Fährmann in der Ecke zu.

„Leg dich auf den Bauch!"

Der Fährmann zögerte und Armin kam mit seinem Dolch bedrohlich näher. Schnell warf sich der Mann bäuchlings zu Boden. Armin fesselte ihm mit einer dicken Kordel, die er in dem Haufen beim Feuer gefunden hatte, die Hände auf den Rücken. Vermutlich stammte sie von einer Mönchskutte.

Als er fertig war, zog er den Fährmann auf die Beine und stieß ihn vor sich her aus der Hütte.

Er wollte ihn ins Wasser stoßen, als ihm aus heiterem Himmel der Priester von Karlshöfen einfiel. Wieso er plötzlich an den Geistlichen dachte, mit dem ihn sonst nichts verband, wusste er nicht. Aber ihm kam der immer wiederkehrende Satz des Priesters in dessen Predigten in den Kopf: ‚Was du nicht willst, das man dir tut, das füg' auch keinem andern zu!' Nächstenliebe. Wieso dachte er gerade in diesem Augenblick an Nächstenliebe? Dieser Gauner und Halsabschneider hatte ihn beraubt und hatte ihn in die kalten Fluten der Albia gestoßen. Beinahe wäre er ertrunken. Nur Borbora hatte er es zu verdanken, dass er nun hier stand. Und nun sollte er diesem Räuber Gnade zukommen lassen? Die Götter hatten auch kein Mitleid mit einem Halunken wie diesem. Sie hätten ihm wahrscheinlich den Kopf abgeschlagen. Aber was hatte er dann davon? Der Fährmann würde keinem mehr ein Leid antun.

Armin erblickte den Kahn des Fährmanns und hatte eine Idee. Er stieß den Gefesselten hinein, der mit einem dumpfen Aufschlag zum Liegen kam. Dann schob er den Kahn hinaus auf die Albia. Das Ruder nahm er hinaus und warf es ins Schilf.

„Auf dass du keinen Wanderer mehr beraubst und in den Tod stößt."

Der Kahn trieb hinaus auf die Flussmitte und wurde von der Strömung schnell flussabwärts getrieben. Als Armin den Kahn schon nicht mehr sah, hörte er den Fährmann noch etwas rufen, das Armin aber nicht verstand. „Eine merkwürdige Sprache", dachte Armin.

Armin ging zurück in die Hütte. Obwohl es ein unheimlicher Ort war, wollte er dort die Nacht verbringen. Er fühlte sich sicher. Das Feuer war noch an und so musste er nicht in der von der Albia hinaufziehenden Kälte nächtigen.

Durch das Waldland

Armin erwachte am frühen Morgen. Rufe hatten ihn geweckt. Die Nacht war ruhig gewesen. Er hatte zwar auch zu Essen in der Hütte gefunden, aber er wollte keine fremden Sachen essen. Woher sollte er wissen, dass das Essen nicht vergiftet war? Dem Fährmann wäre es allemal zuzutrauen gewesen.

Er ging zur Tür und spähte vorsichtig nach draußen. Am anderen Ufer direkt an der Anlegestelle standen etwa ein Dutzend Männer. Ein paar Ochsen und ein Pferd waren mit Säcken und anderer Last beladen. Die Männer warteten offenbar auf den Kahn. Sie waren unruhig. Armin war das nicht geheuer und packte schnell seine Sachen zusammen. Woher kannten die Männer am anderen Ufer den Übergang? Sie konnten doch die Furt bei Laveburg nehmen. Aber nicht, wenn sie Diebesgut bei sich hatten. Sie sahen nicht wie fahrende Händler oder Kaufleute aus. Mit der Beute konnten sie nicht leicht über die kontrollierte Furt, zumal die Soldaten Zoll erhoben. Vermutlich war der Fährmann ein Komplize.

Er trat jetzt aus der Hütte. Die Schurken sahen ihn sofort und waren verwundert. Dann hatte einer die Fassung zurückgewonnen und zückte Pfeil und Bogen. Armin ging hinter der Hütte in Deckung.

Im Sichtschutz vor den Männern stahl sich Armin nach Süden und weg vom Fluss. Er schlüpfte durch eine Buschgruppe und war außer Reichweite der Pfeile. Auch die Albia konnte er nicht mehr sehen.

Erst jetzt wurde er wieder ruhiger. Er konnte auch schon wieder den Gesang der Vögel genießen. Seine Laune war fast gänzlich die alte, wenn er nicht dieses Kratzen im Hals gehabt hätte. Anscheinend hatte er sich beim Schwimmen in der Albia und danach erkältet.

Gegen Mittag erreichte er ein kleines Dorf. Das Wandern auf nicht befestigten Wegen war anstrengend und kostete viel Zeit.

Im Dorf besah man ihn zunächst mit Argwohn. Fremde waren überall nicht gern gesehen. Armin fragte eine Bäuerin, die seinen Weg kreuzte.

„Sagt mir, wo finde ich die Salzstraße?“

Sie betrachtete ihn skeptisch und antworte dann. „Verlasst Neetze nach Süden. Haltet Euch am Flusslauf, dann gelangt Ihr zur Dahlenburg. Dort werdet Ihr die Straße finden.“

Gegen Abend erreichte Armin die Dahlenburg. Hier traf er wieder auf die Salzstraße, der er bis hinter das Waldland folgen sollte. Sein Husten war schlimmer geworden.

Er ging nun auf der Straße ins Waldland. Borbora hatte Recht gehabt, es war nicht zu übersehen, dass er im Waldland war. Links und rechts der Straße zog sich dichter Wald entlang. Nicht so unheimlich und geheimnisvoll wie der Sachsenwald, aber dennoch dicht.

Der Himmel verdunkelte sich und dicke Tropfen fielen zu Boden. Der Regen wurde immer stärker und selbst Armins Umhang konnte die Nässe bald nicht mehr abhalten.

Es dunkelte bereits und er musste sich ein Nachtlager suchen.

Er kam an eine Weggabelung. Während die Salzstraße weiter geradeaus führte, bog ein kleiner Pfad rechts in den Wald und war gerade so breit, dass ein kleines Fuhrwerk hindurchfahren konnte. Der Regen prasselte unaufhörlich hernieder und Armin beschloss, dem kleinen Weg ein Stück weit zu folgen in der Hoffnung, ein kleines Gehöft zu finden, wo er sich zumindest vor dem Regen schützen konnte.

Der Weg wand sich mal nach links, mal nach rechts einen bewaldeten Hügel hinauf, und plötzlich öffnete sich eine Lichtung und Armin gelangte in ein kleines Dorf. Er war etwas verwundert, mitten im Wald, ein gutes Stück abseits der Salzstraße, ein Dorf zu finden.

Er trat auf einen Dorfplatz und erkannte im letzten Tageslicht, dass es ein Sackdorf war. Rund um den Platz standen die Hütten. Aber es gab keinen Weg oder Pfad aus dem Dorf hinaus. Der Weg hinein war auch der Weg hinaus. Versteckt, mitten im Wald, nur durch einen kleinen Pfad zugänglich. So konnte das Dorf sicher vor Gefahr bewahrt bleiben.

Es war keine Menschenseele zu sehen. Auch Tierlaute, wie das Bellen eines Hundes oder das Grunzen von Schweinen, waren nicht zu hören. Bei diesem Unwetter war wohl jeder froh, in seinem Haus bleiben zu können.

Hier und da konnte Armin den Schein eines Feuers oder vielleicht einer Kerze in den Katen sehen, in anderen Hütten hingegen war es stockfinster. Also wohnten hier Menschen. Das machte ihm Mut.

Er hustete.

Da huschte eine Gestalt durch den Regen über den Platz. Armin eilte auf sie zu und rief sie an:

„Heda, könnt Ihr mir wohl helfen?"

Die Gestalt hielt kurz inne, lugte unter einer Kapuze kurz hervor und eilte schnell, als würde Armin ihr etwas antun, davon und in ein Haus hinein. Die Pforte wurde wieder zugeschlagen.

Armin folgte zum Haus. Von drinnen hörte er Stimmen. Zwar sprachen sie erregt, aber dennoch konnte Armin nichts verstehen. Er pochte an die Pforte und die Stimmen im Haus verstummten. Als weiter nichts geschah, pochte Armin erneut.

Da wurde die Pforte ruckartig eine Mannbreite geöffnet. Warme Luft und Feuerschein drangen nach draußen und schon kam eine Speerspitze heraus und drückte gegen Armins Brust. Ein kräftiger Mann mit geflochtenen Haaren und ledernem Wams trat ihm entgegen. Grimmig herrschte er ihn in einer fremden Sprache an.

„Entschuldigt. Ob Ihr wohl ein Obdach für einen Waldläufer habt? Es soll nur für diese Nacht sein, bis das Unwetter vorüber ist. Ich kann auch etwas zahlen."

Die Tür wurde noch weiter aufgestoßen und zwei weitere stämmige Männer mit Speeren und Dolchen kamen zum Vorschein.

Armin wich zurück.

Der erste, stämmige mit dem Speer trat aus der Tür und fauchte ihn in der fremden Sprache an. Nun kamen auch die anderen aus dem Haus.

Armin musste handeln. Offensichtlich war er nicht willkommen.

„Ich wollte nur eine Unterkunft für die Nacht."

Doch die Männer schienen nicht zu verstehen und sie wollten sich auch keine Mühe geben. Die grimmigen Gesichter und ihr entschlossenes Vorgehen ließen keinen Zweifel über ihre Absicht.

Armin wich weiter und weiter zurück. Versteckt griff er mit seiner linken unter seinen Umhang nach seinem Dolch. Doch ihn wollte er nur in letzter Sekunde ziehen.

Noch immer tobte das Unwetter und der Regen weichte den matschigen Boden weiter auf.

Aus einem anderen Haus kam jemand mit einer Fackel hinaus. Es wurden immer mehr.

Armin rannte davon und in die Dunkelheit hinein. Bevor die Bewohner des Dorfes ihn einkreisen konnten, wollte er lieber die Flucht ergreifen. Hinter ihm hörte er Rufe. Sie waren hinter ihm her.

Schon war Armin aus dem Sackdorf und im Wald angelangt. Mit flinken Schritten rannte er in die Finsternis hinein. Den Weg mied er. Armin eilte im Zickzack, blieb nach einer Weile stehen und hockte sich hinter den Stamm einer hohen Fichte.

Der Regen hatte zwar nachgelassen, aber er war trotzdem nass bis auf die Haut. Er lauschte, konnte aber außer dem Regen, der auf die frischen Blätter der Bäume pladderte, nichts hören. Auch kein Fackelschein war zu sehen. Seine Verfolger hatten offenbar aufgegeben.

„Hatte sich denn alle Welt gegen ihn verschworen?", dachte er. Es war wirklich eine feindliche Welt, wie Borbora ihn gewarnt hatte. Und diese Sprache, was war das für eine Sprache?

Armin lief noch eine Weile durch den Wald und beschloss dann, unter den tiefhängenden Ästen einer Buche den Rest der Nacht zu verbringen.

Er konnte nicht richtig schlafen. Immer wieder musste er husten. Ihm war kalt und er sehnte sich nach einem warmen Feuer und etwas Ruhe.

Als endlich der Morgen graute, hatte Armin kaum ein Auge zugemacht. Es fröstelte ihn. Müde und matt trottete er dahin und traf bald wieder auf die Salzstraße.

Der Regen hatte aufgehört und es versprach, ein schöner Frühlingstag zu werden. Ein Fuhrmann mit Karren und Ochsen kam daher.

„Bist du ein Landstreicher?“, wollte der Fuhrmann wissen. Offensichtlich sah Armin etwas zerlumpt aus. Er richtete seine Sachen und antwortete dann.

„Nein, ich bin ein Waldläufer und Schmied. Ich will gen Süden zum Bergwald.“

Der Fuhrmann sah ihn skeptisch an. „Was hast du im Bergwald zu schaffen?“

Offenbar war der Bergwald beinahe genauso gefürchtet oder geheimnisvoll wie der Sachsenwald.

„Ich will schauen, ob ich mich nicht dort als Schmied verdingen kann“, log Armin. Er hatte überhaupt noch nicht an diese Möglichkeit gedacht. Es schien ihm aber eine gute Ausrede zu sein, um nicht von dem Geheimnis zu sprechen, das er eigentlich suchte, auch wenn er nicht wusste, was es denn sein sollte. Außerdem wusste er nicht einmal, ob er selbst an das Geheimnis glaubte. An eine Prüfung wagte er schon gar nicht zu denken.

„Als Schmied? Nun, da gibt es bestimmt so einiges zu tun im Bergwald. Die Gruben sind weit bekannt.“

Armin hatte früher weder etwas vom Bergwald noch von Gruben gehört.

„Wohin gehst du mit deinem Karren?“

„Ich bin auf dem Weg nach Soltwidele, gen Süden.“

„Kann ich dich ein Stück begleiten?“

Der Fuhrmann überlegte kurz, sagte dann aber: „Sicher. Zu zweit ist es unterhaltsamer. Komm, steig auf. Solange wir ein Stück durch den Drawehn gemeinsam reisen, sollst du nicht neben mir herlaufen.“

Er machte eine einladende Handbewegung und ließ Armin ebenfalls aufsteigen.

Seit er Karlshöfen verlassen hatte, musste er das erste Mal nicht laufen, sondern konnte in den Genuss eines Karrens gelangen. Seinen Füßen konnte er endlich etwas Ruhe gönnen.

Der Fuhrmann war ein redseliger Mensch. Er erzählte viel von diesem und jenem und Armin empfand es trotz des Redeschwalls als angenehm, einmal nicht seinen eigenen Gedanken nachhängen zu müssen.

„Drawehn?“

„Ja sicher. Was glaubst du denn, wo wir hier sind?“

„Mir war nicht bekannt, dass das Waldland Drawehn genannt wird.“

„Oho, den Namen Waldland habe ich bisher kaum gehört.“

„Man sagte mir, dass die Leute hier nicht immer freundlich gesinnt sind und sich vor Krieg und Gewalt fürchten.“

„Nun ja, da hast du nicht ganz Unrecht. Hier, unweit der Mark, leben sehr viele Heiden in ihren Dörfern. Sie huldigen ihren Götzen, anstatt den Herrn anzubeten. Es sind beinahe noch Wilde, die weder Schrift noch Bücher kennen.“

„Warum sollten sie aber einem unbescholtenen Wanderer Böses antun?“

„Du kommst nicht von hier, oder?“

„Nein, ich komme vom Teufelsmoor westlich der Hammaburg.“

„Hm, da bin ich wahrhaftig noch nicht gewesen. Diese Heiden wollen einfach nicht ihrem Glauben abschwören. Und sie glauben, jeder, der nicht aus ihrer Sippe entstammt, will ihnen den wahren Glauben aufzwingen. Selbst die unbescholtensten Siedler, die im Osten ihr Glück suchen wollen, müssen auf der Hut sein. Es sind schon unruhige Zeiten, das kann ich dir sagen."

„So bist du viel herumgekommen?", wollte Armin wissen.

„Das will ich doch annehmen."

„Hast du dann auch schon einmal etwas von den Gotlandfahrern gehört?"

„Ha, und ob. Es sind tüchtige Handelsleute. Sie kommen aus dem Norden über die See und treiben Handel mit allerlei Waren. Wie ist eigentlich dein Name?"

„Ich heiße Armin." Er bekam einen Hustenanfall.

„Oho, das hört sich nicht gut an. Du solltest einen Medicus aufsuchen. Ich heiße übrigens Michael."

„Kommst du aus dieser Gegend hier?"

„Ich komme aus Lübeke, doch mit meinem Karren bin ich überall zu Haus. Man muss nur Acht geben, nicht irgendwelchen dunklen Gestalten oder Wegelagerern in die Quere zu kommen. Dann kann man es sehr gut als fahrender Händler aushalten."

Armin war die geschwätzige Art Michaels ganz angenehm. Endlich hörte er einmal Dinge, die er nicht kannte. Besonders die Lebensumstände der Gegend, die sie gerade durchreisten, interessierten ihn.

Sie fuhren an den frisch ergrünten Bäumen des Waldes entlang und selbst auf einer Anhöhe konnte Armin nur ganz entfernt das Ende des Waldes erblicken.

„Sehr weitläufig, nicht wahr? Solches Land hast du wohl im Teufelsmoor noch nicht gesehen."

„Nein, dort nicht, aber mir sind solche Wälder nicht unbekannt." Er vermied es ganz bewusst, den Namen Sachsenwald zu erwähnen.

„Dann solltest du mal den Sachsenwald sehen. Das ist ein unheimlicher Wald. Dunkel, mit unzähligen Zaubern, Geheimnissen und Gefahren. Niemand, der den Sachsenwald betreten hat, ist je daraus zurückgekehrt."

„Aber führt nicht die Salzstraße durch den Sachsenwald?"

„Das stimmt. Die Salzstraße ist die einzige, die man begehen kann.“

Armin musste schmunzeln. Es amüsierte ihn Dinge über den Sachsenwald zu hören, die er tatschlich erlebt hatte oder besser wissen musste. Aber er sagte nichts dazu.

Michael erzählte noch von vielem, das er gesehen oder auch nur gehört hatte. Hier und da machte er einen Scherz und lachte.

Gegen Abend gelangten sie in eine kleine Siedlung mit einer Burg.

„Die wendischen Einwohner nennen den Ort hier Woikam. Aber alle nicht heidnischen Siedler nennen sie Dannenberg“, erklärte Michael. „Es ist schon spät. Wir werden in einem kleinen Gasthof in Dannenberg nächtigen und morgen nach Soltwidele weiterfahren. Was hältst du davon? Und deinem Husten kannst du auch eine Pause gönnen.“

Armin war einverstanden. Seine Geldreserven gingen zwar zur Neige. Das Skythenmeergold stand für ihn außer Frage. Aber Michael hatte Recht. Er sollte zunächst seinem kranken Körper Ruhe und Erholung gönnen.

Auf dem Weg zum Gasthof kamen sie an der Burg vorbei. Ein mächtiger Turm erhob sich.

„Das ist der Waldemarturm. Vor ein paar Jahren hatten sie den König der Dänen dort eingekerkert. Seitdem heißt er Waldemarturm.“

„Wie kommt der Dänenkönig hierher?“

„Siehst du dort hinten die Albia? Jenseits davon ist das Land der Heiden und der Dänen. Ein gefährliches, wildes und unbeackertes Land. Gut, dass der Fluss dazwischen ist.“

Sie nahmen Quartier und Armin schlief in der Nacht wegen seines Hustens zwar unruhig aber dennoch einigermaßen erholsam.

Am Folgetag kam die Burg Soltwidele in Sicht.

Den Drawehn hatten sie verlassen. Borbora hatte tatsächlich Recht gehabt, man merkte sofort, wenn man das Waldland hinter sich hatte.

Auf der Salzstraße fuhren nun auch weitere Fuhrwerke, und es wurden immer mehr, je näher sie an Soltwidele herankamen.

„Tja, Soltwidele ist kein kleines Dörfchen mehr. Seit einigen Jahren ist es eine Stadt, musst du wissen. Seit Albrecht der Bär die Burg gebaut hat und weiter gen Osten gezogen ist, hat sich alles hübsch entwickelt. Das war ein wahrer Herr sage ich dir. Aufrichtig, mutig und immer den Blick nach vorn."

„Kanntest du ihn?"

„Neinnein. Er ist ja schon ein Weilchen tot. Aber man erzählt es sich von ihm. Und da wird was dran sein. Er hat schließlich die Mark erobert. Das muss nun, glaube ich, schon um die achtzig Jahre her sein. Meine Güte, wie die Zeit vergeht!"

Michael sprach, als wäre er zu jener Zeit dabei gewesen und Armin musste in sich hineingrinsen und wurde von einem erneuten Hustenanfall geschüttelt.

„Na, dein Husten hat sich aber kaum gebessert, was? Solltest einen Medicus aufsuchen in Soltwidele. Ehrlich, es hört sich nicht gut an."

„Es geht schon viel besser. Die letzte Nacht hat schon sehr geholfen", log Arnim.

Am Nachmittag erreichten sie die Burg von Soltwidele. Es war viel Verkehr auf der Straße. Fahrende Händler, Wanderer und Marktfrauen, die von der Stadt kamen und wahrscheinlich wieder den umliegenden Dörfern zustrebten. Dann und wann trafen sie auch Soldaten, die zur Burg gelangen wollten.

„Da ist sie. Die Burg von Soltwidele. Sieht prächtig aus, nicht wahr? Siehst du, zu zweit macht der Weg viel mehr Spaß. Weißt du schon, wo du von Soltwidele aus hingelangen willst?"

Nach einem weiteren Hustenanfall antwortete Arnim: „Ich will zur Stadt des Löwen. Weißt du, wo ich sie finden kann?"

„Die Stadt des Löwen? Noch nie gehört. Aber du kannst nur Braunschweig meinen. Dort wo Heinrich der Löwe einst lebte. Aber das ist ein weiter Weg, mein junger Freund. Und mit deinem Husten kommst du heute nicht mehr weit. Du bleibst heute Nacht in Soltwidele."

Armin wollte etwas entgegnen, aber Michael widersprach sofort.

„Keine Widerrede. Du bist heute Abend mein Gast. Ich kenne da eine gute Schenke, wo ich auch meinen Karren versorgen kann. Dort bleibst du mit mir über Nacht. Da gibt es kein Widersprechen. Und deinem Husten wird es auch gut tun."

Links der Straße erblickte Armin zwei rauchende und verkohlte Haufen aus Holz, Asche und Gestrüpp. Beide Haufen mussten wohl große Feuer gewesen sein.

„Da haben sie wieder zwei erwischt."

„Was meinst du?", fragte Armin.

„Natürlich zwei Hexen, was denn sonst? Können auch Hexenmeister gewesen sein. Eigentlich arme Dinger. Aber wieso haben sie auch dem Herrgott abgeschworen, das verstehe ich nicht."

„Bist du sicher, dass sie Gott abgeschworen hatten."

„Wieso hätten sie sie sonst verbrannt?"

Michael beugte sich zu Armin und raunte ihm zu: „Ich gebe ja zu, manch eine Hexe kann Sachen, die wirklich gut sind. Sie kennen sich mit Kräutern und all dem Zeug aus. Und wenn einer nicht mehr weiter weiß, dann geht er zu solchen Heilerinnen, die können dann sehr oft helfen. Wenn sie solche armen Dinger erwischen, dann ist es wirklich ein Jammer." Dann sagte er wieder lauter: „Aber was soll's? Viele machen dunkle Sachen, verhexen Menschen und Tiere und beten gar den Leibhaftigen an." Dabei seufzte er und bekreuzigte sich.

Soltwidele war größer als alle anderen Orte, die Armin seit Hammaburg gesehen hatte. An vielen Stellen wurden neue Häuser, Ställe und andere Gebäude errichtet. Um alles herum stand eine Stadtmauer, die wohl so einigen feindlichen Angriffen standhalten konnte.

Die Gassen waren voller Menschen und sie kamen mit ihrem Karren nur langsam voran. Endlich hatten sie ein großes Haus mit einer Schenke und einem Stall erreicht. Hinter dem Stall war ein großes Warenlager.

„So, wir sind da.“

Armin half Michael bei der Versorgung des Karrens und des Pferdes und als es dunkelte, saßen sie beide in der Schenke.

„Und was treibt dich denn hierher?“, wollte der Wirt von Armin wissen, nachdem er mit Michael über dies und das geredet hatte. „Du willst doch kein fahrender Händler werden, oder?“

„Nein, ich bin Schmied. Außerdem wandere ich von hier nach dort, um das Land kennen zu lernen.“

„Hört, hört ein Waldläufer. Einen Schmied können wir hier bestimmt gut gebrauchen.“

„Danke, aber mich zieht es weiter gen Süden.“

„Nach Süden? Wohin verlangt es dich denn?“

„Ich will zum Bergwald.“

Die Miene des Wirts verfinsterte sich. „Zum Bergwald? Hast du dir das auch gut überlegt?“

„Was gibt es denn besonderes im Bergwald?“, fragte Armin in der Hoffnung, er würde nun endlich etwas über diesen Wald hören. Michael lehnte sich vor.

„Der Bergwald ist ein finsteres Gebirge. In den Höhen hausen die Hexen und in den unbekannten Wäldern gibt es Geister und allerhand unheimliche Dinge.“

Nun schaltete sich auch der Wirt wieder ein. „Allerdings gibt es auch viele Gruben und Stollen im Bergwald. Die Zwerge und Bergleute graben immer tiefer und tiefer in dem Berg nach Silber und Erz.“

„Das stimmt natürlich und ein jeder weiß, wo Zwerge sind, da sind auch die Schätze nicht weit.“

Das konnte sich Armin gut vorstellen, denn er kannte Mime und seinen unbändigen Hang zu Steinen, die blitzten und glänzten. Vielleicht ging es bei dem ‚Geheimnis', das er suchte, um einen Schatz? Einen solchen gab es bestimmt im Berg.

Am anderen Morgen verabschiedete sich Armin von Michael und dem Wirt. Sie legten ihm zum Abschied erneut ans Herz, einen Medicus aufzusuchen, aber Armin lehnte mit Hinweis auf seinen klammen Geldbeutel ab. Michael war ein freundlicher Geselle gewesen und so wünschte Armin ihm alles Gute und bedankte sich noch einmal für die Mitnahme.

„Hab Dank, Michael."

Der winkte ab. „Es ist immer wieder eine Freude, den Weg durch den Drawehn nicht alleine fahren zu müssen. Ich habe gerne Gesellschaft. Ein Jammer, dass du weiter willst. Vielleicht hätten wir gute Geschäfte machen können. Stell dir vor, du bleibst hier in Soltwidele, machst dein Schmiedehandwerk und kannst für mich ein kleines Kontor verwalten. Was meinst du?"

Armin lachte. „Nein danke. Ich verstehe mich nicht auf das Handeln."

„Da kann man wahrlich nichts machen. Aber wart' mal."

Michael kramte in einem Beutel und holte einen hellen Stein heraus.

„Hier. Ist ein Salzstein. Kannst ihn behalten. Bist ein anständiger Bursche. Und Salz kann man immer gebrauchen, was?" Michael lachte herzhaft.

Armin dankte und drängte sich dann durch die schon am Morgen dicht gefüllten Gassen Soltwideles mit Fuhrwerken, Krämern, Rittern und anderen Menschen.

Als er die Stadt endlich hinter sich gelassen hatte, war er davon überzeugt, eine freundliche und gut wachsende Stadt gesehen zu haben, die noch nicht von allzu viel Gesinde bevölkert war.

Aber der Weg wurde ihm beschwerlich. Die Kopfschmerzen wurden stärker. Jede Bewegung tat ihm weh. Seine Gelenke schmerzten, er hustete viel und er spürte, dass er Fieber hatte. Müde, erschöpft und voller Schmerzen setzte er seinen Weg fort.

Das Wetter hatte sich gebessert. Auch wenn die Sonne nicht schien, war es wenigstens trocken. Es war auch nicht mehr kalt. Armin fröstelte trotzdem und hatte sich sein Schafsfell übergeworfen. Monoton trottete er dahin. Das fröhliche Zwitschern der Vögel nahm er nicht wahr. Immer und immer wieder machte er Pausen. Er folgte einem kleinen Fluss. Der Weg war schwierig und führte durch sumpfige Wiesen und Weiher.

Gegen Mittag setzte er sich unter eine Birke und ruhte aus. Er hatte Schüttelfrost. Aber er musste weiter. Eine Nacht im Freien wäre nicht gut gewesen und er überlegte schon, ob er nicht wieder nach Soltwidele zurückkehren sollte.

Mühsam setzte er Schritt für Schritt voran. So richtig wusste er nicht, bis wohin er eigentlich noch gehen sollte. Der Trott trieb ihn voran. Die forschen Schritte hinter sich bemerkte er kaum. Es war ihm auch gleich, wer es war, wenn er bloß diese Kopf- und Gliederschmerzen loswürde. Er hatte wieder einen Hustenanfall und sein Hals brannte vor Schmerzen, als ihn eine fremde Hand sacht am Arm fasste und eine freundliche Stimme ihn ansprach: „Kann ich dir behilflich sein?“

Armin sah zur Seite. Die Bewegung ließ ihm wieder einen Schauer über den Rücken laufen. Er musste einen jämmerlichen Eindruck machen.

Neben ihm stand ein Mönch, bärtig, mit kurzem, dunklen Haar und einer kräftigen Statur. Er hielt einen Wanderstock in der Hand.

„Mir geht es nicht gut. Danke der Nachfrage.“

„Naja, das ist unverkennbar.“

Armin musste wieder husten und das rasselnde Geräusch seiner Lungen war nicht zu überhören.

„Oh, das klingt wahrlich nicht gut. Wo kommst du denn her und wo willst du hin?“

Nach einem weiteren Hustenanfall antwortete Armin: „Ich will nach Braunschweig.“

„Na, das schaffst du wohl heute gewiss nicht mehr. Du solltest lieber eine Unterkunft und einen Medicus suchen, mein Sohn."

„Ich kenne mich hier nicht aus. Und Soltwidele ist schon recht weit."

Wieder schüttelte ein Husten Armin und er glaubte, er müsste seine Lunge auswürgen. Er würde jetzt nur noch wenig sprechen, um wenigstens den Hustenschmerz zu verhindern.

„Oh, oh, das klingt nicht gut." Der Mönch überlegte kurz. „Ich glaube, ich kann dir ein bisschen behilflich sein. Nicht weit von hier kann ich dir zumindest für heute Nacht ein Obdach geben."

Armin war mittlerweile alles egal, wenn nur diese Schmerzen aufhörten und er seine Ruhe haben könnte.

„Zögere nicht, mein Sohn. Es ist wirklich das Beste für dich."

Armin nickte und sie gingen nebeneinander. Der Mönch vermied es, Armin unnötig zu berühren. Er wusste offensichtlich, dass Armin jegliche Berührung unangenehm war.

„Was treibt dich hier in diese Gegend?"

„Ich bin ein Waldläufer und Waffenschmied und suche im Bergwald mein Glück."

„Ein Waffenschmied und Waldläufer - das gefällt mir."

Armin war ein wenig verwundert, da er normalerweise als Waldläufer eher skeptisch und missmutig betrachtet wurde.

„Wie heißt Ihr", hauchte er beinahe.

„Ich bin Bruder Fridericus. Und wie heißt du, mein Sohn?"

„Man nennt mich Armin."

„Oho, hört, hört, hier kommt Arminius der Cherusker." Der Mönch musste leise kichern. „Entschuldige, ich wollte dich nicht verhöhnen."

Was der Mönch damit meinte, verstand Armin nicht.

Sie kamen langsam voran. Irgendwann tauchte plötzlich vor ihnen eine Burg auf. Armin hatte gar nicht auf den Weg geachtet, da er mehr mit sich selbst zu tun hatte. Bruder Fridericus geleitete ihn auf der Brücke über den Burggraben zum Burgtor. Ein bewaffneter Knecht stand am Tor.

„Bruder Fridericus, wen bringt Ihr denn da an?“, kam ein Ruf vom Burghof durch das Tor. Der Knecht trat beiseite und Armin und der Mönch passierten das Tor.

„Mein Herr, ich habe diesen Wanderer getroffen, er ist schlecht bei Gesundheit und ich dachte, man könnte ihm zumindest für diese Nacht ein Obdach geben. Er ist ein Waldläufer und Waffenschmied.“

„Ich wäre sehr dankbar dafür“, Armin hustete wieder. „Vielleicht könntet Ihr mir bei den Pferden oder dem Vieh ein Dach zuweisen, damit ich zumindest diese Nacht nicht unter freiem Himmel schlafen muss? Ich zahle auch dafür.“ Armin dachte an sein weniges Geld, aber seine Gesundheit musste er wieder herstellen, koste es, was es wolle.

Der Burgherr sah Bruder Fridericus und Armin an und sagte dann mit leichtem Grinsen: „Ein Waffenschmied sagt Ihr? Kannst du das beweisen?“

Armin überlegte kurz, zog seinen Dolch hervor und zeigte ihn dem Burgherrn.

Der Herr wog den Dolch hin und her und sagte schließlich: „Ein vortreffliches Stück.“ Sein Blick fiel auf die Runen. „Der Dolch ist ja merkwürdig verziert. Wo hast du denn das gelernt?“

Auch der Mönch wurde nun auf die Runen aufmerksam.

Armin zögerte. „Ich habe die Schmiedekunst im Sachsenwald gelernt.“ Armin hatte weder die Kraft noch den Willen, sich eine wirre Geschichte auszudenken, um den Sachsenwald nicht zu erwähnen.

Der Burgherr sah ihn prüfend an, schien aber keinen Zweifel zu hegen.

„Soso, im Sachsenwald. Nun ja, wenn es dem Herrgott gefällt…Er soll in den Stallungen bei den Pferden nächtigen. Morgen früh werde ich mir die Gestalt genauer anschauen. Was kannst du mir als Pfand hinterlassen?“

Armin zog mühsam seinen Beutel hervor. Er nahm seine letzten Pfennige heraus und hielt sie ihm entgegen. Das Skythenmeergold verschwieg er.

„Das ist ja nicht viel“, sagte der Burgherr. „Lass dein Geld mal im Beutel. Ich nehme deinen Dolch als Pfand.“

Armin wollte widersprechen, doch der Burgherr fuhr fort.

„Keine Angst. Du sollst ihn morgen zurückerhalten. Aber ich lasse dich bei meinem Vieh im Stall, denn ich kenne dich nicht. Bruder Fridericus verbirgt sich für dich, das ist schon genug. Aber man kann ja nicht wissen. Mein Wort drauf, du erhältst den Dolch morgen zurück.“

Dann wandte er sich an den Mönch. „So Bruder Fridericus, du verbirgst dich für diesen Waldläufer? Dann kümmere dich auch um ihn. Versorge ihn mit Essen und pass auf, dass er kein Unheil anrichtet. Ich will keine Klagen hören. Wenn doch, dann jage ich dich zum Teufel.“

Er sah den Mönch streng an. Dann grinste er steckte den Dolch ein und ließ die beiden stehen. Der Geistliche war zunächst etwas ratlos, fand aber schnell wieder zu sich.

„Komm mein Sohn, der Stall ist da hinten.“

Er wies Armin einen Platz im Stroh zu. „Hier kannst du dich niederlassen. Ich hole dir noch einen Kanten und einen Apfel.“ Bevor er ging, hielt ihn Armin zurück.

„Vielen Dank, Bruder Fridericus. Könnt Ihr vielleicht noch eine Schale mit heißem Wasser bringen?“

Der Mönch sah ihn fragend an.

„Ich habe noch Kräuter, die mir gegen das Fieber helfen.“ Er öffnete sein Bündel und zeigte sie dem Kleriker.

„Oh, Salvia. Du bist also auch kräuterkundig?“

„Nur wenig. Dieses Kraut gab mir eine Heilerin.“

„Zumindest war dieses Weib kräuterkundig.“ Er grinste und verschwand.

Armin begann wieder zu frösteln. Matt ließ er sich im Stroh nieder.

Es dauerte auch nicht lange und der Mönch kam mit dem Versprochenen zurück. Er hatte noch ein Schafsfell und eine Schale mit dampfendem Wasser dabei.

„Hier ist das Wasser, etwas zu essen und noch ein Fell.“

Armin hauchte ein „Danke.“ Er rieb das Kraut in das heiße Wasser hinein und ließ es ziehen.

Nachdem er das Gebräu getrunken hatte, legte er sich ins Stroh. Der Mönch hatte dabeigestanden, aber nichts gesagt.

„Ruh dich gut aus. Morgen wollen wir schauen, wie es mit deiner Gesundheit steht.“ Dann ging der Geistliche davon.

In der Nacht wachte Armin schweißgebadet auf. Das Fieber schien dahin, aber seine Kleider waren nassgeschwitzt. Er legte sie zum Trocknen ins Stroh und deckte sich nur mit dem Schafsfell zu.

Der nächste Morgen brachte Regen. Armin hatte im Stall warm und trocken im Stroh gelegen. Die Tiere hatte er nicht gestört. Die Pferde schnaubten leicht, als Bruder Fridericus hineinschaute.

„Ich hoffe, es geht dir heute etwas besser.“

„Danke. Ja, es geht wirklich schon sehr gut.“ Er fühlte sich immer noch matt, aber zumindest die Glieder- und Kopfschmerzen waren kaum noch zu spüren. Es würde wohl aber noch ein paar Tage dauern, bis er wieder vollkommen genesen war.

„Das ist schön zu hören. Kommt, der Burgherr wartet.“

Armin warf sich sein Wams über und folgte ihm. Im Burghof herrschte geschäftiges Treiben. An einer Stelle der Burgmauer wurde mit Steinen und allerhand Gerät gearbeitet. Der Mönch bemerkte Armins neugierige Blicke.

„Jaja, hier wird viel gearbeitet. Du musst wissen, dass Herr Wernerus von der Schulenburg erst vor kurzem hier Burgherr wurde.“

Da trat der Herr auch schon in den Hof hinaus.

„Soso, da ist ja unser kranker Schmied. Ich hoffe, du hast gut genächtigt und dich erholt.“

„Danke, ich fühle mich schon viel besser.“

„Das will ich hoffen, denn es warten Aufgaben auf dich.“

Armin sah ihn verwundert an.

„Hat der gute Bruder Fridericus noch nichts gesagt? Naja, warum auch? Folge mir.“

Sie gingen in den Bergfried. Der Burgherr führte sie in eine kleine Burgkammer. In ihr lagerten ein paar Helme, Schilde, Speere, Schwerter und andere Waffen. Armin erkannte aber sofort, dass sie in einem jämmerlichen Zustand waren. Vieles war verrostet und nicht wenige Schwerter waren schartig oder zerbrochen.

„Wie du siehst, ist hier noch nicht alles beim Besten. Du musst wissen, dass ich diese Burg zu meinem Stammsitz machen will. Ich habe sie seit kurzem als Pfand erhalten und beabsichtige, sie auch weiterhin zu besitzen. Wie du sehen kannst, hat der bisherige Burgherr hier alles verwahrlosen lassen. Schau dir die Waffenkammer an. Mit solchen Schwertern und Morgensternen kann ich die Burg wohl nicht mal gegen ein paar aufmüpfige Zwerge verteidigen. Aber das soll sich ändern. Es soll keine Wehrburg werden, aber gegen ein paar umherziehende Halunken und anderes Gesinde will ich mich schon zur Wehr setzen. Und du sollst mir dabei helfen. Draußen im Hof ist die Schmiede, hier ist das Gerät…Was fehlt, ist ein Schmied. Was sagst du?“

Armin war etwas sprachlos.

„Vergiss nicht, du stehst noch in meiner Schuld.“ Der Burgherr sagte es zwar mit einem Augenzwinkern, aber Armin wusste, dass er Recht hatte.

„Wieso gerade ich?“

„Nun ja, du bist doch ein Waffenschmied, oder? Es ist nicht leicht, einen guten Schmied zu finden. Die meisten verdingen sich in den Städten und großen Burgen. Und als ich deinen Dolch sah, wusste ich, dass du Talent hast.“ Er reichte Armin seinen Dolch.

Als er merkte, dass Armin zögerte fügte er hinzu: „Es soll auch nicht zu deinem Schaden sein. Für Kost und Unterkunft will ich dir nichts berechnen. Und wenn du besonders fleißig bist, dann wird der eine oder andere Silberling auch drin sein.“

Armin besah sich die Waffen genauer. Er hob ein Schwert auf, wog es in der Hand und schlug dann sacht gegen einen Pfeiler. Die Klinge verbog sich und riss ein.

„Es wird etwas dauern, alles wieder auf Vordermann zu bringen“, sagte Armin.

„Davon gehe ich aus“, erwiderte der Burgherr und blickte mit Sorgenfalten auf die zerbrochene Klinge.

Armin überdachte kurz seine Möglichkeiten. Ein paar Tage mehr der Genesung konnte er wohl gut gebrauchen und ein paar Silberpfennige mehr wären auch gut. Außerdem war er dem Burgherrn durchaus dankbar. Wie es ihm nun ginge, wenn er nicht die Nacht in Ruhe und Wärme unter einem festen Dach verbracht hätte, wollte er sich gar nicht ausmalen.

„Nun gut. Ich will euch gerne zur Hand gehen. Aber ich werde einige Materialien brauchen, um ordentlich schmieden zu können.“

Herr Wernerus von der Schulenburg grinste und sagte: „Dir soll es an nichts fehlen.“

Armin machte sich sofort an die Arbeit. Er untersuchte die Hofschmiede. Sie war heruntergekommen. Der Schmiedeofen war intakt, aber das Dach der Schmiede war löchrig.

Er war den ganzen Tag damit beschäftigt, die Schmiede aufzuräumen. Bruder Fridericus leistete ihm dabei Gesellschaft.

„Ich brauche ein paar Dinge, damit ich gut arbeiten kann.“

„Ich werde den Herrn bitten, dir einen Knecht zur Seite zu stellen. Er soll dir alles besorgen, was du brauchst.“

Viele Sachen gingen Armin durch den Kopf. Von Holzkohle, Eisenerz und Bauholz bis zu Stroh für das Dach und Flickzeug für den Blasebalg. Wenn er schreiben könnte, dann würde er all die Dinge aufschreiben, die er brauchte und nicht vergessen durfte. Schmiedewerkzeug hatte er in einer Ecke gefunden. Es war etwas verrostet, aber nach etwas Pflege wohl noch gut zu gebrauchen.

Armin schickte den Knecht als erstes los, um Holzkohle und Roheisen zu holen. Am Nachmittag kam der Knecht mit einem Karren wieder. Er hatte nicht weit von der Burg von einem Köhler mehrere Säcke mit der Kohle gekauft.

„Eisen ist nicht einfach zu bekommen. Ich werde wohl morgen nach Soltwidele fahren müssen.“

Armin überlegte erst, ob er mitkommen sollte, aber er musste die Schmiede in Ordnung bringen.

Sein Husten hatte nur wenig nachgelassen. Und am Mittag hatte er schon gemerkt, dass er noch nicht ganz gesund war.

Am dritten Tag hatte er das erste Mal die Esse angefeuert. Schnell fühlte sich Armin wieder an die Zeit bei Mime erinnert. Diesmal allerdings stand er nicht unter Beobachtung eines Meisters, sondern war sein eigener Herr. Beinahe, denn der Burgherr kam des Öfteren, um zu sehen, wie schnell Armins Werk voranging.

Schon bald erkannte Armin, dass in der kleinen Waffenkammer mehr Arbeit lagerte, als es auf den ersten Blick aussah. Die Schwerter waren nicht nur schartig. Viele Waffen waren so verrostet, dass Armin kaum noch etwas damit anfangen konnte.

„Du bist wirklich ein fleißiger Geselle.“ Bruder Fridericus war vorbeigekommen.

„Danke“, sagte Armin. Der Schweiß von der Hitze und der schweren Arbeit rann ihm über Stirn und Gesicht. „Es gibt noch vieles, was erledigt werden muss, damit dies hier wieder eine ansehnliche Burgschmiede wird. Oft sind es nur kleine Dinge, aber ich kann sie mir nicht alle merken, so viele sind es.“

„So musst du sie dir wohl aufschreiben.“

„Wenn ich es könnte, so würde ich es tun. Aber leider kann ich noch nicht einmal meinen Namen schreiben.“

„Ja. Das ist wirklich eine traurige Sache in unserer Zeit.“

„Ich wünschte, ich könnte schreiben und lesen. Aber ich wüsste nicht, wer es mich lehren sollte, und ich habe auch nicht genug Geld, als dass ich irgendjemanden dafür bezahlen könnte.“

„Ich kenne jemanden, der dir gerne das Lesen und Schreiben beibringen würde.“

„So? Wer sollte das sein?“

„Ich natürlich.“

„Würdet Ihr das machen? Aber ich kann Euch nicht bezahlen.“

„Nun, ich denke schon, dass du das kannst. Natürlich nicht mit Geld oder sonstigen weltlichen Dingen.“

„Was ist es dann?“

„Wie steht es denn mit deinem Glauben?“

„Den Glauben an den Herrgott?“

„An wen sonst? Ich gebe zu, es gibt hier noch keine Kirche. Aber wie war es mit dem Glauben bisher um dich bestellt?“

„Dort, wo ich herkomme, ging ich jeden Sonntag in die heilige Messe.“ Armin wurde nun bewusst, dass er schon seit Jahren nicht mehr im Gottesdienst war, geschweige denn einen Priester gesprochen oder gar seine Beichte abgelegt hatte.

„Erzähle mir doch, wo du herkommst.“

„Aufgewachsen bin ich am Teufelsmoor in Karlshöfen. Das ist gut drei, vier Tage westlich der Hammaburg. Dort war ich Knecht und ging sonntags mit der Magd und dem anderen Gesinde in die Messe.“ Armin wurde bewusst, dass er dem Geistlichen wohl seine ganze Flucht erzählen würde. Aber er war sich auch sicher, dass er seine Freiheit erhalten hatte und er nicht fürchten musste, jemals wieder zum alten Fiete nach Karlhöfen zurückkehren zu müssen. Er erzählte dem Mönch von der Flucht, von seinem Leben im Sachsenwald und seiner Schmiedelehre. Die Steine, Runen und die Begegnung mit dem dunklen Wanderer verschwieg er aber.

Bruder Fridericus verstand Armin. Er konnte auch nachvollziehen, dass er schon lange keine Kirche mehr von innen gesehen hatte.

„Wenn es denn dein Wille ist, so will ich versuchen, dich das Schreiben und das Lesen zu lehren.“

„Würdet Ihr das wirklich tun?“ Armin war hoch erfreut. Was hatte er doch für ein Glück. „Was verlangt Ihr dafür von mir?“

„Mache deine Arbeit ordentlich und sei ein redlicher Mensch. Vergiss auch nicht zu beten. Rufe den Herrgott nicht nur an, wenn die Not dich trifft.“

Sie verabredeten, dass Armin jeden Abend, wenn die Arbeit getan war, zu Bruder Fridericus in die Kammer kommen sollte, um dort das Schreiben und Lesen zu lernen.

Es war ein mühsames Geschäft. Häufig war Armin sehr müde von der harten Arbeit, aber er gab sich alle Mühe, den Anweisungen des Geistlichen zu folgen. Nun merkte Armin auch, dass Bruder Fridericus ein sehr lebenslustiger Mensch mit einem rabenschwarzen Humor war.

Die Wochen zogen ins Land. Armin hatte endlich Ordnung in die vernachlässigte Waffenkammer gebracht, und der Burgherr sah es mit Genugtuung. Armins Schreibkünste machten ebenfalls gute Fortschritte und auch der Mönch war durchweg zufrieden.

Mit der Zeit merkte Armin aber auch, dass die Kohlevorräte, die er zum Schüren des Feuers in der Esse brauchte, sehr schnell zur Neige gingen. Immer wieder und wieder musste er Kohle nachlegen, um die Glut am Glühen zu halten. Als die Kohle beinahe aufgebraucht war, schickte er wieder den Fuhrmann los, neue Kohle vom Köhler zu holen. Aber auch diese heizte nicht so, wie Armin es brauchte. Er nahm einen Sack hervor und sah hinein. Die Stücke waren gröber, als er es gewohnt war, aber das musste nichts heißen. Armin nahm seinen Dolch hervor und spaltete die Holzkohle. Während außen das Stück verkohlt war, war es im Innern kaum gerußt. Auch das nächste und übernächste Stück Holzkohle war mehr schlecht als recht durchgerußt.

„Was für ein Halunke“, fluchte Armin vor sich hin.

„Hört, hört! Du sollst nicht fluchen. Der Herrgott mag es dir aber vergelten“, witzelte der Burgherr, der plötzlich neben ihm aufgetaucht war. „Was gibt es denn, dass mein Waffenschmied sich in seinen Worten so gehen lässt?“

„Verzeiht, Herr, ich wusste nicht, dass ihr hier seid. Aber die Kohle ist von schlechter Qualität. Sie ist nicht richtig durchgerußt und die Esse verschlingt somit mehr Kohle, als es mir lieb ist. Die Vorräte werden schneller aufgebraucht."

„Zeig her." Der Burgherr ergriff die gespaltene Kohle und betrachtete sie eingehender. „Tatsächlich. Und das ist bei jedem Sack so? Vielleicht ist es nur dieser Sack?"

Armin öffnete einen anderen, doch auch da war das Ergebnis das gleiche. „So ein Gauner. Versucht der Köhler, uns zum Narren zu halten und mich um mein Geld zu bringen!", Wernerus von der Schulenburg war wütend. „Ich werde gleich ein paar Männer losschicken, ihn durchzuwalken. Das Handwerk will ich dem Spitzbuben schon legen."

Armin aber schritt ein. „Herr, ich bitte Euch, lasst es mich versuchen. Ich will Euch nicht mit diesen Problemen belasten. Ich werde mich darum kümmern."

Der Burgherr überlegte. „Na gut. Wenn es aber Probleme gibt, so sage mir Bescheid. Mit solchen Halunken werde ich schnell fertig."

Armin rief den Fuhrmann zu sich.

„Wo hast du die Holzkohle her?"

„Von dem Köhler, von dem ich sie immer hole. Nicht allzu weit in Richtung Tangeln und Brome. Unweit des Dorfes Ehre hat ein Zwerg seine Köhlerei."

„Ein Zwerg, sagst du?"

„Ja. Er heißt Bruni. Ein grummliger Kauz. Warum willst du das wissen? Stimmt etwas mit der Kohle nicht?"

„Die letzten beiden Lieferungen waren schlecht. Die Kohle war mehr Holz als Kohle. Die Esse kann ich damit nur schlecht beheizen."

„Ich schaue stets in die Säcke hinein. Mir ist kein Holz aufgefallen."

„Ganz so ist es ja auch nicht. Aber nimm dieses Stück hier!" Armin griff in einen Sack und zog erneut ein überaus großes Stück Holzkohle hervor. Dann spaltete er es mit der Axt und zeigte es dem Fuhrmann. „Du siehst, es ist nicht richtig durchgerußt. Hier im Innern ist es noch Holz."

Der Fuhrmann nahm die Stücke in die Hand. „Wahrhaftig."

„Bei der letzten Lieferung war die Qualität schon nicht so gut. Aber diesmal ist sie noch schlechter geworden. Ich spreche mit dem Burgherrn und wir fahren morgen zum Köhler. Diesen Zwerg will ich mir genauer anschauen. Der soll uns nicht zum Narren halten."

Am nächsten Morgen luden sie die Säcke mit der schlechten Holzkohle auf das Fuhrwerk, Armin setzte sich mit auf den Kutschbock und sie fuhren hinaus. Der Knecht erzählte dies und jenes und schien ein sehr fröhlicher Mensch zu sein.

Sie passierten Tangeln und der Furhmann lenkte den Karren dann nach Süden in den Kiefernwald hinein. Der Weg schlängelte sich etwas durch das Kieferngehölz und plötzlich ließ Armin den Fuhrmann halten.

„Was sind das für Steine dort?"

Er zeigte auf eine Ansammlung halb überwucherter und mit Moos bewachsener Steine. Auch wenn sie sich an den Wald anpassten, so erkannte Armin gleich, dass sie nicht seit Anbeginn der Zeit dort lagen.

„Das sind die Steingräber der Heiden. Die Wenden oder Sachsen werden sie wohl aufgestellt haben. Sie stehen bestimmt schon eine Ewigkeit da."

Bald erreichten sie einen schmalen Pfad, der vom Weg abzweigte und in den Wald führte. Sie folgten dem kurvenreichen Pfad immer tiefer und tiefer in den Wald und kamen endlich an einer kleinen hutzligen Hütte an. Armin fühlte sich sofort an Mimes Hütte im Sachsenwald erinnert.

Nicht weit von der Hütte türmten sich mehrere Holzstöße auf und dann erschien ein Zwerg mit rußiger Kleidung, einem bärtigen Gesicht mit ebenso listigen wie undurchdringlichen Augen, wie Mime sie hatte.

„Seit gegrüßt ihr Herren. Was treibt euch zu meines bescheidenen Heimes Stätte?"

Armin erkannte auch sofort die sehr eigene Ausdrucksweise, die offenbar allen Zwergen zu eigen war.

„Sei auch du gegrüßt, Bruni. Ein beschauliches Heim hast du hier.“

Der Zwerg blieb stehen, musterte beide und zeigte dann auf den Fuhrmann.

„Dies Gesicht, mir deucht, erkenne ich. Warst kürzlich du nicht bei mir? Was ist euer Begehr?“

Armin ergriff das Wort. Seine Erfahrung mit Mime konnte ihm sehr behilflich sein und er wusste mit Zwergen umzugehen.

„Das stimmt. Ich schickte den Fuhrmann, um hölzerne Kohle zu kaufen.“

„Fürwahr! Ist die Kohle schon verbraucht? Ich werde gleich euch neue zu beschaffen wissen.“ Er wollte sich schon abwenden, um zu seinem Lager zu gehen, doch Armin hielt ihn am Arm fest.

„Nicht so eilig Bruni. Wir sind tatsächlich gekommen, um neue Kohle zu holen, doch werden wir nicht dafür bezahlen. Vielmehr wirst du uns für die schlechte Qualität der alten neue Kohle geben.“

Er zog den Zwerg um den Karren herum, der Fuhrmann öffnete die Klappe und Armin öffnete einen Sack.

„Was hältst von meinem Werke du mich ab.“ Bruni wurde ungehalten und zornig. „Die Kohle, die ich geliefert, ist von bestem Werte. Wenn diese Kohle von schlechter Qualität, so ist es nicht mein Werk. Wenn keine Kohle Ihr zu kaufen begehrt, so schert euch von dannen und haltet mein Schaffen nicht auf.“

Armin aber hielt ihn fest. „Bist auch du ein falscher Zwerg? Sieh dir die Säcke genau an. Es sind die deinen.“

„Wohlan, es scheinen die gleichen. Die Kohle, die ich aber fertige, ist von gutem Wert.“

Armin nahm ein Stück Kohle heraus. Im Innern war die Kohle mehr Holz als Kohle.

„Du siehst, die Kohle ist schlecht. Du gibst uns nun als Ersatz die gleiche Anzahl Säcke Holzkohle, aber von guter Qualität.“

Bruni verstummte. Der Fuhrmann triumphierte. „Gib uns jetzt die gute Kohle.“

Doch der Zwerg verstummte weniger der schlechten Qualität wegen als vielmehr des Dolches wegen, den er in Armins Hand gesehen hatte. Er ließ sich nichts anmerken, aber seine Augen stierten in jedem unbeobachteten Augenblick auf Armins Dolch.

„Wohlan“, sprach Bruni. „So ladet die Säcke ab, ich will euch gerne andere geben.“ Der Fuhrmann lud die Säcke ab und Armin folgte dem Zwerg zu seinem Holzkohlenlager.

„So nehmt nun diese Ware, sie ist von besserer Qualität.“

„Bruni, ich warne dich. Wenn du uns erneut zum Narren halten willst, stecke ich dich in einen Kohlensack und prügel dir den Arg heraus.“

Armin öffnete einen willkürlichen Sack und überprüfte die Kohle. Auch sie war nicht durchgerußt.

„Ein Schelm muss diesen Sack hier abgestellt haben. Verzeiht den Frevel.“ Bruni nahm mit einem unterwürfigen Grinsen und in geschäftiger Hast den Sack beiseite. „Prüft nun den Rest, sie sollt nach eurem Wunsche sein.“

Armin prüfte die anderen Säcke, die tatsächlich seinen Ansprüchen genügten.

Als die Säcke aufgeladen waren und sie auf den Karren stiegen, um zurückzufahren, drehte sich Armin erneut zum Zwerg um.

„Wenn die nächste Lieferung wieder von schlechter Qualität ist, komme ich wieder und zerhaue deine Köhlerhütte, merke dir das!“ Er sagte es nicht im Groll, doch es sollte dem Zwerg eine Warnung sein.

Zum Bergwald

Die Tage vergingen. Armin widmete sich tagsüber wie immer seinem Schmiedehandwerk. Nach dem Essen am Abend mit den anderen Knechten begab er sich wie gewohnt in die Kammer des Bruders Fridericus, um Lesen und Schreiben zu lernen. Er machte gute Fortschritte. Der Mönch versuchte zwar auch, ihm das Lateinische beizubringen, denn Armin sollte in der Bibel lesen. Aber er gab das Vorhaben zunächst auf, denn Armin war zwar mit den Buchstaben sehr bald vertraut, aber die fremde Sprache zu erlernen überforderte ihn zunächst und so machte sich der Kirchenmann tagtäglich daran, ein paar Verse aus den Evangelien zu übersetzen, damit Armin sie lesen, verstehen und nachschreiben konnte.

Die Bauarbeiten an der Burg nahmen Gestalt an. Der Burgherr setzte alles daran, die Stätte zu einer ansehnlichen Behausung zu machen, und er wirkte in allem sehr geschäftig und erfolgreich. Ab und an schaute er nach der Waffenkammer und der Schmiede, fragte hier, lobte dort die fertigen Schwerter, nahm sich der Anmerkungen Armins an und war auch sonst ein sehr umtriebiger Mensch.

Der Vorrat an Holzkohle ging bald erneut zur Neige. Armin merkte es fast zu spät und so wollte er Theobald wieder Bescheid geben, erneut Holzkohle vom Zwerg Bruni zu beschaffen. Der Fuhrmann war aber anderweitig ausgeschickt worden und so beschloss Armin, selbst den Weg zum Zwerg auf sich zu nehmen. Der Stallmeister ließ ihm einen Karren mit einer alten Mähre bespannen und Armin fuhr los. Das Pferd trottete langsam und mühselig dahin, doch Armin glaubte, dass es die Fahrt schon überstehen würde.

Als er diesmal an den Steingräbern vorüberfuhr, hielt er den Karren an. Er band das Pferd an einen Strauch und besah sich die Steine genauer.

Hier und da konnte Armin noch die Reste von steinernen Höhlen finden, in denen womöglich Tote bestattet worden waren. Doch er fand keine menschlichen Überreste. Vieles war bereits überwuchert, auch wenn unter den Kiefern nur wenig mehr als Moos oder Farne wuchsen. Die Reste der Steingräber verbreiteten eine merkwürdige Stille. Unbeweglich, kräftig und starr waren die Steine scheinbar willkürlich verteilt. Sie trotzten jedem Wetter, jedem Schwert und allen Zeiten. „Sie würden noch eine Ewigkeit hier liegen, selbst wenn er nur noch Staub war", dachte sich Armin. Er erkannte dies alles. Seit seiner Zeit im Sachsenwald hatte er ein besonderes Gespür entwickelt. Für ihn waren Steine nichts Kaltes, Unbewegliches mehr. Vielmehr sah er, dass besonders diese Steine hier Dinge gesehen hatten, an die sich wohl kaum noch ein Mensch erinnerte. Er verstand, was Mime meinte, als dieser davon sprach, dass es mehr Dinge gab, als die, die man sah. Man musste nicht nur sehen, man musste verstehen.

Armin setzte seinen Weg fort und kam bald beim Zwerg an. Zunächst war Bruni nicht zu sehen, doch dann trat er verrußt aus seiner Hütte. Er wunderte sich, zunächst Armin und nicht den Fuhrmann zu erblicken und amüsierte sich ein wenig.

„Bedarf es eines Schmieds, die Kohle zu beschaffen? Traut Eurem eigenen Knecht Ihr nicht?"

„Das soll nicht dein Geschäft sein. Schaff' lieber die Kohle heran. Und wage nicht mich zu täuschen."

Bruni machte eine einladende Bewegung und forderte Armin auf, ihm zu folgen. Armin lud die Säcke auf. Den letzten öffnete er.

„Misstraut er immer noch dem ehrlich Schaffenden", grummelte Bruni.

„Euch Zwergen muss man mit Obacht begegnen." Er zog seinen Dolch und prüfte die Kohle, die aber von guter Qualität war. Als er den Dolch wieder wegstecken wollte, bemerkte er den neugierigen Blick des Zwergs.

„Was gierst du nach meinem Dolch?"

„Wo hast den Dolch du errungen? Ich sah ihn schon beim letzten Mal.“ Bruni sah Armin skeptisch von der Seite an.

„Das ist mein eigenes Werk.“

„Du wagst es, mich zu narren? Kein Mensch ist dieser Schmiedekunst kundig.“

„Und doch habe ich es geschmiedet.“

„So sage mir, wer dies Handwerk dich hat gelehrt.“

„Ein Zwerg lehrte es mich, oben im Sachsenwald.“

Nun wurden die Augen des Zwerges noch wacher als vorher.

„Du gingst dort in die Lehre? Wie riefest du den Meister?“

„Mime war es, der Schmied. In Listigkeit steht er dir in nichts nach.“

Bruni machte nun einen zufriedenen Eindruck.

„Du scheinst ihn zu kennen.“

Bruni grinste. „Schon lange ist er mir bekannt. Ich kannt ihn schon, als Götter noch und Riesen herrschten. Der Lindwurm trieb in der Berge Klüfte sein Unwesen und an kühnen Recken ward kein Mangel. Es war für wahr die Zeit der Helden. Doch schau dich um. Was erblickst du hier? Niemand huldigt mehr der Götter und der Steine Kraft. Das Wissen der Wälder geht verloren. Welch arme, dunkle Zeit nun ihren Anbruch hat genommen.“

„Wenn die Zeit so düster wär‘, dann gäbe es auch jemanden, der dieses Land errettet. Ist es nicht die Zeit des Aufbruchs? Das Streben nach Neuem? Wieso zieht‘s so viele nach Osten?“

„Von Aufbruch vermag ich nicht zu sprechen. All dies ist nur Werk des einen, der dies Land vorangetrieben. Es ist noch lang nicht her. Kaiser ward er geheißen. Mit feurig Schopf und feurig Bart, er schlug die Feinde ins Verderben.“

„Ein Kaiser sagst du? Was soll’s, er ist tot.“

„Das glaubt ihr Menschen immer wieder, dass Tod den Mensch begräbt. Doch wenn dies Land am Abgrund steht, so kehrt zurück er, es zu retten.“

„So ist er nicht tot?“

„Er schläft den tiefen Schlaf, tief in der Höhlen Gefilde. Niemand wird ihn jemals finden, bis den Tiefen er dereinst entsteigt."

„Er versteckt sich in einer Höhle?"

Armin hielt es für eine alte Geschichte. Nachdem er aber im Sachsenwald manchen Zauber erfahren hatte, vermutete er einen Funken Wahrheit.

„Ich sagt es schon, er ruhet nur. Der wahre Held, er stirbt nicht. Lebt in Walhalla fort. Der Rotbart schläft im tiefen Berg und wartet, dass das Reich ihn braucht."

Armin war die Rede des Zwergs nun doch zu wirr. Er zahlte Bruni die Holzkohle, wünschte ihm einen schönen Tag und trat den Heimweg an. Er schmunzelte über die Geschichte des Zwergs von dem rotbärtigen Kaiser, passierte wieder die Steingräber bei Tangeln und kehrte gegen Mittag zur Burg zurück.

Viele Schwerter hatte er erneuert, andere musste er neu schmieden. Die Aufgabe war nicht klein, aber er war tüchtig dabei. Armin merkte jedoch, dass seit seinem Gespräch mit Bruni seine Gedanken nicht mehr bei seiner Arbeit waren. Märchen, Legenden und unbekannter Zauber, das war es, was ihm im Kopf herumspukte.

Gegen Abend schaute zufällig Bruder Fridericus vorbei. Er war wieder irgendwo auf Wanderschaft gewesen und kehrte nun zurück.

„Nun, Armin? Wie läuft das Handwerk? Die Waffenkammer macht ja schon einen guten Eindruck."

„Danke. Es geht auch gut voran." Er wollte noch etwas sagen, verkniff es sich aber und griff lieber erneut zum Schmiedehammer. Doch der Geistliche hatte es bemerkt.

„Erzähl'. Was treibt dich um? Irgendetwas bedrückt dich doch."

„Ich war heute beim Köhler, um Holzkohle zu holen. Der Zwerg erzählte etwas von einem rotbärtigen Kaiser. Ihr wisst ja, dass Zwerge meist sehr eigenartig sind. Habt Ihr jemals etwas von einem rotbärtigen Kaiser gehört?"

Der Mönch lachte. „Du meinst Kaiser Friedrich? Kaiser Rotbart? Weit im Süden nennen sie ihn Barbarossa. Den habe ich noch nicht gesehen, was aber auch nicht verwunderlich ist, denn er ist seit vielen Jahren tot. Tja, das stimmt. Es scheint im Wesen der Zwerge zu liegen, merkwürdige Dinge zu erzählen."

„Er erzählte, dass er in einer Höhle schlafen würde."

„Wie man es auch nimmt. Man könnte auch schlafen sagen. Ich sagte ja schon, er ist viele Jahre tot. Es stimmt aber, was man über ihn sagt. Er hat wirklich Großartiges vollbracht für dieses Land. Und er hatte tatsächlich die Gabe, die Menschen zu führen. Kein Wunder, dass die Menschen viel über ihn erzählen. Von einem Kreuzzug ins Heilige Land kehrte er aber nicht zurück. Tja, und nun, in dieser Zeit des Wandels, sind die einen oder anderen sehr verunsichert und rufen nach einem starken Kaiser, der sie führt. Es ist aber eine Mär, dass er in einer Höhle schlafen würde. Lass dich nicht zum Narren halten, sondern halte dich an das, was dein von Gott gegebener Verstand dir sagt. Aber da ist noch etwas anderes, das dich nicht ruhig arbeiten lässt, nicht wahr?"

Armin zögerte. Sollte er es dem Geistlichen sagen?

„Kann ich mich Euch anvertrauen?"

Der Mönch trat etwas näher.

„Möchtest du beichten?"

„Nein, es ist nicht die Beichte." Armin druckste etwas herum. „Ihr müsst wissen, ich bin sehr gerne hier. Es geht mir gut und dem Herrn bin ich sehr dankbar, dass er mir diese Arbeit hier gab. Ganz zu schweigen von der Hilfe, die er mir zukommen ließ, als ich krank war. Auch Euch möchte ich dafür danken. Ich danke Euch auch dafür, dass Ihr mich das Schreiben und Lesen gelehrt habt."

„Naja, das war wirklich nicht sehr schwer. Du bist sehr aufgeweckt und wissbegierig. Dir etwas beizubringen ist eine Freude. Aber was ist es nun, das dich treibt?"

Armin zögerte, ehe er endlich die Antwort gab. „Mich zieht es nach draußen. Hinaus in die Welt. Ich will noch so vieles sehen. Unbekannte Länder, unbekannte Menschen. Die Geheimnisse der Welt…“ Armin dachte an sein Ziel im Bergwald.

Der Mönch nickte. „Du bist noch sehr jung. Mich wundert‘s nicht, dass es dich hinaus in die Welt treibt. Sei dir aber stets bewusst, die Welt birgt auch Gefahren. Nicht überall gibt es einen gnädigen Herrn, der dich in seine Obhut nimmt, wie es der Burgherr tut.“

Bruder Fridericus hatte natürlich Recht. Armin hatte nicht seine Zeit beim alten Fiete vergessen. Und eigentlich ging es ihm hier gut.

In der kommenden Nacht wurde er von einem Alptraum geplagt. Als er am Morgen erwachte, wusste er nicht mehr genau, was es gewesen war, das er geträumt hatte. Er konnte sich nur noch an den dunklen Wanderer und den Bergwald erinnern. Obwohl er ihn noch nie gesehen hatte, wusste er, dass es der Bergwald gewesen war. Genauso hatte er ihn sich vorgestellt. Und nun reifte in ihm noch mehr das Verlangen, weiterzuziehen und das Geheimnis zu suchen, das er finden sollte. An die Prüfung dachte er nicht.

Es war kurz vor Mittag, als der Herr von der Schulenburg an die Schmiede herantrat.

„Die Waffenkammer macht einen hervorragenden Eindruck“, sagte der Burgherr.

„Danke. Es sind auch nur noch ein paar Schwerter und Helme, bis alles fertig ist.“

„Mir ist zu Ohren gekommen, dass du deine Zeit hier beenden möchtest?“

Armin ließ den Hammer sinken und wischte sich den Schweiß aus der Stirn. Er schwieg. Was sollte er dem Herrn sagen? Er war gut zu ihm und Armin wollte ihn nicht enttäuschen. Aber sein Drang, weiterzuziehen, wurde von Tag zu Tag größer. „Ja, Herr“, sagte er nach einer Weile. „Ich habe meine Arbeit fast vollendet und bin Euch wirklich sehr dankbar.“

„Ich würde dich gerne auf meiner Burg halten. Du bekämst eine ordentliche Kammer und ein gutes Auskommen.

Tüchtige Leute kann ich immer gut gebrauchen. Du sollst auch kein Knecht sein, sondern aus freien Stücken bleiben.“

Armin schaute in die Glut. Das Angebot war verlockend. Er hatte sich bisher wirklich wohlgefühlt. Aber er wollte weiter.

„Was lässt dich zögern?“

„Mein Herr, ich bin Euch dankbar für die Arbeit und die Unterkunft. Auch die Mahlzeiten, die Ihr mir gebt, sind wirklich reichlich. Aber mich treibt es hinaus in die Welt. Ich will noch so viel sehen. Bin hungrig nach Wissen und fremden Ländern.“

„Hhmm. Willst du dich vielleicht dem nächsten Kreuzzug anschließen? Der bringt dich gewiss in andere Länder.“

„Von Krieg verstehe ich nicht allzu viel. Ich schmiede die Waffen, ich gebe dann auch mein Bestes, aber mich zieht es nicht in den Krieg. Ich bin der Knechtschaft erst vor wenigen Jahren entronnen, ich will mich nicht einer erneuten Knechtschaft unterwerfen.“

„Bei mir sollst du kein Knecht sein. Du sollst als freier Schmied an meiner Burg dienen. Aber ich will dich nicht drängen. ‚Reisende soll man nicht aufhalten‘, heißt es wohl. Also gut. Vollende dein Werk und dann will ich dich freigeben.“

Armin war erleichtert. Er hatte befürchtet, weitere Probleme zu bekommen. Eine Last schien von ihm abzufallen.

Ein paar Tage später hatte er seine Arbeit vollendet. Die Schwerter, Schilde und Helme waren gerichtet und die Spitzen der Lanzen und Speere erneuert. Am Abend vor seinem Abschied ließ ihn der Burgherr zu sich rufen. Er bat Armin, Platz zu nehmen und mit ihm zu Abend zu essen.

„Das Wildschwein, das der Koch zubereitet hat, ist wirklich vorzüglich, findest du nicht, Armin?“, fragte der Burgherr mit vollem Mund. „Nimm ruhig. Du sollst nicht sagen, dass ich dich an deinem letzten Tage hab‘ hungern lassen.“

Armin griff ordentlich zu. Sie scherzten miteinander und auch Bruder Fridericus gesellte sich zu ihnen.

„Also“, sprach von der Schulenburg schließlich nach dem Essen. „Du lässt dich wirklich nicht dazu erweichen als Burgschmied zu bleiben? Überleg‘ es dir.“

„Mein Herr, ich danke Euch und bin mir der Ehre Eures Angebotes wohl bewusst. Aber mein Entschluss ist unumstößlich. Mich zieht es gen Süden.“

„Nun, da kann man nichts machen. Schade. Wie soll denn dein Weg sein?“

„Ich will zunächst nach Braunschweig, in die Stadt des Löwen.“

Von der Schulenburg wechselte mit Bruder Fridericus einen kurzen Blick.

„Soso, über Braunschweig. Ich hätte da einen kleinen Auftrag für dich.“

Armin horchte auf.

„Ich habe ein Schreiben für den Herzog Otto von Braunschweig. Es ist ein unverfängliches Schreiben, dessen Inhalt nicht dein Geschäft ist. Aber es ist wichtig für mich und ich möchte dich bitten, dieses Schreiben dem Herzog zu übergeben. Ich möchte, dass es durch zuverlässige Hände an sein Ziel gelangt, und will es deshalb einem Waldläufer mitgeben, dem ich vertraue.“

Armin schwieg noch immer.

„Dies soll dein letzter Auftrag sein. Er ist Teil deiner Bezahlung.“

„Wird mich denn der Herzog überhaupt anhören?“

„Oh, gewiss. Das Schreiben wird versiegelt sein. Zeige das Siegel und man wird dich zu ihm vorlassen.“

Armin überdachte die Sache kurz, hatte aber nichts dagegen, da er sowieso gen Braunschweig zog.

„Also gut. Ich will Euch diesen Wunsch erfüllen.“

„Vortrefflich. Dann lass uns auf deinen letzten Abend anstoßen!“

Sie tranken sich zu und scherzten noch bis spät am Abend.

Als Armin am anderen Morgen seine Sachen gesammelt hatte, traten von der Schulenburg und Bruder Fridericus in den Burghof.

„Nun denn. Du hast alles beisammen?"

Armin nickte. Der Burgherr zog eine Pergamentrolle hervor und reichte sie Armin. „Dies hier ist das Schreiben. Verwahre es gut. Achte auch darauf, dass das Siegel nicht bricht. Aber ich kann mich wohl auf dich verlassen."

Armin nahm die Schriftrolle und verstaute sie.

Dann zog Herr Wernerus einen kleinen Beutel hervor und gab Armin 15 Silberpfennige. „Das ist deine Bezahlung. Hab Dank für deine treuen Dienste."

„Habt Dank für alles. Lebt wohl. Ich werde das Schreiben überbringen. Ihr habt mein Wort", sagte Armin.

„An deinem Wort zweifele ich nicht", sagte von der Schulenburg.

Armin bedankte sich auch bei Bruder Fridericus für die Unterrichtung im Lesen und Schreiben und brach dann auf.

Er folgte zunächst dem kleinen Fluss und dann dem Tangelnschen Bach, der unweit der Burg aus Westen in den kleinen Fluss mündete. Der Mönch hatte ihm noch gesagt, er sollte bei der Burg Brome die Ohre überqueren und sich dann nach Südwesten halten.

Sein Weg führte durch Wiesen und Wälder und bald nahm er den kleinen Pfad, der in die kleine Siedlung Tangeln führte. Es war kühler geworden. Die warmen Tage des Sommers waren vorüber und ein nasser Westwind wehte dichte Wolken über den Himmel, die keinen Sonnenstrahl auf die Erde gelangen ließen.

Es dauerte nicht lange und bei Armin stellte sich ein fröhliches Gefühl ein. Er hatte ein leichtes Kribbeln im Bauch, denn die erneute Wanderung und das Wissen, dem Ziel wieder näher zu kommen, gefielen ihm. Er war so fröhlich, dass er sogar zu pfeifen begann. Die Vögel zwitscherten trotz des grauen Wetters und alles schien so friedlich.

Er ließ Tangeln hinter sich und gelangte noch vor der Mittagszeit an die Ohre.

Nicht weit stand eine Niederungsburg in einer Flussschleife und passte sich ins Gelände. Er querte hier die Ohre.

Als der Abend hereinbrach, fand er eine verfallene Wallanlage. Vieles war bereits von Sträuchern und Bäumen überwuchert, aber man konnte die Umrisse noch gut erkennen. Sie umgab einen großzügigen runden Platz. Er suchte sich einen etwas geschützten Lagerplatz an einer Stelle, wo früher einmal eine Behausung aus Stein und Holz gestanden haben mochte. Einen überdachten Platz gab es nicht mehr, aber ein bisschen Schutz gegen den Wind konnte die Ruine ihm geben. Er spannte seinen Umhang als kleines Dach gegen möglichen Regen, sammelte Holz und machte sich ein kleines Feuer, das ein wenig Wärme in der aufkommenden abendlichen Kühle spendete.

Je dunkler es wurde, umso schauriger wirkte die Wallanlage. Dunkel, nicht groß, aber dennoch ehrerbietend. Wer sie erbaut hatte, konnte Armin sich nicht denken. Vielleicht war es eine Schutzburg früherer Völker gewesen. Er hoffte nur, nicht von irgendwelchen alten Einwohnern oder womöglich umherziehenden Banden aufgegriffen zu werden.

Bevor er sich hinstreckte, legte er noch in einigem Abstand um sein Lager trockene Stöcker und raschelndes Laub als Knisterfallen aus, damit sie ihn vor herannahenden Tieren oder Personen warnen würden. Er prüfte noch einmal, ob auch das Schreiben, das er bei sich trug, unversehrt und ordentlich verstaut war, und schloss dann die Augen.

Er hatte tief geschlafen, als er mitten in der Nacht durch ein Knacken geweckt wurde.

Sofort setzte Armin sich auf und griff nach seinem Dolch. Es schien kein Mond und das Feuer war nur noch ein kleines Häufchen Glut. Er versuchte, in der Dunkelheit vergeblich etwas zu sehen.

Ein ungemütlicher Wind zog durch die Wallanlage.

Er stand auf und lauschte angestrengt. Nichts.

Als er glaubte, sich getäuscht zu haben, und sich wieder hinlegte, knackte und raschelte es erneut. Kein Zweifel, die Knisterfallen hatten ihn alarmiert. Wieder sprang Armin auf, den Dolch in der Hand.

Der Wind spielte in den Büschen und Bäumen. In der Ferne hallte das Bellen von Reineke unheimlich durch den Wald.

Dann knackte es wieder. Diesmal war es rechts von ihm.

Vorsichtig schlich Armin zu seinem Ring aus Knisterfallen. Sehen konnte er sie nicht, aber er fühlte die Zweige und Blätter.

Irgendetwas schlich durch die Wallanlage. War es wieder der dunkle Wanderer?

Etwas rannte plötzlich von links nach rechts. Ein Tier? Ein Mensch? Armin lief ein eiskalter Schauer über den Rücken. Vorsichtig kroch er zurück zu seinem Lager. Was auch immer vor sich ging, vielleicht würde er dem entgehen, wenn er sich in seinem Lager ruhig verhielt und abwartete.

Wieder hörte er ein Rennen, diesmal von rechts nach links. Und dann meinte Armin, ein Getrappel zu hören, als wenn mehrere Pferde mitten durch die Wallanlage galoppierten.

Er war nicht alleine.

Dann ein lautes Platschen, als wäre etwas in den Fluss gefallen, gefolgt von dem Schrei einer Frau. Er mochte etwas außerhalb der Wallanlage sein. Dann war lautes Rufen von Männern und das Klingen von Schwertern zu hören.

Was ging hier nur vor? Wer auch immer in der Wallanlage sein Unwesen trieb, er machte es in stockdunkler Nacht.

Angespannt saß Armin da, seinen Dolch in der Hand und sprungbereit, sollte sich jemand nähern.

Dann und wann trappelte und rumorte es noch um ihn herum. Zweimal trat etwas oder jemand noch auf die Knisterfalle, ohne dass jemand zu erkennen gewesen wäre, und immer wieder ließ ein eiskalter Hauch Armin frösteln.

Und dann war plötzlich Stille. Nichts regte sich mehr. Ein leichter Wind rauschte wieder durch die Wipfel der Bäume, aber sonst war alles still, wie am Abend zuvor. Armin hörte kein Knistern, kein Trappeln, kein Rennen, keine Schreie. Es war Stille, die ihn wieder umgab.

Er wollte weiterhin wachsam sein und gab sich Mühe, nicht einzuschlafen. Als er nach langer Zeit immer noch keinen weiteren Laut gehört hatte, schloss er doch seine Augen. Seinen Dolch behielt er aber fest bei sich.

Am anderen Morgen war der Himmel wolkenverhangen. Es regnete nicht, aber der Tag präsentierte sich grau. Die Vögel sangen trotzdem ihr Lied und nicht weit von Armin entfernt zankten sich zwei Amseln. Die Wallanlage stand verlassen und still da, wie Armin sie am Tag zuvor vorgefunden hatte. Von den Geschehnissen der letzten Nacht war nichts zu erkennen. Armin fand keine Pferdespuren, keine aufgewühlte Erde, nichts. Seine Knisterfallen lagen noch aus und waren an einigen Stellen zertreten. Es war wohl offensichtlich etwas oder jemand in der Nacht über sie gelaufen. Aber nichts war zu sehen.

Armin setzte seinen Weg fort. Die unheimliche Wallanlage ließ er nur zu gerne hinter sich.

Der Tag war nicht schön und gegen Nachmittag auch ungemütlich. Armin kam auf seiner Wanderung an vielen kleinen Dörfern und Ansiedlungen vorbei. Oft waren es nicht mehr als zwei oder drei Bauernhütten mit ein bisschen Acker um die Ansiedlung herum.

An einer kleinen Quelle, unweit einer kleinen Siedlung, frischte er seinen Wasservorrat auf und rastete ein wenig. Die Sonne schaute nur ab und zu durch die Wolken und am Horizont zogen dichte Regenwolken auf.

Zwei kleine Jungen tauchten neben ihm auf. Sie waren vielleicht sieben oder acht Jahre alt, hatten keine Schuhe und freche Gesichter.

„Was machst du hier?“

„Ich raste hier und trinke etwas vom Wasser“, antwortete Armin.

„Wo kommst du denn her?“, wollte der eine Junge wissen.

„Ich komme aus dem Norden von der anderen Seite eines großen Flusses.“

„Bist du ein Landstreicher?“

„Nein, ich bin ein Waldläufer und auf der Reise."
„Wohin reist du denn?"
„Ich will nach Braunschweig. Kennt ihr den Weg dorthin?"
Die Jungen schüttelten den Kopf. Sie wurden gerufen und es tauchte eine Bäuerin auf.
„Was treibt ihr euch hier herum? Ab nach Hause." Die Jungen rannten davon.
„Guten Tag. Könnt Ihr mir vielleicht helfen? Ich möchte gen Braunschweig. Ist das hier der richtige Weg?"
Die Bäuerin schaute ihn skeptisch an. „Was wollt Ihr hier? Seid Ihr ein Landstreicher?"
„Nein. Ich bin ein Waldläufer und auf der Reise. Ich bin auf dem Weg nach Braunschweig. Könnt Ihr mir sagen, wie weit es noch ist?"
Sie zeigte ihm die Richtung. „Wenn Ihr jetzt aufbrecht, habt Ihr die Stadt gegen Abend erreicht."
Es war wohl ihre Absicht, ihn ein bisschen zu drängen. Er schien ihr nicht geheuer. Die Skepsis dieser Leute in den kleinen Siedlungen war groß. Immer wieder traf Armin auf Ablehnung, zumindest aber auf Zurückhaltung. Er war in einer Gegend, die noch nicht allzu lange besiedelt war und die Einwohner dazu zwang, Fremden gegenüber nicht allzu aufgeschlossen zu sein.
Die dunklen Wolken am Horizont kamen näher und Armin hoffte, bis zum Regen die Burg des Herzogs von Braunschweig zu erreichen. Er gelangte auf einen größeren Weg, der gut zu begehen war. Und je weiter er ging, umso breiter wurde der Weg, vereinigte sich mit anderen Pfaden und war schließlich eine gepflasterte Straße. Und noch vor dem ersten Regentropfen kam er an eine Burg, die auf einer Insel lag.
Am Tor fragte er den wachhabenden Soldaten. „Ist das hier die Burg des Herzogs von Braunschweig?"
„So ist es. Dies ist die Burg Dankwarderode. Was ist Euer Begehr?"

„Ich habe eine Nachricht für den Herzog.“ Armin zog das Schreiben für den Herzog hervor und zeigte der Torwache das Siegel.

Der ließ ihn passieren und wies ihm den Weg.

Armin gelangte auf den Burghof. Es begann leicht zu regnen und er hoffte inständig, nicht nur das Schreiben abgeben zu können, sondern auch die Nacht überdacht verbringen zu können. Am Tor der Residenz trat ihm ein Lanzenträger in den Weg.

„Wer seid Ihr und was wollt Ihr hier?“ Armin zeigte erneut das Siegel. „Ich habe eine Nachricht für den Herzog.“

Die Wache verschwand hinter dem dicken Tor und der zweite Wachmann stellte sich davor, um den Zugang zu versperren.

Der Regen nahm zu und Armin zog seine Kapuze über den Kopf. Es dauerte nicht lange und der Posten trat mit einem anderen Mann, der edel gekleidet war und einen gestutzten Bart hatte, vor die Tür.

„Kommt herein“, bat der edle Herr Armin einzutreten. Der Raum war warm und mit Kerzen erleuchtet.

„Was wollt Ihr vom Herzog?“

„Ich habe ein Schreiben für den Herzog vom Herrn von der Schulenburg.“ Er zeigte dem Herrn das versiegelte Schreiben.

„Worum geht es?“

„Das ist mir nicht bekannt. Der Inhalt betrifft wohl nur den Herzog und den Herrn von der Schulenburg.“

Der edle Herr runzelte die Stirn und schien zu überlegen. „Der Herzog ist noch nicht zurück. Er ist erst wieder morgen früh zu sprechen. Wollt Ihr mir dieses Schreiben überlassen?“

„Nein“, antwortete Armin bestimmt. „Ich habe den Auftrag, das Schreiben nur dem Herzog auszuhändigen.“

„So? Nun gut. Aber Ihr müsst Euch bis morgen gedulden.“

„Das ist mir gleich. Vielleicht könnte ich aber für die Nacht ein Obdach bekommen? Mir ist auch ein Lager in den Stallungen recht."

„Das sollte kein Problem sein. Gunther.." Ein Knecht kam angelaufen. „Bring den Waldläufer in die Stallungen und weise ihm ein Lager zu." Dann wandte er sich wieder an Armin. „Morgen früh könnt Ihr beim Herzog vorsprechen."

Der Knecht führte ihn durch den Regen über den Hof zu den Stallungen.

Er machte es sich einigermaßen bequem und streckte seine müden und erschöpften Beine aus.

Am anderen Morgen erwachte er durch das laute Geschrei des Hahns, der sich offenbar mitten auf den Burghof gestellt hatte und die Gesellschaft weckte. Die Sonne war kaum aufgegangen.

Armin wollte keine Zeit verlieren. Schnell hatte er seine Sachen beisammen und trat hinaus in den Hof. Hier war das Leben bereits in vollem Gange. Die Burgwachen wurden abgelöst, erste Händler trafen mit frischer Ware ein und die Mägde und Knechte gingen ihrer Arbeit nach. Kühl war es geworden.

Am Tor schickte die Wache wieder nach dem edlen Herrn.

„So, da ist ja wieder unser Waldläufer. Geduldet Euch noch, der Herzog ist gestern erst spät eingetroffen und noch bei seinem morgendlichen Mahl. Wartet hier einstweilen. Ich werde Euch rufen lassen." Damit verschwand er wieder und Armin stand allein im Vorraum.

Er besah sich die Wände und stellte fest, dass es angenehm warm war, obwohl kein Kamin brannte. Vielleicht strömte die Wärme aus dem anderen Raum herüber.

Das versiegelte Schreiben glitt ihm aus der Hand und auf den Boden. Als er sich bückte und es aufhob, berührte seine Hand den Boden. Er war warm. Er tastete auf dem Boden herum und merkte, dass der Fußboden überall warm war, als wenn er auf erwärmten Steinen lief.

Ein Knecht kam herein und als er an Armin vorbeilief, hielt dieser ihn fest.

„Sag mir, wieso ist der Boden so warm?“

„Der Boden der Burg Dankwarderode wird durch warme Luft gewärmt. Der Herzog mag es nicht, kalte Füße zu haben.“

So etwas hatte Armin noch nicht gesehen. Ein wirklich weiser und großartiger Herrscher musste dieser Herzog sein, der den Fußboden wärmte. Armin war fasziniert.

Die Tür wurde geöffnet und man rief Armin herein.

„Nun denn, Waldläufer, was bringst du für Nachricht?“

Noch leicht von dem Wunder eines warmen Fußbodens irritiert, trat er in den großen Saal. Vor dem Herzog angelangt, verneigte er sich kurz und zog die Schriftrolle hervor.

„Es ist ein Schreiben des Herrn von der Schulenburg.“

„Oho, vom guten von der Schulenburg. Hat er nun endlich seine neue Behausung in Besitz genommen?“

Er erwartete keine Antwort, sondern nahm das Schreiben, erbrach das Siegel und las.

„Seht Ihr“, er wandte sich an seinen Berater. „Wie ich es sagte, die Familie von Köchern wird sich nicht lange auf der Burg halten.“ Dann wandte er sich wieder an Armin. „Hast du sonst noch eine Nachricht für mich?“

„Nein, mein Herr.“

„Gut, du bist entlassen. Sorgt dafür, dass der Waldläufer entlohnt wird.“

Der edle Herr führte Armin hinaus, gab ihm einen kleinen Beutel und entließ ihn in den Burghof. Im Beutel waren zwanzig Silberpfennige. So viel Geld hatte Armin noch nie besessen.

Er folgte nun einem Strom von fahrenden Händlern, die Braunschweig nach Süden verließen. Das Wetter verhieß wieder nichts Gutes, denn es türmten sich erneut dunkle Regenwolken am Horizont auf.

Am Mittag war dann das Unwetter da. Es regnete in Strömen und der Wind peitschte den Regen über das Land. Armin hatte sich seinen Umhang übergeworfen und musste teilweise so gegen den Wind ankämpfen, dass er kaum vorankam. Die mitfahrenden Händler waren abgestiegen und zogen ihre Fuhrwerke, denn die Tiere wollten alleine nicht mehr dem Weg folgen. Am Horizont wurde wieder eine Burg sichtbar.

„Dem Herrgott sei Dank. Dort vorne ist Wulferisbutle", sagte ein Fuhrmann, dem Armin half, das Pferd zu ziehen. „Dort können wir Unterschlupf finden, bis das Wetter vorbei ist."

Mühsam erreichten sie die Wasserburg, die Reisenden Schutz vor Raubzügen oder Unwetter bot. Sie waren nicht die einzigen, die Schutz suchten. Die Ställe quollen beinahe über vor Fuhrwerken, Pferden und Reisenden.

Armin setzte sich in eine Ecke des überdachten Stalls und verschnaufte. Neben ihm hatte ein Händler sein Maultier versorgt und setzte sich nun zu ihm.

„Was für ein Wetter! Der Herbst kommt dieses Jahr mit aller Macht."

„Das Unwetter wird gewiss bald vorüber sein", antwortete Armin.

„Sei dir da nicht so sicher. Gewiss, irgendwann kommt auch wieder die Sonne hervor. Aber ich habe das Gefühl, dass dies noch ein paar Tage dauern wird. Was treibt dich in diese Gegend? Wie ein Händler scheinst du mir nicht auszusehen."

„Ich bin auf dem Weg in den Bergwald."

„In den Hart?" Der Fuhrmann war verblüfft und sah Armin genauer an. „Wie ein Bergmann siehst du mir aber nicht aus. Ich muss es wissen, denn ich komme gerade aus dem Hart."

„Dem Hart?"

„So nennen wir den Bergwald. Komisch, Bergwald heißt er schon lange nicht mehr. Es gibt nur sehr wenige, die den Hart Bergwald nennen. Wo kommst du her?"

„Ich komme aus dem Teufelsmoor, nicht weit von Bouchstadhude."

„So bist du kein Bergmann."

„Ich bin Waldläufer und Schmied."
„Dann suchst du Arbeit in Goslar?"
„Wo liegt Goslar?"
„Nicht weit von hier, etwa eine Tagesreise zu Fuß. Du folgst der Oker flussaufwärts gen Süden. Ein Weg führt an dem kleinen Fluss entlang."
Bald ließ das Unwetter nach und Armin trat hinaus. Er wollte nicht weiter hier bleiben. Er war ausgeruht und voller Tatendrang.
„Du willst doch nicht etwa jetzt schon aufbrechen?!", wunderte sich der Fuhrmann.
„Wieso nicht? Das Unwetter ist vorbei. Sieh, dort ist sogar ein kleiner blauer Fleck am Himmel."
Der Fuhrmann sah zum Himmel. „Bleib lieber noch hier. Ich habe das ungute Gefühl, dass es noch nicht der letzte Regen heute war."
„Ein bisschen Regen soll mich nicht aufhalten."
„Nun gut. Wenn es dich so zum Hart drängt, dann will ich dich nicht aufhalten. Aber nimm noch meinen Ratschlag mit. Sei vorsichtig im Hart!"
„Was meinst du damit?"
Der Fuhrmann wurde leiser. „Der Hart ist ein unheimlicher Ort voller unheimlicher Dinge und dunkler Zauberei. Im Berg hausen Kobolde, Trolle und Geister, durch die Wälder zieht unheimliches Gelichter und auf dem Blocksberg treiben Hexen ihr Unwesen. Überleg es dir noch einmal. Es gibt andere Orte auf dieser Welt, wo du dein Glück finden kannst."
„Hexen, sagst du?"
„Ja, kaum jemand traut sich, den Bergwald zu betreten. Der Blocksberg ist verhext. Merkwürdige Dinge ereignen sich dort."
Armin nahm den Ratschlag dankend an. Vielleicht aber war gerade das der Grund, warum es ihn zum Bergwald zog. Offensichtlich konnte er dort dem Geheimnis näher kommen.

Während Armin sich wieder auf den Weg machte und entlang der Oker nach Süden wanderte, grübelte er über das „Geheimnis“ nach, das er finden wollte. Wen sollte er fragen? Er musste Zeichen finden, die ihm den Weg wiesen.

Das Wetter schien sich zunächst tatsächlich zu beruhigen. Doch bald schon blies erneut ein scharfer und steifer Wind aus Westen und Norden. Armin hielt wieder Ausschau nach einem Unterschlupf und sei es auch nur eine Baumhöhle.

Der Himmel war fast schwarz und es begann, aus Kübeln zu regnen. Armin konnte kaum geradeaus sehen und sein Umhang war durchweicht. Als es auch noch zu hageln begann, erblickte er nicht weit vor ihm in einer Flussschleife eine mächtige Festungsanlage.

Endlich erreichte er den Wall und fand das große Tor. Es stand offen und war unbewacht.

Armin eilte in die Anlage und zum großen Hauptgebäude. Niemand war zu sehen. Alles schien verlassen. Kein Karren, kein Fuhrwerk. Die Ställe standen offen und leer. Keine Menschenseele war zu sehen oder zu hören.

Der Sturm fegte ein paar abgebrochene Äste durch die Wallanlage.

Er eilte durch den Hagel zum Haupthaus und pochte an das Tor. Es war nicht verriegelt und Armin trat ein. Dunkel und kühl öffneten sich die großen Räume. Staub und Blätter lagen überall herum. An einer Stelle war das Dach eingestürzt und der Regen prasselte ungehindert auf den Boden.

Er trat in eine große Halle. Düster war es, aber nicht muffig, denn von überall zog es durch Ritzen und das schadhafte Dach. Die Wallanlage war verlassen.

Armin erinnerte sich an die Nacht in der verfallenen Anlage vor zwei Tagen. Diesmal würde er auf der Hut sein. Ob er auch hier merkwürdige Geräusche und Dinge erleben würde?

Das Unwetter ließ nach und Armin beschloss, die kommende Nacht im großen Saal zu bleiben. Hier war es trocken und er fand sogar einen Kamin. Ein paar Tauben gurrten im Gebälk, sonst war alles still.

Er warf seine Sachen ab und begann die Gemäuer zu durchstöbern. Er fand trockenes Holz und trug es in der Halle zusammen. In einem angrenzenden Stall sammelte er etwas Stroh und zündete mit allem ein wärmendes Feuer im Kamin an. Seinen nassen Umhang hängte er zum Trocknen. Er fand einen mächtigen Stuhl, stellte einen leicht lädierten Tisch vor den Kamin und machte es sich gemütlich. Die Umgebung war unheimlich und düster, doch das störte Armin nicht.

Nachdem er etwas gegessen hatte, machte sich daran, die Wallanlage zu ergründen.

Die ganze Anlage musste einmal eine Burg oder etwas Ähnliches gewesen sein. Die Größe und Qualität der Bauten ließen darauf schließen, dass einmal ein großer Herrscher, weitaus mächtiger als der Herzog von Braunschweig, hier residiert haben musste. Vielleicht ein König oder gar der Kaiser?

Die Anlage musste schon vor langer Zeit verlassen worden sein. Nichts deutete darauf hin, dass vor kurzem jemand hier gewesen war. Warum diese prächtigen Bauten dem Ver-fall preisgegeben worden waren, war Armin ein Rätsel.

Er fand etwas, das wohl einmal ein Wandvorhang gewesen sein musste. Etwas Ähnliches hatte er beim Herzog von Braunschweig gesehen. Nur war dieser hier von Motten durchlöchert, verstaubt und als er ihn umdrehte, sah er das Ungeziefer und den Schimmel, die die Feuchtigkeit angelockt hatte. Als Unterlage für das Nachtlager taugte der Vorhang nicht. Aber Armin hatte Glück und fand einen zweiten, der zusammengeknüllt in einer Ecke lag. Auch er war dreckig und staubig aber trocken. An einer Stelle hatten Mäuse ein Nest gebaut, aber ansonsten war der Vorhang intakt. Er zog ihn bis vor den Kamin und ordnete ihn als Schlafstätte.

Es hatte aufgehört zu regnen und das Tageslicht war endgültig verschwunden.

Armin streckte seine müden Glieder auf seiner Schlafstätte aus, besah sich die Runen auf seinem Dolch, lauschte dem leisen Prasseln und Knacken des Feuers und schloss die Augen.

Es hatte erneut zu regnen begonnen. Leise hörte er den Regen, der durch das kaputte Dach auf den kalten Steinboden tropfte. Ein leichter Zug ließ das Feuer immer wieder flackern. In Gedanken malte er sich aus, wie er am nächsten Tag wohl seinen Weg fortsetzen würde. War es noch weit bis zum Bergwald? Was würde auf dem Weg dahin auf ihn warten? Was würde im Bergwald auf ihn warten?

Die Gedanken ließen ihn nicht los und sicher wäre er über seine Gedanken grübelnd eingeschlafen, wenn nicht plötzlich ein leises Wispern an sein Ohr drang.

Zunächst tat er es als Windhauch ab, der erneut mit den Flammen spielen wollte. Aber es schien nicht der Wind zu sein, denn als Armin kurz die Augen öffnete, sah er das Feuer ruhig vor sich hin brennen. Oder waren es die Tauben im Gebälk? Doch die hätten wohl eher gegurrt.

Als er die Augen erneut schloss, hörte er wieder ein Wispern und Flüstern.

Er nahm seinen Dolch, setzte sich auf und blickte im Schein des kleinen Kaminfeuers um sich. Nichts.

Er wartete. Und dann, als sich wieder abwenden und niederlegen wollte hörte er erneut ein Flüstern und Zischen. Es schien von der anderen Seite des Saals von der Eingangspforte zu kommen. Ob auch in dieser Anlage Geister hausten?

Langsam stand Armin auf, nahm einen brennenden Scheit und ging durch den Saal. Bei der Tür verharrte er und lauschte. Doch außer den Regentropfen war nichts zu hören.

Er erinnerte sich an das Flüstern im Sachsenwald. Nur war dieses Flüstern hier anders. Armin trat durch die Pforte, doch auch draußen war niemand. Nur der kühle Stein des Vorraums.

Als er wieder zurück in den Saal kam, war es wieder da, das Flüstern. Es kam aus der Wand.

Armin legte sein Ohr an die Steinwand und hörte mit einem Mal das Flüstern und Wispern genau. Die Steine sprachen.

Sie erzählten Geschichten. Und auch wenn Armin nicht alle Worte verstand, die sie sprachen, so verstand er aber, was sie erzählten.

Es waren Geschichten aus alter, vergangener Zeit. Sie sprachen von Festen, Versammlungen und großen Ereignissen, die sich in diesen Gemäuern ereignet hatten. Mächtige Männer hatten sich versammelt und hielten Rat. Sie saßen an einer großen Tafel, in der Mitte der Mächtigste von ihnen. Er war von beeindruckender Statur und trug einen roten Bart. Vor ihm standen mehrere Edelleute, auf die der rotbärtige Herrscher einredete. Einem wurde ein Schreiben mit einem Siegel abgenommen und der Rotbärtige betrachtete das Siegel, bevor er den Edelmann dazu befragte und dieser Rede und Antwort stand. Was sie sprachen, erzählten die Steine nicht. Aber das Siegel zeigte eine Stadt im Wasser mit zwei Drachenköpfen umrahmt. Die Steine flüsterten aufgeregt durcheinander. Sie alle wollten erzählen, was sich hier ereignet hatte. Armin konnte in all dem Gewirr kaum noch etwas verstehen. Immer rasender und schneller wurde das Wispern und Flüstern. Kaum noch ein Wort konnte er noch verstehen. Nur einige Wortfetzen und Schlaglichter bildeten sich in seinem Kopf und verwirrten ihm die Sinne.

Und dann, mit einem Mal, herrschte Stille.

Armin nahm das Ohr von der Wand und sah sich um. Nichts hatte sich um ihn verändert. Er war immer noch alleine in der Halle. Ein Taube gurrte leise im Schlaf, vom Kamin hörte er das Knistern. Doch das Flüstern war verstummt. Die Steine hatten aufgehört zu sprechen.

Armin horchte noch einmal an der Wand, doch sie strahlte die Ruhe und den Frieden wider, die sie den ganzen Tag aussandte. Sie hatte ihre Geschichte erzählt. Er horchte noch an den anderen Wänden und den steinernen Säulen, aber sie standen kalt und stumm wie eh und je da.

Es dauerte eine Weile, bis er sich wieder zu seinem Nachtlager begab. Er dachte lange über das Erzählte nach. Was hatte es mit dem Siegel und dem Rotbärtigen Herrscher auf sich? Was war hier geschehen? Wieso erzählten ihm die Steine dies alles?

Über diese Gedanken schlief er schließlich ein und erwachte erst wieder am anderen Morgen durch das Flattern der Tauben.

Armin fühlte sich ausgeruht und erholt. Er streckte sich. Draußen schien die Sonne, das Unwetter war endgültig vorüber.

Während er seine Sachen zusammenpackte und aufbrach, dachte er die ganze Zeit über das Wispern der Steine nach. Was wollten diese Gemäuer ihm nur sagen?

Er verließ die Burg- und Wallanlage und ging weiter nach Süden. Am Horizont hob sich eine bewaldete Hügelkette ab. Dies musste der Bergwald sein. Armin war sich sicher, auch wenn er den Höhenzug noch nie in seinem Leben gesehen hatte.

Er kam durch eine kleine Ortschaft. Ein alter Bauer kam ihm entgegen.

„Seid gegrüßt."

Der Bauer nickte ihm etwas brummig zu.

„Entschuldigt bitte. Nicht weit von hier fand ich eine verlassene Wallanlage. Könnt Ihr mir wohl sagen, welche Burg das ist?"

Der Bauer folgte Armins Hand und antwortete dann kurz: „Das ist die alte Kaiserpfalz. Dort hielten früher die Kaiser Hof."

„Warum ist sie verlassen?"

„Wer braucht sie schon? Wir sind froh, wenn die edlen Herren nicht dort verweilen, denn sonst bliebe uns wieder wenig von unseren Ernten. Außerdem hausen dort jetzt Geister, die nachts durch die Gemäuer flüstern. Wer wollte da schon bleiben?"

Armin wusste, was er meinte, sagte aber nichts. „Wisst Ihr etwas über einen rotbärtigen Herrscher?"

„Was sollte ich damit zu schaffen haben? Was geht es mich an, ob jemand einen roten Bart trägt. Und jetzt lasst mich in Ruhe.“

Griesgrämig ging der Bauer seines Wegs und auch Armin setzte seinen Weg fort. Er kam noch durch mehrere kleine Dörfer und sogar durch eine Ortschaft, in der der mächtige Ritterorden residierte.

Der Bergwald kam immer näher und die bewaldeten Hänge wuchsen gen Himmel. Armin beschloss, sich in einer größeren Ortschaft oder Stadt am Bergwald zu verdingen. Einen Waffenschmied konnte man bestimmt gebrauchen. Denn wo eine Stadtmauer war, waren auch Soldaten nicht weit und dann wurde auch ein Waffenschmied gebraucht.

In Goslar, der Ortschaft von der er schon gehört hatte, wollte er es versuchen.

Fortsetzung folgt im zweiten Teil…

Orte, Flüsse, Meere, Gegenden

Alara	=	Aller
Albia	=	Elbe
Bergwald	=	der Harz
Beversate	=	Beverstedt
Bouchstadhude	=	Buxtehude
Drawehn	=	Hügellandschaft in Niedersachsen
Hammaburg	=	Hamburg
Hanovere	=	Hannover
Hart	=	der Harz
Karlshöfen	=	Ortschaft der Gemeinde Gnarrenburg
Laveburg	=	Lauenburg
Lübeke	=	Lübeck
Magadoburg	=	Magdeburg
Nordermer	=	Nordsee
Ohlers	=	Ahlerstedt
Remnoh	=	Revenahe
Skythenmeer	=	Ostsee
Stadt des Löwen	=	Braunschweig
Soltwidele	=	Salzwedel
Waldland	=	Drawehn, Hügellandschaft in Niedersachsen
Wissula	=	Weser
Woikam	=	Dannenberg
Wulferisbutle	=	Wolfenbüttel

Tiernamen

Äugler	=	das Kaninchen
Bellyn	=	der Widder
Boldewyn	=	der Esel
Bache	=	Wildschwein-Sau
Braun	=	der Bär
Canis	=	lat. Hund
Ermelyn	=	Füchsin
Fafner	=	der Drache der Siegfried Sage
Freki	=	Wolf, ein Begleiter des Gottes Odin
Frischlinge	=	Wildschwein-Ferkel
Geri	=	Wolf, ein Begleiter des Gottes Odin
Gieremund	=	die Wölfin
Grimbart	=	der Dachs
Henning	=	der Hahn
Isegrim	=	der Wolf
Keiler	=	Wildschwein-Eber
Kratzefuß	=	die Henne
Lütke	=	Kranich
Merkenau	=	die Krähe
Metke	=	die Ziege
(Meister) Petz	=	der Bär
Pflückebeutel	=	der Rabe
Reineke	=	der Fuchs
Swinegel	=	Igel
Tybbke	=	Ente

Pflanzennamen

Ringula	=	Ringelblume
Salvia	=	Salbei
Schwarzwurz	=	Echter Beinwell
Wegtritt	=	Breitwegerich

Sonstiges

Gotlandfahrer	=	Vorläufer der Hanse
Gungnir	=	der Speer des Gottes Odin
Loodiele	=	Lohdiele, Tenne
Rauhnächte	=	die zwölf Nächte zwischen Weihnachten und Heilige Drei Könige
Saufeder	=	speerartige Waffe zur Jagd auf Wildschweine
Skythenmeergold	=	Ostseegold, Bernstein
Ulenluch	=	kleine Öffnung an Giebeln, in denen Eulen nisten

Der zweite Teil:

Der Waldläufer – Im Bergwald

Armin hat den Bergwald erreicht und erfährt schnell, welcher Zauber auf den gefürchteten Berghängen liegt. Er verdingt sich bei einer Bauernfamilie und als Waffenschmied auf der nahen Burg, stets von unheimlichen Ereignissen umgeben. Aber dem Geheimnis, das er suchen soll, scheint er weit entfernt. Erst als er bei einer Heilerin in die Lehre geht, ahnt er, welches Geheimnis und welche Prüfung auf ihn wartet. Und das Kräuterweib scheint mehr als eine einfache Heilerin zu sein...

Erscheint in 2015

Weitere Informationen unter: www.arne-rosenow.de

10896049R00146

Printed in Great Britain
by Amazon.co.uk, Ltd.,
Marston Gate.